豪华典藏版

杉杉来吃

顾漫 著

江苏凤凰文艺出版社
JIANGSU PHOENIX LITERATURE AND ART PUBLISHING, LTD

目 录
Contents

Part 1

事情发生在薛杉杉连续加班五天后。

明明是国庆节，可是因为月底要结账，财务部所有人都必须加班。新进小菜鸟薛杉杉被一堆报表折腾得手忙脚乱头昏眼花，终于三号晚上科长宣布月结完毕，杉杉回到租的房子就扑倒在床上呼呼大睡。

蒙眬间似乎听到手机响了，杉杉闭着眼睛在床上摸了半天摸到手机，凭感觉按下接听键，口齿含糊地说："喂。"

"您好，请问是薛杉杉小姐吗？"

"嗯，是。"

"这里是××医院，请您立刻到××医院妇产科来一趟。"

"哦……好。"

对方还在"叽里咕噜"地说什么，杉杉完全没往脑子里去，"嗯啊哦"地答应着。终于对方挂了电话，世界安静了，杉杉缩回被子里继续睡觉。

过了几分钟，薛杉杉猛地从床上坐起。

刚刚她听到了什么？医院？

！！！！！！

不会是家里老头又出事了吧。

杉杉套上鞋就飞奔出门，打上车催促司机加速开往××医院的时候，忽然想起——不对啊，她已经来到S市工作了，已经不在老家了，老头怎么也不会在S市的医院啊，而且刚刚似乎听到那边人说是……妇产科？

接下来的事情，对杉杉这种升斗小民来说简直传奇得像小说。

先是在医院门口一下车，杉杉还没心疼完那五十块钱打车费呢，就上来两个墨镜高壮男，看样子早在医院门口候着了，而且连她的样子都晓得。

“薛杉杉小姐，请跟我们来。”

然后杉杉就在遇见黑社会的惊恐中被两人带到妇产科手术室前，再然后一个满头大汗的男人冲了上来，紧紧握住她的手。

“薛杉杉小姐，请您务必救救我太太。”

杉杉茫然地被他晃来晃去。“呃，那个……”

谁来告诉她究竟是怎么回事啊……还有，这位大哥，我的手快被你捏碎了……

“言清，松手。”

清淡却十分有力的命令，那个叫言清的男人立刻松了手。

杉杉不由自主向发声处看去，然后眼睛直了。只是一个男人坐着的侧面而已，却好像发光似的牢牢吸引住她的眼睛。男人似乎刚从宴会中出来，身着非常正式的黑色西装，脸上带着一丝疲倦和习惯性地高高在上的疏离。他掸了掸衣角站起来，以一种傲慢的步伐走近薛杉杉。

“薛杉杉？”

杉杉呆呆点头。

“AB型Rh阴性血？”

杉杉继续点头。

男人虽然仍然是一副傲慢的表情，眼神中却闪过了一丝放松。

“家妹和你同是稀有血型，她刚被推进手术室待产，血库却临时告急，为预防万一请你待在这里，以备不时之需。”

原来是这个啊，杉杉恍然大悟。大学体检的时候她就知道自己的血型非常稀有，因此每次过马路都特别小心，生怕出个什么意外大出血死翘翘。

“没问题没问题。”杉杉顿时对产房里面的孕妇生出同病相怜的感觉，毫不犹豫地答应，不过……

杉杉讪讪地说：“那个……我可不可以问个问题？”

“你问。”明明是求助者，可是男人偏偏就能摆出一种居高临下的姿态来，而周围的人似乎也觉得他的态度理所当然，以至薛杉杉也快产生这种错觉了。

“呃……你们是谁啊？”还有，他们是怎么知道她的联系方式的呢？

男人以一种奇怪的目光看了薛杉杉几秒，然后慢慢开口。“鄙人封腾。”

杉杉想了半天，很不好意思地说：“那个，我认识你么？”

言清擦了擦汗。“薛小姐，你是风腾公司的员工吧。难道你培训的时候没有学过公司创业史，也从来不上公司网站？”

杉杉的嘴巴一会儿张成“O”形，一会儿张成“啊”形。她、她想起来了……

风腾……封腾……

居然是大、大、大老板。

杉杉无比乖顺地蹲在产房前当临时血库，其间又被大老板支使着去做了个血液检查，以证明身体健康，血液合格。

生产中产妇果然一度危急，杉杉乖乖地被抽了300cc血，产妇转危为安，杉杉在言清的千恩万谢下走出了医院，走了一会儿，停下，看着月亮仰天长叹。

“资本家果然是吸血的，没人性啊没人性。”

犹自摇头晃脑的杉杉没注意到，一辆黑色加长轿车在她身后停了一下，听到她的感叹后，后座的男子嘴角动了一下，然后关上了刚打开的车窗。

“开车。”

“老板，你刚刚不是说要送薛小姐回去的吗？”

“不用了。”男人不带表情地说，“资本家都是没人性的。”

Part 2

杉杉从小身体健康，被抽了300cc血一点事都没有，活蹦乱跳了几天，假期过了，又要去上班了。

八号早上一去，杉杉就被暴躁的科长叫进办公室一顿痛骂，因为她签名的报表数据出了错。风腾是大型集团公司，旗下有好几家产业不同的子公司，每个公司视大小不同，配备会计数名。杉杉新人一枚，其实压根做不了什么，只是看着带她的同事做表，她在一旁学习，然后在同事做好的报表上签个名而已。这种情况科长心里也有数，不过他本来就不满这个新人，所以借题发挥。

说起来杉杉也没做什么错事，唯一的错误就是她明明不够格，却进了这家以用人严苛、非名牌大学毕业生不要而闻名的著名大公司，还把科长选好的一个条件很好的新人刷下去了。财务科长是个耿直过头的老头，疑心杉杉走了后门，自然对杉杉处处不满意。

能进风腾，杉杉有时候自己也觉得心虚。虽然她也是“211工程”的大学毕业生，英语六级计算机二级也都过了，可是比起其他同事出色的履历来还是差了一大截。当初只是完全不抱希望地跟着同学在网上填了一份资料而已，谁知道就会被录用了呢。

老头以“三流大学三流水平，不知道人事处为什么要录用你，你最好想想怎么过试用期”一句结束，杉杉郁闷地走出他的办公室。

试用期啊试用期，不知道大老板能不能看在那天免费献血且态度积极的分上让她过了试用期，这样起码以后还能当临时血库用啊。

一份薪水两个用处，那是多么的划算……

咦，杉杉忽然冒出一个念头，不会就是因为血型稀少她才被录用的吧？记得当初应聘表上注明血型必填她还奇怪了很久呢。

杉杉被老头大骂的事情并没有引来同事们的关注，他们大都在忙自己的事情，这让杉杉在郁闷之上又加了一层郁闷。

和杉杉同期的两个新人很快在办公室内找到了自己学校的师兄或师姐，顺利地融入了大环境，杉杉却总有不得其门而入的感觉，这让从小到大人缘无敌好的杉杉有些沮丧，不免开始怀疑起自己是不是真的太差劲了。

其实这倒不是她的问题，一则是风腾的企业文化强调冷静高效，反感办公室内多余的交流；二则是同事们都觉得以薛杉杉的资历能进来肯定别有背景，在她的靠山是谁没有弄明白前，大家都在距离外观望，既不过分冷落她也不过分亲近她——这是人际关系复杂的大公司内的生存法则之一。

不过这个新人平时一副老实相，这件事上倒口风很紧，办公室有人旁敲侧击了好几回都没问出蛛丝马迹。

然而今天中午，猜测已久的薛杉杉的靠山终于水落石出。

总裁办公室的首席秘书Linda小姐拿着一个和她高级白领丽人身份很不相称的饭盒站在财务科门口。“请问哪位是薛杉杉小姐？”

杉杉疑惑地看了看同事，然后站起来。“我是。”

从同事们的窃窃私语和异样的表情中，薛杉杉推测这位小姐绝对不简单，心里不由得哀号。

不会吧，就错了个数据，居然连高层都惊动了？人家居然连饭都不吃端着饭盒就来抓人，难道她今天就要卷铺盖走路？

薛杉杉很僵硬地站着，看着Linda朝她走过来，停在她面前。

然后Linda微笑着开口：“薛小姐你好，我是Linda，这是封总让我送来的午餐。”

封总？午餐？

同事们的嘴巴不由自主地张大了……不是吧……薛杉杉的靠山……居然，居然是总裁？

当然，如果他们朝薛杉杉看下的话，会发现她的嘴张得比他们还大。

Linda挥挥衣袖，留下个饭盒走了，同事们也带着若有所思的神情去用餐，办公室里只剩下薛杉杉，在资本家给予的温情中感激涕零地打开了饭盒。

虽然没有杉杉YY中的鱼翅海参，不过午餐还是非常丰盛的。小米饭，炒猪肝，炒牛肉，清煮菠菜，凉拌海带，木耳炒蛋。

外加生胡萝卜数片，赤豆红枣甜汤一碗。

两荤三素，香味扑鼻，可是这些……都是补血的吧？

刚刚还沉浸在资本家温情一面中的杉杉忽然有种不祥的预感，不会是大老板家妹妹又出了什么问题，大老板想把她养肥了继续抽血吧= =

Part 3

第二天依旧准时送到的养血套餐更加肯定了杉杉的想法，不过这次不再是Linda小姐送来，是总裁办公室的另一个漂亮MM，自称是Linda小姐的助理阿May。

第三天送餐的MM叫阿vi。

每天送餐的漂亮MM都不同（甚至有两次还是非常有气质的特助帅哥一枚，让杉杉的小心脏扑扑直跳），唯一相同的是饭盒里的猪肝。

杉杉真想大吼一声——俺可以随时奉献俺养了二十多年的鲜血，拜托别让俺再吃猪肝了啊……让俺点菜吧……

当然，这句话只能在心里YY一下，再给薛杉杉十个胆子她也不敢真喊出来。

连续吃了两个星期的总裁室特别午餐，迟钝如薛杉杉也开始感到不安。

到底要抽她多少血啊给她吃这么多……

杉杉不是没想过要推辞，只是她每回都觉得明天应该不会再送来了，就省了口水，谁知道上面居然很有毅力地连送了两个星期。

第三周的星期一，杉杉拉着秘书小姐，言辞恳切地感谢公司感谢总裁感谢送餐的秘书小姐，表示自己就算不吃饭也愿意为公司赴汤蹈火，洒至少400cc的热血，所以明天千万不用送餐给她了（这几句话杉杉打了两天草稿，整个周末都耗上面了，自认为简约而有重点）。

秘书小姐却得体地笑着说："我是按照总裁的吩咐办事，薛小姐如果有什么别的想法，最好亲自和总裁说。”

杉杉傻眼，她一个小财务，怎么去跟总裁说啊。而且风腾这么大，她压根连大老板的办公室在哪里都不知道好不好。好吧，就算可以跟着秘书小姐上去找到他，可是……可是……她实在没勇气啊……

于是，薛杉杉只好继续厚着脸皮在办公室众人艳羡加揣测的目光中每天吃猪肝……然后很悲惨地上火了，从来不冒痘痘的脸上也光荣地冒出了一颗痘痘，盘踞在她额头上耀武扬威……

当然也有好事，这段时间，杉杉在办公室感受到了春天般的温暖。同事们不愧是精英，要对一个人好起来可谓丝毫不露形迹，绝对地润物细无声。杉杉以前工作上遇见困难捧着资料四处询问，也不见得能得到完整的解答，大家都忙嘛，谁有空带新人。现在却不同了，同事会主动地问一下工作上有没有什么问题啊之类的，有时候还顺手帮杉杉带杯热茶，偶尔聊天的时候也一定记得要把杉杉拉进话题中……

杉杉还没笨到不知道同事们态度为什么改变，她老实孩子一个，生怕被误认为皇亲国戚，急忙解释之所以总裁送她午餐是因为她曾经帮过他一个小忙。具体什么忙她没说，因为觉得涉及人家的隐私。同事们脸上恍然大悟，心里半分不信，你一个小职员能帮到大老板什么忙，就算真帮到也不用天天送饭这么谢吧，分明别有猫腻。杉杉见大家一脸信服，以为误会消除，浑不知已经越描越黑。

挑剔的科长老头也变得很客气，倒不是科长趋炎附势，这老头是觉得这姑娘靠山如此强硬，人还这么谦虚好学兢兢业业任劳任怨，实在难得，所以也越瞧越满意了。

猪肝饭吃到第四周，这天，秘书小姐除了送来午餐，还给了杉杉一张请帖。非常华丽的请帖，杉杉一边感慨着有钱人果然不一样一边打开，上书——

谨订于××年十一月二日周五晚八时为小儿满月酒宴

恭候　薛杉杉　小姐光临

言清、封月　敬约

地址：××会馆

下面还有用黑色钢笔补充的一行××会馆的地址。

“薛杉杉”三个字和那行地址都是用笔写上去的，字迹却截然不同，薛杉杉三个字写得很清秀，杉杉猜测是那位和自己同血型的封小姐写的。下面那行地址却写得力透纸背，横勾铁划，给人一种强硬又盛气凌人的感觉，让杉杉第一眼就联想到在医院看到的那个傲慢的大老板。

不过他应该不会这么闲写这个吧……再说地址嘛，网上搜索一下不就有了，干吗多此一举。

路过的同事阿佳看了一眼，暗暗吃惊薛杉杉竟有资格参加总裁家宴，然后顺口说：“××会馆？听说是会员制的，很神秘哦。”

杉杉正在庆幸不是什么五星级大酒店，不用穿太正式呢，闻言两眼一黑，仿佛看见自己口袋里的人民币长着翅膀飞走了。

杉杉在街上逛了整整一个晚上，买了一件平时穿着也不会夸张的小礼服，一双从没挑战过的高跟鞋，都是永远不会错的黑色。还买了一套八只小鸭子当礼物，能浮在水上借助水力游泳，还会唱歌的那种小鸭子，选了个名牌，也要好几百块。杉杉记得自己小时候蛮喜欢那种一捏就会叫的鸭子的，小孩子应该也会喜欢吧。本来杉杉想买套宝宝银饰的，后来一想大老板家什么没有啊，还是买玩具比较实用。

然后杉杉就发现自己总资产已经是负一了，欠了银行一块钱……

星期五下班杉杉就没回去，在办公室蹲到七点，然后去洗手间换了小礼服高跟鞋，走出风腾大厦。幸好大厦里面已经没什么人了，否则穿这么正式杉杉肯定不好意思= =

正在大厦前等出租车的时候，一辆银灰色宝马在她身前停下，副座的车窗打开，温柔的特助先生探出头。

“薛小姐是去酒宴吗？不如上车我们带你一程。”

“好啊好啊，谢谢。”杉杉感激地点头，周末的车真是太难打了。

然后杉杉就打开后座的门……

然后……

杉杉后悔了……

谁来告诉她，为什么大老板坐在后面啊……

特助先生我没得罪你吧……

Part 4

“总、总裁。”杉杉连忙问好。

总裁先生正靠在豪华后座上闭目养神，闻言淡淡应了一声，连眼睛都没睁开。

方特助回头笑：“薛小姐快坐进来吧。”

“哦，好。”

杉杉小心翼翼地踏进车内。晕，还铺毛绒绒的白色地毯，下雨怎么办啊，不是一踩就脏了吗？幸好她今天换的是新鞋，要是经常穿的那双球鞋，一踩两个大黑脚印……

呃……

胡思乱想中，车子缓缓开动。

双手放膝盖，背脊挺直，双目直视前方——杉杉以小学生标准坐姿紧紧地贴着窗户坐好。

方特助忍俊不禁，怕她不自在于是看着她手中的礼品盒找话题说：“这是薛小姐准备的礼物吗？”

“是啊。”

“很有趣。”

“是吗？”杉杉受宠若惊，顿时和方特助产生了知己感，身体不自觉地往前倾，“我也觉得这些鸭子很可爱，而且还会唱歌，每个鸭子唱的歌都不一样哦。”

杉杉开始献宝，方特助也配合地赞叹着，杉杉正和方特助相谈甚欢，忽然旁边一直没开口的封总裁冷冷插了一句进来。

“风腾给你的薪水很低吗？”

杉杉回头，被冷落的封大Boss正睥睨地看着她。

“不低啊……很高……呃……”杉杉后知后觉地发现封Boss的眼神落在了礼盒上，难道他嫌她的礼物太廉价？

拿着礼盒的手不由得往后面缩了缩，杉杉鼓起勇气争辩：“总、总裁，这些虽然看起来只是普通鸭子，实际上……”

实际上这些鸭子会唱歌会游泳关键这些鸭子是名牌啊名牌！名牌懂吗？很贵的！比能吃的肉鸭还贵！

“实际上什么？”封大Boss眼眸微眯，口气不善，脸上明明白白写着“敢驳我者死”。

于是杉杉吞了吞口水：“实际上……就是普通鸭子= =”

车子在杉杉的自我唾弃中快速前行，快到目的地的时候，封腾接了一个电话，挂了电话后吩咐方特助。

“一会儿你带她去楼上，封月要见她。”

封月？薛杉杉想起来，那不就是总裁妹妹么，难道是封大小姐要见她？

那太好了。杉杉长这么大还是第一次单独参加酒宴，正愁不知道礼该什么时候送出去呢，而且被封腾鄙视后杉杉对自己的礼物也失去了信心，想着正好趁上去看人家的时候悄悄塞出去，省得大庭广众之下丢脸= =

停了车，封腾和充当司机的高大保镖先走，方特助带着薛杉杉从另一个方向坐电梯上了楼上的套间。

封月是个很娇小的美人，正在套房会客室中和几个女人坐着聊天，看见薛杉杉很热情地迎上来，握着杉杉的手：“你就是薛小姐吧，多亏你相救，不然我和宝宝就危险了。”

杉杉很不好意思，立刻脸红了，摇头说：“哪里哪里，我也没做什么。”

封月笑笑，拉她坐下，亲切地聊了几句，忽然想起什么，问：“薛小

姐，饭菜还合口味吧？”

杉杉一愣。

封月说：“我吩咐厨房做了餐点和大哥的午餐一起送去，难道你没吃到吗？”

“吃到了吃到了。”杉杉点头，恍然，原来竟然是封大小姐吩咐的啊。就说嘛，总裁大人那副傲慢的样子，怎么可能想到给一个小职员送午餐。哪天要血了，直接一个电话召过去才像他做的事嘛。

“饭菜还合口味么？”封月又问了一遍。

“合，合。”杉杉连忙点头，除了猪肝其他还真蛮好吃的，“真是太麻烦你了。”

“哪里。”封月笑着说，“我家大哥嘴巴挑剔得很，每天午饭都是家里的大厨做了送去，带给你也是顺便。再说风腾的员工我最清楚，都跟我大哥似的拼命，午餐还有啃面包解决的，你才抽了那么多血，这样怎么行。”

这下杉杉真的有点感动了，这位大小姐心思真是体贴入微。

封月看到杉杉手里拿的礼盒，惊喜地说：“这是送给宝宝的礼物吗？”

“是啊。”杉杉把盒子递出去，“会唱歌会游泳的鸭子。”

封月看上去是真的喜欢：“我真怕大家都送点钱，那样最没意思，一点心思都不肯花。你不知道，开始我问大哥怎么谢你，他居然说写张支票，这不是侮辱人嘛……”

啊？！

杉杉呆住，心里顿时只有一个想法——大小姐，你为什么不让总裁侮辱我！我宁愿被侮辱啊……

Part 5

支票和猪肝……多么强烈的对比，多么容易的选择，杉杉狠狠地伤感了一会儿。对了猪肝，她再也不要吃猪肝了，再吃下去她都能写篇叫“猪肝十八吃”的论文了。

杉杉说：“那个，每天送饭真是太麻烦你们了，以后就不用了吧，呵呵。”

封月了然地点头：“也好，毕竟你在办公室做事，不好太特殊。”

这个杉杉倒没想到，不过见她答应，心里大大松了一口气。又聊了几句，卧室里小孩哭起来，酒宴也快开始了，杉杉就趁机告辞出来，被侍者领着去宴会厅。

杉杉本来以为会是电视里那种大家拿着酒杯走来走去的酒宴，不过这个看样子还是中式的。

来之前杉杉就想过，鉴于自己已经是负资产了，所以这次酒宴一定要吃够本，储存够以后N天的能量。根据这一目标，杉杉制订了两个计划。

计划甲：如果酒宴是西式的，那就端着盘子流窜在各个角落。

计划乙：如果酒宴是中式的，那一定要选最最角落的位置。

杉杉游目四顾，选了一个绝对很角落的好位置坐下来，边祈祷这桌最好坐不满，边喜滋滋地等着开席。

果然，这桌实在太偏僻了，好多人走过都没在这桌坐下，杉杉那个乐啊，人少才吃得多嘛。可是很快她就乐极生悲了。

因为都快开席了，其他桌都坐满了，她这桌还是只有她一个人= =

杉杉囧掉了。

杉杉脸皮再厚也没厚到一个人坐一桌的地步，站起来打算换个位子，可是一时间哪里找得到空位，而且她一个人都不认识，贸贸然插进去也很奇怪。

这时众人都坐下了，杉杉遗世而独立，尴尬得想钻地洞，忽然感觉到一股强烈的视线朝她看来，顺着视线看回去，只见大老板正蹙着俊挺的眉毛瞪着她。

完蛋了，惨了，大老板肯定觉得她给公司丢脸了。杉杉惨兮兮地看回去——老板我不是故意的，你一定要明察啊。

互相瞪视了一会儿，封腾瞥开视线，召来侍者，低声耳语了几句。

杉杉看见那个侍者看了她一眼，心知肯定和她有关，小心脏开始“怦怦”乱跳了，不会要请她出去吧。不过那也不错，正好出去吃牛肉面。

饿死了快!

侍者果然面带微笑朝她走来，站在她面前，做了个“请”的姿势：“薛小姐，封先生请您去他那席入座。”

呃？不是请她出去？而是叫她去他那里坐？可是他那席……正中间最前面……是传说中的主席吧……

杉杉再一次囧了。

当然杉杉是没胆子在这么多人面前拒绝封大老板的邀请或者说命令的，视死如归地跟着侍者走到封腾那，在封腾旁边加了个座位坐下。

封腾正和一个气质儒雅的老头讲话，什么地皮之类的话题，压根没搭理她。杉杉老老实实地等他和老头讲完才小心翼翼地开口：“总裁，我坐这里不太好吧？”

封总裁口气懒懒的：“有什么不好？”

“这边都是大人物吧，我，呃……暂时，还不是大人物来着= =”

封腾轻轻一哂，眼睛盯着她：“不想坐过来，刚刚为什么用那种眼神看着我？”

“什么眼神？”杉杉愕然。

“你的眼神跟我说……”封腾慢条斯理，“我被抛弃了，快来救救我。”

“……”老板你看错了吧，我那明明是哀求你别扣工资的眼神啊--

可是看封腾一脸肯定，杉杉也开始怀疑自己刚刚是不是发错了信号了……虽然她心里确实没这么想，可是也许眼睛就那么说了，不是有句歌词叫“俺的眼睛背叛了俺滴心”么==

不过话说回来，老板，你的眼神破解能力真是太强大了--

坐在封腾旁边当然别指望吃太多东西了，筷子不发抖就不错了。本来杉杉今天打算来个“斯文而凶猛”的吃相的，不过现在“凶猛”只能收进包包里带回家了，杉杉努力回忆自己装淑女时代才有的优雅的吃相。

可是经过大学四年同学们聚餐抢食的训练，优雅真的是上辈子的事情了。

好吧，夹一筷子菜——微笑。

和人视线相对——微笑。

侍者端上猪蹄，好吧，对着猪蹄微笑。

咦，原来不是猪蹄，不管了，对着某种动物爪子微笑。

……脸僵掉了==

好不容易酒席过半，陆续有人告辞，杉杉也立刻向封腾告辞。

封腾说：“你晚点走，和我一起送客人。”

“……”杉杉颤巍巍地提醒他，“总裁，我也是客人啊。”我也有送礼的……

“你想先走？”封腾眼睛眯起来，熟悉的压迫感又向杉杉袭来，“老板还没走，员工可以走吗？”

“当然不可以！”杉杉立刻义正词严地说，“我留下送客……送客。”

Part 6

杉杉半饥不饱地跟在封大总裁身边送客。

封腾世家出身，从小应付惯这种场面，自然随意优雅挥洒自如，加上他外表又潇洒俊雅，看他一举一动简直可以当艺术欣赏。杉杉和他并肩站一起，感觉到他无比接近的男性气息，小心脏忍不住扑腾了两下，当然很快就被杉杉武力镇压了——总裁大人这么恐怖，你居然还敢乱扑腾，不要命了！

杉杉第一次遇见这种大场面，除了几句翻来覆去的客套话，完全不知道该说什么，大部分时间站在封腾身边僵笑，一边心里在喊：哇，这个就是市长啊，果然官商勾结！啊，这个老头家就是卖×××的啊，东西贼贵，奸商！

= =杉杉就不明白了，总裁到底叫她站在这里干啥，他一个人完全能搞定的呀。

趁封腾和一个贵妇模样的人说话，杉杉趁机偷看手机。已经十点多了啊，杉杉小小地郁闷了一下，听到身后有人问：“你在做什么？”

“看时间哪，十二点后打车比较贵。”杉杉想也不想地回答，说完才想起这个声音是谁，僵硬地回头，“呃，总裁……”

杉杉好想拿块布把自己的脸遮住，泪，怎么说出来了呢？总裁先生真是太奸诈了，居然攻其不备。

封腾蹙眉看了她两秒：“结束后我让人送你。”

咦，杉杉惊喜，连忙点头：“谢谢总裁！”

真是因祸得福啊，起码能省打车费五十块^_^。杉杉分外卖力地送客ing，等客人差不多全散了，封腾也跟封月夫妇告别，对杉杉说：“走吧。”

举步向外面走去。

杉杉快步跟上封腾，心想着可能司机在外面等她，不料到了外面，门口却只停着一辆车，侍者看见封腾，立刻恭敬地打开车门：“封先生。”

然后杉杉就看见封腾走到对面坐进了驾驶室，然后……

杉杉呆站在车前。

她的司机呢？

难道，总裁大人说的“让人送”……居然是他自己送？

杉杉站在车门口，挣扎地问：“总裁，你说让人送我，司机人呢？”

封腾有些不耐：“我不是人吗？”

杉杉真想点头啊。大Boss你怎么会是人，就算你是人，也是食人族的人= =

看她站着不动，封腾愈加不耐地说：“上车。”

杉杉不敢再挣扎，乖乖上车，这车并不是之前开来的那辆宝马，是另一辆白色的跑车，牌子杉杉不认识。有钱人就是车多啊，杉杉忍不住感慨。

连声感谢并报上自己的住址后，杉杉轻轻靠在椅背上休息，也许宴席上喝了点酒，杉杉精神上有些放松，然后打了个哈欠，然后……杉杉就睡着了。

睡着就算了，糟糕的是她并没有完全睡熟，在跑车行驶过程中，居然睁了下眼睛，恰好看到一个熟悉的招牌一晃而过，然后睡意蒙眬脑袋蒙眬，完全忘记谁在旁边的杉杉喊：“在这里停车，我要去吃牛肉面。”

等杉杉想起自己坐的不是出租车，旁边的司机是封总裁的时候，车内只剩下余音袅袅了。

居然在宴席的主人面前说自己没吃饱，这个主人还是自家大老板，杉杉欲哭无泪：“总裁……我是大胃……我每天都要吃夜宵的……我刚刚宴席上真的吃得很饱，真的，就是消化掉了……”

封腾看着她无语了数秒，然后倒车，开回去，在一家黄色招牌的小店门口停下："这家？"

"是的是的。"杉杉连连点头，只想快点离总裁大人远远的，"总裁那我下去了再见谢谢你送我回来待会儿我吃完就自己打车回去好了总裁您不用送我了。"

停顿都没有地一口气说完，下车，关车门，流畅地完成。然后一抬头，封Boss站对面。

杉杉囧了。

"总裁？"他下车干什么？

"牛肉面是吗？"

"总裁你不会也要吃这个吧……"

"不可以？"封腾从石化的杉杉身边走过，"我也消化掉了。"

"呃？"

"难道我消化能力还不如你？"

看到大Boss的眼神又杀过来，杉杉立刻说："没有没有，总裁您的消化能力世界第一= ="

封腾呛了一下。

进了店封腾要坐下，杉杉连忙拦住他。

"等等等等，我擦擦椅子。"拿出纸巾把凳子上的油腻擦掉，总裁身上的可是高级定制啊。

封腾坐下，刚刚抬起手，杉杉又喊："等等等等，我擦擦桌子。"

再拿张纸巾擦擦。

封腾："……"

"好了，总裁您坐吧。"

杉杉擦汗，自己这边随便擦擦就坐下了。面店老板娘上来招呼他们，杉杉点了个小碗拉面。杉杉经常来这吃面，老板娘都认识了，搭话说："今天只要个小碗啊。"

杉杉尴尬地点头，在大Boss的气场下她肯定食欲不振，点大碗也是浪费啦。

面条做起来简单，两碗牛肉面很快就一起送上来，杉杉拆开筷子就要下筷，却见封腾皱眉看着面碗。

看吧看吧，吃不下了吧，叫你别进来吃。杉杉一边腹诽一边佯装关切地问：“总裁怎么了？”

封腾抬头淡淡地说：“换一碗吧，我不吃香菜。”

那你刚刚干吗不跟老板说= =，杉杉条件反射地阻止他：“那这碗就不要了？多浪费啊，挑出来就好了啊。”

封腾扬眉，“你挑？”

杉杉无言半晌，下定决心似的点头：“我挑！”

她挑就她挑，天大地大，老板最大，她都流血牺牲过了，挑个小小的香菜算什么。

拆了一双新筷子，杉杉低头小心仔细地把所有香菜一根不剩地挑出来，然后把面碗推回封腾面前。

“总裁，可以了。”

杉杉一抬头，正好对上大Boss锐利的眼神，杉杉的小心脏猛地颤抖了一下，这是什么眼神啊……为啥她觉得好恐怖= =

封大Boss瞄了一眼面碗，点头说：“不错。”

杉杉又颤了一下，明明是表扬来着，为什么她觉得更恐怖了？有一种要倒霉的直觉啊……

杉杉战战兢兢地吃完面，吃完也不敢跟封腾抢付账，看着大Boss付钱，然后大Boss把她送到她家楼下……

咦，什么恐怖的事情都没发生嘛，看来刚刚只是错觉……

跟大老板挥手告别，杉杉跑上楼，从二楼楼梯口的窗户向外望，封腾的白色跑车在黑夜中分外显眼，很快车拐了个弯，就再也看不到了。

杉杉忽然有些沮丧和失落。今天还有之前的一个月，对她这种小职员来说真的很像一个传奇啊，以后应该再也不会和大Boss有任何交集了吧……

不过！

杉杉握拳，很快又振奋起来！

加油吧！薛杉杉！

明天，就是没有猪肝饭的新的一天了！

= =

Part 7

星期一，薛杉杉朝气蓬勃地来到风腾，一上午面带笑容，心情无比happy。

同事打趣说：“杉杉气色不错嘛，是不是有什么好事要发生呀？”

如果说为了不用吃猪肝才这么高兴，会不会太没内涵了？杉杉托下巴沉思了一会儿，说了一句很有内涵的话：“是好事，总是要发生的。”

是猪肝，总是会吃完滴！

Happy到中午，杉杉收拾桌子，打算跟同事们去员工餐厅用餐。啊啊啊，排骨套餐，我是多么想念你。

收拾好刚刚从座位上站起来，手边的电话响了，杉杉顺手一接，居然是22楼的阿May。

杉杉很紧张地问：“阿May，你不会又要送午餐下来吧？”

阿May说：“今天不送了。”

杉杉放下心，乐滋滋地说：“那就好，阿May我去吃饭了。你什么时候有空，我请你吃饭。”阿May下来送饭的次数最多，杉杉也和她混熟了。

“好啊，这个星期天我们去逛街吧，我正好要买衣服。”说到吃饭逛街阿May兴致勃勃的，然后很顺便地说了一句，“杉杉，总裁是没叫我送饭下去，不过他叫你上来拿。”

晴天霹雳。

杉杉仿佛被雷劈中，焦化状态中，半晌，杉杉犹抱侥幸地问：“……拿什么？”

“午饭啊。”

“阿May……你没听错吧？”

“没有。”阿May很肯定地回答。

“……”

杉杉深呼吸一口，不行，勇气不够，再深呼吸一口，杉杉英勇地说：“阿May，能不能麻烦你把电话转给总裁？”

“好，你等一等，我问问。”一会儿阿May说，“我转过去了。”

电话切换成了全公司统一的待接听音乐，杉杉握紧话筒。虽然说已经和大老板有过两次接触，可是在公司还是第一次啊，还是蛮紧张的。

过了一分多钟，电话那边才接起，封腾低沉的声音：“喂。”

“总裁，我、我是薛杉杉。”

“嗯，什么事？”

杉杉听到那边依稀有纸张翻动的声音，猜想他正在办公，连忙长话短说：“总裁，是关于午餐的事情，那天封小姐说……”

“关于午餐的事情。”封腾打断她，“薛小姐，我想我请秘书并不是为你送饭的。”

太对了太对了。杉杉激动，总裁您终于想到这点了啊，所以以后再也不要给我送了啊……

“所以从今天开始，你自己上来拿。”

不待她回答，总裁大人就很有魄力地将电话挂断了。

电话这头，楼下财务部，薛杉杉拿着话筒cos雕像。

同事催促她：“薛杉杉你不是说跟我们一起去吃饭，还走不走？”

“你们先去吧。”杉杉放下电话，回头对同事们飘忽地笑笑。

“你不去了？那你去哪里吃？”

“22楼。”

杉杉木木地飘出了财务部，剩下同事们面面相觑。同事之一半羡半嫉地说：“怪不得今天上午这么高兴，原来是扶正了。”

走进电梯，按下22楼的按钮，杉杉安慰自己，算了算了，反正是去阿

May那拿个饭而已，大小姐肯定忘记跟他们家厨房说了，想办法再提醒一下她就好。不过怎么联系她啊，难道要通过总裁？

到了22楼，走出电梯，杉杉眼前一亮——不愧是大Boss的地盘啊，装修都和下面不一样，多么的多么的，如此的如此的……

杉杉一时找不到词来形容，总之就是很民脂民膏的样子。

不过，阿May在哪里呢？

正当杉杉举目四望找阿May的时候，方特助含笑迎上来："薛小姐，总裁说让你直接去他的办公室。"

"呃，不是找阿May吗？"

"阿May大概去餐厅吃饭了，薛小姐快进去吧，别让总裁久等。"

"不会吧。"杉杉哭丧着脸。总裁大人日理万机，怎么还管发饭盒啊。

看着她的表情，方特助有些忍俊不禁，带着开心的表情下楼用餐了。杉杉找到总裁室，踌躇了一会儿，抬手敲门。

"进来。"

推开沉重的木门，杉杉习惯性地先探头往里看看。

总裁大人的巢穴比杉杉想象中的更加宽敞，明亮大气，气质凝重而简约，大Boss远远地在办公室那端，坐在宽大的办公桌后，正低头看卷宗。

工作中的封腾别有一种上位者的严峻，光线通过他身后的落地窗透过来，烘托般照在他年轻的身躯上，杉杉不由自主地被震慑住。

封腾眼睛仍旧看着卷宗。"站在那做什么，过来。"

"哦。"杉杉被惊醒，发现刚刚自己竟然被Boss大人的"美色"所迷惑了，不由得冷汗了一下。果然越危险的生物外表就越那啥啊，总裁大人就是最典型的例子。

转身关上门，杉杉走到封腾的办公桌边，封腾翻阅着卷宗。"稍等一会儿。"

杉杉点头，不敢打扰他，拘谨地站在一旁等他看完。

片刻后，封腾在页末签上自己的名字，合上卷宗。抬头看了薛杉杉一眼，封腾抬抬下巴，示意她看向右边会客区的桌子。

"午饭在那里。"

杉杉一眼看过去，下巴差点掉下来了。

天哪，这个封小姐怎么越来越夸张了！以前送饭用的还只是普通的一次性饭盒，今天居然用的是木质的三层圆桶饭盒。

居然还是两个！

封小姐当她饭桶么==

杉杉被震惊了，喃喃地说："两个……总裁，我吃不了那么多的。"

封腾咳了一下："其中一个是我的。"

杉杉更惊了，居然和总裁Boss同一个级别的待遇……难道……总裁的饭桶里面装的也是猪肝么--

杉杉讪讪地说："总裁，我、我不能再吃了。上次封小姐说不会再给我送饭了，她可能忘记跟你家厨师讲了。而且我上次抽的血已经补回来了，你看我脸色多红润啊。"

都快红成猪肝色了。

封腾看了她一眼，眼睛中闪过一丝笑，立刻又冷下脸来，一副淡漠的样子："她要做的事我不管，你自己跟她说。"

"呃，那总裁，你能不能把封小姐的联系方式给我？"

"她昨天飞欧洲了。"封腾悠悠地说，"大概一个月后回来。"

杉杉傻眼，难道还要吃一个月。

"薛小姐不必客气。"封腾淡淡地说。

"我没客气……"杉杉都想垂泪了。

封腾研究似的看着她："薛小姐是不是不好意思白吃白喝？"

"是啊是啊，总裁明鉴，实在太不好意思了。"杉杉连连点头。

"这样？"封腾沉吟，杉杉紧张地看着他，差点说总裁大人开恩了。

"那这样吧。"封腾沉吟片刻，有了决定，俊眉舒展，"你就做点事抵餐费吧。"

"……做什么？"

"把饭盒拿过来。"封腾命令。

杉杉把两个饭盒都拎过来。

"这个打开。"

杉杉把其中一个打开。

封腾扫了一眼菜色说："嗯，你把这个菜里面的胡萝卜丝挑出来，还有

这个菜的青椒也挑出来。”

看着薛杉杉傻不愣登的表情，封腾心情很愉快地补充：“仔细一点，就像那天挑香菜一样。”

Part 8

薛杉杉成了一名光荣的挑菜工。

虽然说富贵不能淫，贫贱不能移，威武不能屈，但是，但是，但是她还没有过试用期……

不过杉杉决定了，等试用期一过成为正式员工，她一定要好好表现一下她的气节。

至于现在嘛，还是先把豆子挑出来吧。

依旧是22楼的总裁办公室，薛杉杉坐在会客区的沙发上专心地挑黄豆，封腾和几位高级主管在总裁室附带的小会议室开会还没出来。

距离第一次出现在这里，已经过了快一个月了，杉杉开始还寄希望于封大小姐回来拯救她，可是前天却被总裁大人告知封小姐又去加拿大了。

真是的，才生完孩子就到处乱跑，总裁家的人果然个个神奇。比如说总裁大人吧，他的挑食已经到了匪夷所思的地步了，而且恐怖的是还会随着时间和烹饪方式的变化而变化，今天吃的明天未必吃，煮着吃的炒着未必吃……

正当杉杉暗自嘀咕的时候，会议室的门开了，封腾在一群主管的簇拥下走出来，杉杉虽然不认识这群人，但是知道这些肯定是公司的大头目，自己坐着总是不礼貌的，于是放下手里的勺子站起来礼貌地朝他们微笑了一下。

那群主管立刻说："薛小姐请坐请坐，不敢不敢。"

囧！

他们怎么知道她姓薛！

完蛋了，肯定她没骨气做总裁挑菜工的事情被全公司的人都知道了！

杉杉想到这里，心里那个凉啊，以后她在风腾怎么混啊。

封腾本来正侧身和别人说话，听到这边的动静，转身说："弄好了？"

"没有没有。"杉杉赶紧坐下来拣黄豆。

以后的事情以后再想吧，现在先伺候好总裁大人才是真的，挑菜工就挑菜工，好歹是御用的！

杉杉用小勺子把黄豆挖出来放自己饭盒里，总裁大人说过，食物不能浪费，所以总裁大人不吃的东西杉杉必须吃掉，现在这些黄豆当然也要进她的肚子。

她做得顺手，浑然不知道那些主管们看着是多么的震惊。

早知道这位薛小姐平步青云，不知道为什么获得了总裁的青睐，总裁连中午那点点休息时间都要和她在一起，完全不避讳人言。

现在看来，薛小姐和总裁的关系果然非比寻常。

她居然把自己爱吃的菜从总裁那里挖过来放自己碗里！

主管们带着一脸若有所思走了，封腾把手中的资料扔在办公桌上，走到杉杉对面坐下。

杉杉站起来，很恭敬地把饭盒放到他面前："总裁，弄好了。"

"坐。"

"哦。"杉杉已经和总裁大人共进午餐一个月了，当然这也是大Boss的命令，杉杉的理解是大Boss吃完要人收拾碗筷。

杉杉拿起筷子慢慢开始吃。说起来杉杉吃饭本来很快的，"呼啦呼啦"地非常有效率，结果总裁大人见了非常不满，要求她跟他要差不多同时吃完。

==

不得不说，总裁大人的好胜心真是太强了，比他吃得快都要嫉妒。

所以杉杉没办法，只能吃一口看一下总裁大人的进度，看得多了，封腾放下筷子："你看上哪个菜了，要吃自己夹。"

杉杉：“……”

嘴里有东西说不出话来，杉杉连忙摇手。

封腾了然地点头：“你的意思是你不夹……”

点头点头，总裁英明。

“要我给你夹？”

杉杉好不容易咽下东西正要说话，闻言立刻呛到了，一边咳一边用眼神控诉封腾：总裁大人你吃饭的时候不要讲笑话好不好！而且还这么冷。

封腾见她咳得眼泪都出来了，优雅地倾过身，轻轻拍打她的背帮她顺气。杉杉被他醇厚的男性气息笼罩，忽然一阵心跳加快，连忙往旁边闪闪。

总裁大人的气场果然太恐怖了，离近点心脏都强烈抗议。

封腾收回手，看着她略略发红的脸，忽然微微一笑，难得温柔地说：“想吃什么慢慢说，不要这么着急。”

杉杉咳得更厉害了，好不容易顺了气，连忙为自己的清白辩护。“总裁，我绝对不敢觊觎你碗里的菜的，我有黄豆就够了！”

“觊觎也没关系。”封大总裁很大方地说。

“呃？”

“今天牛肉很不错。”封腾状似不经意地加了一句。

明白了！看来今天的牛肉不对他胃口。杉杉摸摸自己的小肚子，一咬牙：“既然这么好吃，总裁你也让我尝几块吧！”

拿起干净的勺子，杉杉大无畏地向总裁大人的饭盒挖去。

封腾微笑说：“不用客气，你爱吃全拿走吧。”

勺子停在半空中，杉杉抬头看向封腾，差点含泪了。

“总裁。”

“嗯？”

“撑死算工伤吗？”

总算大总裁良心发现，没真把牛肉全塞给她，杉杉只吃了几块。不过不知道为什么，总有一种怪怪的感觉。吃完饭，封腾去洗手间清洗，杉杉在怪怪感觉的驱使下，迅速地收拾完，正要溜掉，封腾走出来说：“明天你不用来了。”

杉杉一惊，站住脚步，就这么解放了？完全没有经过一番艰苦的斗争什么的？杉杉那个失落啊。好歹让她有骨气地拒绝一回再说嘛，不然怎么表现她的气节呢。

不过，这样也好，就不用虐待她可怜的胃了。这么想着杉杉又高兴了点，脸上不自觉地漾出笑容。可惜笑容才出来，就听封腾补充说："半个月后再来。"

"啊？"

封腾唇角微不可见地略略扬起："有问题？"

"……没，没有。"

就知道没那么好的事情……总裁大人你别老讲半句再来个转折好不好。

杉杉闷闷地，打着饱嗝，走出了封腾的办公室。

吃饭时产生的怪异感觉困扰了杉杉一下午，做事都有点魂不守舍，可是哪里不对又说不上来。去茶水间泡茶的时候，杉杉忽然灵光一闪，不由得僵住，喃喃自语地说："我想起来了，剩菜……口水……"

啊啊啊，她做挑菜工做太顺手了，竟然完全没有意识到那些牛肉是总裁大人吃过的，上面不会沾了总裁大人的口水吧？

"什么口水？"

"总裁大人的……咦！"杉杉猛地回头，看见同事阿佳带着兴奋的神情站在她身后。

杉杉警觉地住口，"呵呵"笑一下就要跑掉。做挑菜工已经够没尊严了，她才不要让别人知道她已经沦落到吃剩菜了。

然而平时精明最懂进退的同事已经被"总裁秘史"冲昏头脑，一把拉住她："杉杉，你这个样子，难道今天才第一次……口水？"

"是啊！"以前绝对没吃剩菜过。

"啊，不对，不是不是，从来没有吃过。"

杉杉慌慌张张地端着杯子跑出茶水间。

这么明显的欲盖弥彰怎么可能瞒过精明的同事，阿佳一脸不可思议地站在原地感慨：总裁好纯情，今天才到Kiss这一步。

然后阿佳就端着还没冲水的空茶杯，一脸梦游地走出了茶水间。

吃剩菜的噩梦困扰了杉杉一整天，第二天，杉杉从阿May那知道总裁大人是带着Linda和方特助去欧洲分公司了，才彻底振奋起来。

大魔王出国了，呜哈哈哈！

杉杉于是过得很愉快，没料到过了几天，又有更好的事情发生。财务总监，也就是科长老头的上级，杉杉上级的上级，那天杉杉在封腾办公室里遇见的主管之一，在财务部例行晨会上宣布，薛杉杉和另外两位新进员工工作表现实在太优秀了，提前结束试用期，正式转正。人事那边也相当配合，在人事主管主动热情又不好推辞的陪同下，速度奇快地办好了一切手续。

杉杉那个开心啊，正式员工了！以后就能拒绝总裁大人一切不合理要求，而他也不能无缘无故地解雇她了！

人逢喜事精神爽啊爽！杉杉见谁都笑脸。

唯一不爽的就是杉杉发现员工餐厅的伙食水平下降了，想念已久的排骨套餐怎么吃怎么不对味。

唉～～～食堂大师傅肯定被表扬人多骄傲了。

Part 9

自从转正后，杉杉就有些迫不及待，每天扳着手指头数着日子等待大Boss回来。具体表现为，每天上班走进风腾大厦前，用充满斗志的眼神仰望22楼，下班走出去的时候，再用壮志未酬的眼神仰望一遍，最后才依依不舍地离开。

于是整个风腾人厦都知道了，在总裁不在的日子里，财务部的薛杉杉总是无比缠绵地看着总裁办公室，显然已经相思成灾了。

这天中午，杉杉吃了午饭趴在办公桌上睡觉。睡了一会儿电话响起来，杉杉懒洋洋地接起电话，阿May的声音传来。

“杉杉，有空吧，上来一趟吧。”

上去？！

杉杉坐直了，难道大Boss回来了？！

神情肃穆地说了一声“好”，挂了电话，杉杉深深呼吸——镇定镇定！薛杉杉！你一定会胜利的，因为胜利女神永远都会站在正义的一方！绝对不会因为大Boss比较帅比较有钱就倒戈！

杉杉瞬间从睡眠状态进入了战斗状态，燃烧着最旺盛的斗志烧到22楼。

阿May看到她来了，挥手叫她：“杉杉过来。”

杉杉朝她摆了摆手，表示一会儿再说，踏着坚定的脚步走到总裁大人门前，严肃地敲门，一边敲一边默念台词。

这个时候绝对不能和阿May聊天，一聊就斗志涣散了——这是无数武侠小说阐述的真理。

敲啊敲……敲啊敲……敲敲敲……换个频率继续敲……

没人答应她。

杉杉傻了，回头。

阿May和另外几个秘书早就捂着嘴笑得不行了，阿May一边笑一边喘气说："杉杉，总裁还没回来呢。"

"……那叫我上来……"

"不是总裁就不能叫你吗？我上个星期回家了一趟，给你带了些家乡特产啦。"

阿May憋着笑拿了个袋子给她。

"呃，谢谢谢谢。"

在众人饱含笑意的眼神中，杉杉流着汗带着特产灰溜溜地下楼了。

第一回合，薛杉杉完败，连大Boss的衣角都没摸着。

阿May一下午心情都很好，恰好有公事打电话请示封腾，说完公事，阿May不经思考地说："总裁，薛小姐很想你呢。"

说完心里就"咯噔"了一下，觉得自己莽撞了。封腾不是那种平易近人型的上司，并不好接近，属下对他向来是恭恭敬敬，不敢轻言工作以外的事情，可是今天被杉杉闹了一下，阿May心态特别放松，不知怎么就出了口。

封腾显然没料到她会说这个，片刻才很随意地回："哦？"

阿May心下揣摩大老板这个"哦"字，觉得应该是很有兴趣，让她继续说下去的意思，暗暗松了口气，连忙把今天薛杉杉做的事情原原本本全说了。

于是晚上薛杉杉蹲在电脑前玩游戏的时候，接到了一个奇怪的电话。

"我两个小时后的飞机，明天中午到。"

然后不等薛杉杉回话，对方就冷静地把电话挂了。

握着手机过了好久，杉杉才意识到刚刚居然是Boss大人的声音。

太嚣张了太嚣张了！杉杉愤愤地把手机扔床上——总裁大人居然还没回来就单方面宣战。

而且打国际长途！！！

钱啊钱……杉杉伤感了一下手机费，回头看电脑，差点吐血。

刚刚明明已经把Boss打得只剩一层血皮了啊！现在倒在血泊中的居然是她！怪物Boss耀武扬威地在她的尸体旁走来走去……

果然Boss都是一家的，居然声东击西，调虎离山！

旧恨又添新仇！

明天回来是吧！！！杉杉红着眼睛瞪着电脑，握拳ing。

第二天，杉杉一上班就接到阿May的密报，总裁大人的飞机十二点到S市，大约一点回到公司。于是杉杉不等封腾召唤，吃完饭就斗志昂扬地奔上22楼，在22楼守株待Boss。

等啊等啊，杉杉在阿May的位置上睡着了。

十二点三刻，封腾带着Linda和方特助出现在22楼，秘书们都站起来欢迎，阿May推了一下杉杉，没反应，再用力推一下，杉杉半睡半醒地抬起头。

半睡半醒间，眼前的所有都是模糊的，只有几个影影绰绰的人影，过了一会儿，逐渐清晰，清晰，杉杉望进了一双眼睛。

以薛杉杉的功力还看不透这双眼睛后面的思绪，眼睛的主人看到她，诧异地扬眉，眼中稍稍添了丝笑意，意料外又意料中的神情。

阿May说："总裁，薛小姐吃完饭就来了呢。"

封腾"嗯"了一声，举步向总裁室走去。"进来吧。"

杉杉还傻傻坐在阿May位置上。

Linda说："薛小姐，总裁叫你进去呢。"

啊！总裁！Boss大人！

杉杉全醒了！

杉杉连忙从阿May的位置上起来，快步跟上封腾走进总裁室。封腾把手中的公文包什么的都扔沙发上，吩咐说："把门关上。"

"哦。"杉杉关上门。对大Boss的命令，杉杉有时候已经行动快于思维了。

关上门转回身，杉杉愣住。

总裁大人……居然、居然在脱衣服……

好吧，虽然只是脱个西装，里面的衬衫还是穿得好好的，可是这个脱衣服的动作怎么这么好看呢。怪不得有人买票看脱衣舞，而且大Boss身材真不错……

杉杉看得目不转睛。

封腾脱下西装，看她傻站在那，随手就把西装扔给她："帮我挂起来。"

然后他就走进洗手间清洗，留下杉杉在原地捧着衣服石化石化……

大Boss就是大Boss，使唤人的事情做起来永远这么自然，再这么下去她绝对会变成总裁大人的全能丫鬟。

杉杉握拳，决定了，反抗，从不挂西装做起！

封腾擦了擦脸出来，就见薛杉杉仍然捧着西装站在原地，封腾皱眉："找不到挂衣服的地方？"

"不是。"杉杉鼓起勇气说，"总裁，我不会帮你挂的！"

"为什么？"

封腾表情一沉，漫步走向她，杉杉只觉得周身都被高压笼罩，压力越来越强。

"因为……"杉杉咬牙，双手伸出把衣服奉上。

豁出去了！

"因为现在天气冷了，总裁你还是穿上吧，不然会感冒的。"

薛杉杉你没救了……杉杉沮丧地瞪着手里的西装。

算了算了，挂衣服这是小事，今天主要是为了午饭的事情来的，这个绝对不能妥协。

封腾微微一笑："原来你是关心我，刚刚我还以为……"

他这一笑笑得杉杉毛骨悚然，杉杉忙否认说："没有没有，我当然是关心总裁您。"

"为什么？"

什么为什么？为什么关心他？杉杉绞尽脑汁，结结巴巴地说：“因为、因为，总裁的健康就是员工的幸福。”

“我的健康就是你的幸福，这话不错。”封腾满意地点头，“好了，我健康得很，你还是先把衣服挂起来吧。”

呃，总裁大人的话好像哪里怪怪的，杉杉边去挂衣服边疑惑。挂好衣服回来，也没想出哪里不对，杉杉把这个问题甩在脑后，期期艾艾地开口：“总裁……”

不对不对，怎么是这种语气，又不是来求人的。杉杉咳了一下，重新说：“总裁！”

封腾走向办公桌后：“怎么了？”

“那个，那个午饭……”

杉杉正要一鼓作气，死而后已，封腾却打断她说：“对了，去把沙发上那两个纸袋拿过来。”

又叫她做事！好吧，就帮他做这最后一件事好了。

杉杉把那两个漂亮的纸袋子拿过来递给他，封腾却不接，打开电脑输入密码，看上去很随意地说：“嗯，给你的，拿去吧。”

给——你——的！

这三个字不亚于九天惊雷，彻底把杉杉震住了，以至好几分钟都没反应。刚刚扫了一眼袋子里面似乎是护肤品吧，大Boss居然买护肤品给她……

好、好、好可怕！

几乎是生存的本能告诉薛杉杉，这东西绝对不能要，要了以后就没活路了……于是杉杉张口：“总裁，我不……”

“不”字刚出口，大Boss的眼神就砍过来了，不要的“要”字硬生生在嘴边刹车，杉杉差点憋内伤了！

“不什么？”

又威胁她！老是这招也不怕没创意。杉杉十分鄙视总裁大人。

“不……能不要。”

偏偏每次都被同一招威胁了，杉杉更鄙视自己。

看她低着头一点收到礼物的喜悦都没有，封腾眼中也闪过一丝不悦。

"好了，你出去吧。"封腾表情冷下来，挥手叫她出去。杉杉走到门口，封腾又说："明天中午记得上来。"

杉杉这才想起午饭的事情还没解决呢，步骤全被大Boss的礼物打乱了。

走出总裁办公室，杉杉决定了，这钱一定要还大Boss，但是大Boss肯定是不会收的，所以，杉杉十分智慧地想了个好主意——以后加班不打加班卡，不拿加班费，这总可以了吧。

Linda看见杉杉提着纸袋子出来，笑着说："薛小姐，果然是送给你的呢。"

她不无邀功地说："这个牌子是我向总裁推荐的，上次你不是说你冬天皮肤很干甚至会起皮吗？用这个最有效果了。"

事实上连给薛杉杉带礼物也是她提议的，只是这话自然不能和薛杉杉说。回国前她装作无意地问总裁是否要给薛小姐带份礼物，封腾却似乎对她的提议有点意外，片刻后才点头让她办理此事，估计之前根本就没想过帮薛杉杉带礼物吧。这么说来，这位薛小姐的地位似乎并不是很牢靠呢。

但是不管如何，眼前总是要拉拢的。

杉杉经Linda这么一说，才想起来，有一次她到楼上来，的确向Linda和阿May这些时尚人士讨教过这个问题，没想到……

"Linda。"杉杉想起什么，紧张地问，"这些护肤品要多少钱啊？"

Linda心中皱眉，觉得她实在小家子气，男人送东西收着就是了，问价钱多么俗气，不过还是笑着说了个数字。

"……"

听到价格，杉杉只有一个念头，让风把她吹走吧吹走吧……竟然这么贵，她要加多久的班啊！

杉杉万念俱灰了，喃喃地说："Linda，你就不能推荐个便宜点的吗？"

然后在所有人诧异不解的眼神下，杉杉游魂状地飘下了楼。

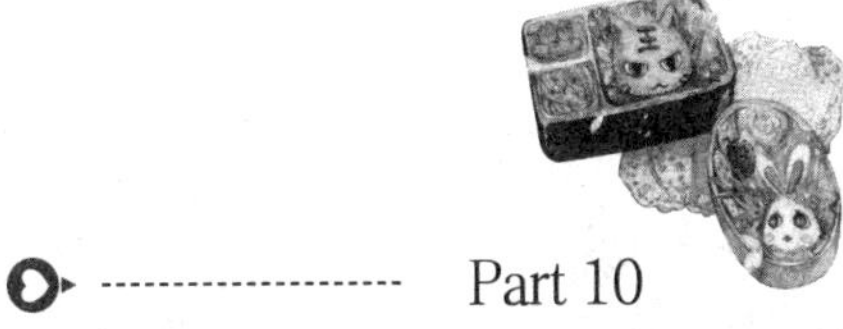

Part 10

游魂般地过了一下午，晚上，杉杉又坐在床上看着那些护肤品发呆。Boss大人不愧是大资本家，大棒加金元的手段运用得如此熟练。

哎～～

杉杉拆开漂亮的盒子，打算试试，毕竟这是她以后N年的加班费换来的，总不能放着过期吧。可是把那些瓶瓶罐罐拿出来一看，杉杉无语了。

这些瓶子上写的是什么啊?

虽然每个字母都认识，但是合在一起就不认识，好像是法文?

杉杉满脸黑线。

把盒子扔一边，杉杉躺在床上看了会儿天花板，然后又起来，找出纸笔把瓶子上的字母依样画葫芦地抄下来，打算明天问问办公室里的同事。

隔天上班，杉杉问了两个对这方面比较有研究的同事，结果她们也不晓得。杉杉想了想，看来只好问Linda了，既然是她推荐的牌子，她应该懂吧。

很快又到了吃饭的时间，杉杉十分忧郁地上楼。

忧郁是因为杉杉心里很矛盾。俗话说吃人家的嘴软，拿人家的手软，她吃了也拿了，却要拒绝帮人家做事，好像很小人很忘恩负义，可是如果不拒绝的话，将来还得继续吃，说不定还要继续拿，循环往复，她岂不是要从挑菜工变成包身工了?

包身工……杉杉一个激灵，遍体生寒——不行不行，这样就永远没有出头的日子了！宁可做小人，也不能做包身工！

前者是人格问题，后者可是人生问题。

杉杉又一次下定了决心。

可是一进办公室，杉杉就发现总裁大人现在的心情绝对称不上愉快。也对哦，饿着肚子的Boss都是心情不好甚至凶猛的，捋虎须的话还是等喂饱Boss再说好了。

杉杉自觉地坐下开始挑菜，挑完后又很恭敬地请Boss大人过来吃饭，然后边吃饭边偷偷观察，嗯，果然Boss大人的表情越来越和缓了。

于是吃完，杉杉终于英勇地开口了："总裁，挑菜这个工作我以后可以不做吗？"看见封腾的俊眉拢起，杉杉连忙找出替死鬼，"可以让方特助做！"

方特助我对不起你……

"啊，不对，让阿May做！"杉杉忽然想到了两全其美的办法。这可不是她陷害朋友，是阿May自己说的。上次逛街，阿May说这种事情她求都求不来，还说她要不想做就让给她。

"阿May学历高能力强，又细心又温柔，而且近水楼台随叫随到。"杉杉卖菜似的细数阿May的优点。

封腾眯起眼："帮我挑菜，你当成工作？"

不然当成什么？杉杉很想这样反问，可惜她的勇气已经用尽了，没胆开口。总裁大人现在的表情居然比刚刚饿着肚子的时候还可怕！

"既然不想做这个工作，那就别当成工作做。"

"啊？"那到底是做还是不做？总裁大人的话怎么这么深奥，就不能给个爽快点的答案吗？杉杉快被他绕晕了。

"你说阿May学历高能力强……"

咦，有转机？杉杉欣喜地大力推荐："阿May是硕士！"

"所以让她做这个太浪费人才。"封腾冷哼说，"你做正好。"

==

不答应就不答应，总裁大人你干吗人身攻击，杉杉郁闷。

看她一副敢怒不敢言的样子，封腾心情恢复了些，换了个话题说："昨

天给你的东西能用吗？”

“……我还没用。”

封腾脸上又晴转多云。

杉杉赶紧解释说：“不是不用，是上面的标签我看不懂，不过我已经抄下来了，等会儿问下Linda好了。”

封腾训斥说：“这种事情也去问别人，你不觉得丢人，我都觉得丢人。”

看不懂法文很丢人吗？杉杉觉得自己简直太无辜了，她只是个小财务，拜托总裁大人别以超人的标准来要求她好不好。再说了，就算丢人也是她丢，关总裁大人什么事= =

“拿来。”封腾一脸恨铁不成钢的不耐。

“什么？”杉杉茫然。

“你不是抄下来了吗？抄哪里了？”

“哦。”虽然不知道他要做什么，杉杉还是顺从地从裤兜里拿出纸。

封腾看了一眼，然后放在桌上，“过来。”

干吗？杉杉凑过头。

“听好了。”封腾指着某个词条开始翻译，“这个是……”

他一条一条地翻译下去，杉杉呆住，总裁大人居然亲自给她解释这个？？？

她还没惊完，封腾已经全部说完，问：“记住了吗？”

杉杉：“……”

= =刚刚光顾着惊讶了，根本没仔细听。

封腾用一种看猪的眼神看着薛杉杉，杉杉羞愧地低下头。

“你到底是怎么被招进来的。”封腾摇头叹气。

“算了。”他拿起笔，在每个词条后面写上中文。

他拿笔的姿势非常有魄力，天生一种掌握全局的气势，字迹也非常有力道……杉杉的视线不知不觉地从纸上转移到封腾身上，渐渐地望着他有点出神。

为什么竟然觉得总裁大人现在低头写字的样子很温柔……明明他一副不耐烦的样子……错觉，肯定是错觉。

封腾写完抬头，就看到薛杉杉看着自己一副神不守舍的样子，心情蓦地大好，把纸给她。

“拿好。”

“哦。”杉杉收好。

封腾微微一笑：“明天记得准时过来。”

杉杉被总裁大人突如其来的微笑晃了神，晕乎乎地点头：“哦。”

封腾满意了：“你回去吧。”

杉杉晕乎乎地出去了。

直到回到自己的办公室，杉杉才回神过来。

啊啊！总裁大人太不厚道了，大棒加金元还不够，居然还用上了美男计，糟糕的是，她居然中计了。

经过这两次交锋，杉杉明白了，总裁大人不可力敌，只可智取。直截了当地说是不行的，要想个委婉曲折的法子。又过了几天，恰逢CPA成绩出来，办公室里有人参加了考试，天天说这个，杉杉灵光一闪，有了主意。

这天和封腾吃完饭后，杉杉严肃地说：“总裁，为了提高专业水平，更好地为公司服务，我打算考CPA，所以中午要好好复习，所以……”

杉杉停住，期盼地看着封腾，就盼他自己领悟，然后知趣地说明天你就不用来了，好好看书吧。总裁大人肯定不知道CPA明年九月才考试吧？

封腾果然一脸领悟，会意地说：“你的办公室太吵？嗯，你中午可以在这里看书。”

杉杉蔫了。

虽然这次又失败了，但是杉杉是个坚强的孩子，已经从战斗中找到了乐趣，做好了持久战的心理准备，所以也没受多大打击。至于封腾说的什么在他那里看书，杉杉压根没放心上。

所以第二天在总裁办公室，杉杉对着桌子上那一“巨”堆书，表情不可不谓精彩绝伦。

“这些是什么？”

“CPA的教材。”总裁大人悠悠地回答。

杉杉总算明白什么叫搬起石头砸自己的脚了。

“你不是要在这里看书吗？我估计你会忘记带书，所以叫Linda准备了一些。”

封腾说着走到她身边，翻了一下，皱眉：“怎么就这么几本？”

杉杉两眼一黑，忍无可忍地说：“这些还不够多吗！”

CPA本来就有五门，光教材就很多了，可是这堆书不仅包括教材，还包括参考书和各种各样的试卷。

他居然还嫌少！

封腾不置可否地抽出一份试卷翻看。

“这些试卷不算书。”封腾翻了一会儿说，“你开始看书吧，以后每半个月考试一次。”

考试？！不会吧！总裁大人还要兼职班主任吗？

“可是我要上班。”

“那星期六过来。”

“星期六不是休假不用上班的吗？”

“我叫你来上班了吗？”封腾心情愉快地微笑，“让你来考试。提高个人专业水平，更好地为公司服务。”

杉杉垂死挣扎。“那我考一门……呃，两门就好，五门一起考不可能过的啦。”CPA考试可是出了名的变态啊。

“离考试还有一年，时间还很长。”

原来他居然知道什么时候考！太奸诈了。

“而且……”封腾笃定地说，“我有办法让你过。”

咦，难道总裁大人有什么门路？杉杉两眼放光。虽然她不会真去作弊，但是心里YY一下也爽啊。

“只要一句话。”

果然果然！总裁大人的样子十分有把握哦！杉杉激动。

“考不及格，扣工资。”

下午上班前五分钟，杉杉一脸菜色地被大Boss从办公室里放出来，捧着厚厚的几本书两眼昏黑地下楼。

所谓一鼓作气，再而衰，三而竭。

经此一役，杉杉彻底竭了。

同时也悟到了一个真理——

与天斗，其乐无穷。

与地斗，其乐无穷。

与Boss斗，其傻无比。

Part 11

小职工薛杉杉最近多了一个爱好——睡觉前打两小时网游。号是新开的，练的是血牛，名字叫作“打完Boss好睡觉”。

虽然有时会被无聊的人追问为什么不是“打完Kiss好睡觉”，但是杉杉还是玩得很happy，每天打完Boss后，总能一扫白天的郁闷，心情很愉快地入眠。

因为睡得香，再加上每天在总裁办公室大吃大喝，杉杉迅速地长了几斤肉。

于是杉杉很惊喜。

这些肉可都是吃总裁家的饭长出来的，不要花钱，完全是白长的，怎能不让人惊喜振奋呢？！

反正杉杉很有赚到了的感觉。

又一天晚上，杉杉打完Boss，走进卫生间刷牙洗脸准备睡觉。对着卫生间的镜子，杉杉捏捏自己脸上的肉。

嗯，肉没白长，软绵绵的，手感比以前好多了。这其中当然也有总裁大人带回来的护肤品的功劳，不然往年这个时候脸上早干得起皮了。

掐完左边，再掐掐右边，杉杉忽然苦闷起来，自言自语地说：“唉，其实我长得还过得去吧，怎么都没人搭理呢？”

和她同期进公司的女同事们已经个个有人追了，风腾那么多单身的青年才俊，怎么就没一个看上她呢？杉杉的自尊心小小地受到了伤害。

要是有人追她……杉杉刚刚开始幻想这种可能，脑子里就飘过了总裁大人阴沉笑着的脸，杉杉顿时打了个寒噤，所有的绮思都被吓跑了。

怎么会想到总裁大人！好可怕！还是睡觉吧！

杉杉连忙爬上床，把头蒙在被子里。

结果……睡觉也不安稳，阴魂不散的总裁大人居然跑到她梦里。

梦境是很美丽的。

一望无际的绿色草地，杉杉愉快地蹲着在地上吃草，对，吃草，因为她（它？）现在是一只大白兔。

吃着吃着，视线里忽然出现了一双黑色皮鞋，兔子杉杉抬头看看，哦，原来是总裁大人。总裁大人衣冠楚楚，姿态优雅，正低头朝她微笑。

兔子杉杉看了一眼就低下头继续吃草，边吃边想：郊游还穿西装，总裁大人你真是太不和谐了。

正当杉杉腹诽的时候，忽然她的长耳朵被人一把抓着提起来。

“草比我好看吗？”总裁大人很生气地说，“我白喂你，白喜欢你了。”

喜欢？她听错了吧？

杉杉惊呆，吃了一半的草从她嘴巴里掉下来。

总裁大人好像知道她心里想什么，咳了一声，表情很傲慢地说：“你没听错，我是，嗯，那个你，你不用太激动了。”

杉杉继续惊呆，嘴巴里又掉下来一根草。

总裁大人看她一直不说话，恼怒了。“你就没话说？没什么表示？”

杉杉摇摇头，想说我是兔子啊，怎么会说话。谁知总裁大人见她摇头，忽然怒吼一声，眨眼变成了一只大老虎，一口把兔子杉杉给吞了。

“啊”的一声，杉杉半夜惊醒了，抱着被子冷汗涔涔。

好可怕诡异又奇幻的梦啊！看来以后再也不能打网游了。

那片草地太熟悉了，就是网游里她经常打怪的地方嘛。

那只大老虎更熟悉，就是今天被她打死的怪物Boss嘛。

它居然和总裁大人一起来复仇了。

好吧好吧……这些都不是关键。

关键是！！！

梦里总裁大人说喜欢她的时候，她居然面红耳赤加心跳如雷，要不是Boss大人耐心不足，变成老虎一口把她给吃了，她多半就半推半就地答应了。

杉杉抱着被子抖啊抖。

难道……难道自己竟然对Boss大人有那个意思？不然害羞又心跳个头啊。

不会吧！！！！

难道嫌死得不够快吗？

如果总裁大人知道她居然敢做这种梦，肯定会把她从22楼的窗户外扔出去。

“不是不是……肯定不是这样的，听到告白心跳加快是正常的，不快那是死人。”杉杉努力说服自己，“对对对，就是这样，就算是头猪向我告白我也会害羞的，何况总裁大人是个人，对没错，就是这样。”

再三确定自己对总裁大人忠心耿耿，绝无“二”心后，杉杉终于镇定了下来，不过由于受惊过度，后半夜一点都没睡好，第二天神经衰弱地去上班了。

不料中午在总裁办公室，又发生了让杉杉更加神经衰弱的事情。

“为什么……我要跟你们去旅游？”

杉杉好想抓住Boss大人的肩膀猛烈地摇晃。他们总裁办跟人事部出去旅游关她什么事啊！为什么她也要去！

风腾的员工每年都有一次公费旅游的机会，公司会提供远近不同的数条路线让员工选择。不知何时又形成了两个部门合办的传统，于是约定俗成一直延续至今。今年财务部是和营销一部一起，在杉杉来公司前就已经旅游过了，而总裁办早在去年就定下和人事部一起。

封腾先生一般是很不耐烦参加这种旅游的，往年都不见踪迹，今年却不知怎么心血来潮打算参加，消息传出去人事部的员工们都振奋不已。

而在刚刚，总裁大人就用十分平常的口气，“通知”薛杉杉后天早上七点准时在风腾楼下集合，和他们一起去太湖旅游。

“总裁……我、我不想去。”

杉杉心里那个悲愤啊。用脚趾想也知道总裁大人拉她去干什么，肯定是怕外面的东西有他不爱吃的，于是带上她这个免费长工，随时随地帮他挑菜。

听到拒绝，封腾的脸色沉了下来。“或者你想留下来考试？”

考试……对哦，后天是星期六，又到了她考CPA的日子==

本来以为总裁大人只是说说而已，谁知道上次真的被他叫来考试了。不过上次是他自己有公事见不得别人清闲，这次他不是要出去旅游吗，哪有工夫看着她？

杉杉正要这么反驳，一想不对，按总裁大人的性格，直接拒绝的话他肯定会想出别的法子折腾她，不如……

杉杉脑中冒出个主意，越想越妙，脸上不由得露出笑容，十分诚恳地对封腾说：“总裁，能和你一起旅游真是太好了，我后天一定会准时到的，呵呵呵。”

杉杉笑得很开心，封腾看了她一会儿，也微微笑起来。

杉杉的主意是这样的，七点集合对吧，那她就七点半甚至八点出现。集体旅游肯定不会等她一个人啦，到时候他们走了可不能怪她。

当然不出现也是不行的，那样总裁大人就会知道她是故意的了。所以杉杉打算八点左右到警卫大叔那报到下，表达一下由于塞车没有及时赶上旅游的痛苦和遗憾，这样就有了目击证人。

嘿嘿嘿嘿，真是天衣无缝的计划啊。她真是越来越有心计这个东西了。

于是周六早上八点，杉杉咬着包子，十分悠闲地出现在风腾大厦前。

然后，她就看到了一辆很明显的旅游大巴车。

囧！

杉杉不敢相信地拿出手机来，已经快八点了啊，怎么他们还没走？？？

杉杉石化在大巴车前。

阿May打开窗户，大声叫她：“杉杉，快上来啊，就等你了。”

杉杉点着头，梦游般地走上车，一眼就看见总裁大人。他坐在前排靠窗的位置，穿着质地柔软的灰色毛衣，格外地丰神俊朗。杉杉还是第一次看见他穿得这么随意，比在公司少了一分严峻，却多了几分年轻潇洒。

眼角瞄瞄车内，只有总裁大人旁边有空位了，杉杉十分知趣地在封腾旁边坐下，殷勤地问好："呵呵，总裁，早啊。"

封腾淡淡地说："不早了。"

杉杉心虚地干笑。

人到齐了，司机开车出发，导游小姐简单介绍了太湖的景色和历史后，车内放起了轻柔的音乐。

杉杉越想越不对，他们不会真的等了她一个小时吧？忍了一会儿，还是忍不住问封腾："总裁，你前天不是说七点集合吗？"

"你听错了。"

"没有啊。"她听得清清楚楚的。

"既然我说七点，为什么你八点才到？"

封腾一点生气的表情都没有，却让杉杉"唰"地冷汗下来了。薛杉杉你这个白痴，这么问不是摆明是故意迟到的了吗？

杉杉连忙补救："呵呵，总裁你说的是八点，我记起来了，刚刚我说错了。"

封腾恍若未闻，神色平淡地看着手中的旅游简介。

难道真的是自己记错了？杉杉左思右想，回头低声问后面的阿May："阿May，到底今天几点集合？"

阿May说："本来之前说是七点的，昨天总裁说太早了，临时改了八点，怎么你不知道？"

她怎么会知道！根本没人告诉她！奸商奸商奸商！

他肯定是故意的！

但是他怎么连她想什么都知道？难道他家的饭里下了什么古怪的东西？

>_<

杉杉很想质问封腾，但是看看他专心看简介的样子，又不敢，直觉告诉她，现在看上去很平静的总裁大人比唬下脸吓她的那个更可怕。

不得不说她小动物般的直觉是很准的。

封腾在商场上混迹多年，哪会真如平时对她那般喜怒形于色，否则早被啃得尸骨无存了。

两个多小时后，太湖到了。

一路上封腾面无表情的样子让杉杉很不安，杉杉偶尔开个话头，他也不接，杉杉想完蛋了，这次总裁大人生气大了。

不过他到底气什么啊？她不是又被他算计了吗？又没赢他==

到了景点下车的时候，杉杉连忙抢过总裁大人的背包，“总裁，我来帮你拿吧。”

紧紧地抱着包，眼神很坚决地看着封腾。

封腾看了看自己被抢劫走的财物，没说什么，披上风衣下车。

杉杉亦步亦趋地跟着下车。

一行人在导游的带领下往里面走。

杉杉虽然很想跟在总裁大人身边将功赎罪，可是显然总裁大人的魅力太大了，一会儿杉杉就被上前搭话的员工们挤在了后面。

杉杉只好抱着包跟阿May一起落在最后，阿May看看封腾身边的人群说:“杉杉你真是好脾气。”

“啊？有吗？”杉杉不好意思地谦虚，她真当阿May在夸她呢。

阿May说:“早上你还没来的时候，人事部有个女的居然想坐总裁旁边。”

“谁啊？”哪位同仁这么勇敢善良，竟然舍生取义。

“喏，就是那个穿红衣服的。”阿May指指封腾身边员工中的一个。“结果你猜总裁说什么？”

“什么？”

“总裁看都没看她一眼，说，‘没别的位置吗？’哈哈！”

= =

果然是总裁大人的风格。

杉杉瞄了瞄那个女子苗条的背影，摇摇头，很看不上地说：“她太瘦了！”

Boss大人身边需要像她这么身强力壮能提包负重的人啦！

走了一段路，大家坐船去太湖仙岛，也叫“乌龟山”来着，是今天的主要目的地。在岛上走马观花地看了几个景点，杉杉有点饿了，两眼发光地盯着自己手里的包。

Boss大人的包里肯定有很多好吃吧，偷偷拿点他会不会知道？

杉杉犹豫着要不要做贼的时候，走在前面的封腾忽然回头。

“杉杉，过来。”

正隔着包摸形状猜是什么食物的杉杉吓了一跳，急忙放下手做无辜状看着他。

咦，总裁大人叫她？是不是代表不生气了啊？那能吃包里的东西了吗？

杉杉欢快地奔过去，连封腾叫她杉杉都没注意。

“总裁！”

我们吃饭吧！

杉杉两眼亮晶晶的。

封腾给她看得恶寒，忽然觉得自己好像变成了肉骨头一类的东西，努力忽略掉那种感觉，他指指前面的建筑说：“你也去求一个。”

杉杉顺着他的手看过去，居然是个月老祠，里面已经有不少未婚员工在求签了，杉杉依稀听到道士在说什么解签五十块啊什么的。

于是杉杉立刻摇头。

“总裁，我不求。”

杉杉很有志向地说：“我现在以事业为重，不考虑婚姻的事情。”

鬼才去求签，一支签五十块！干吗不去抢！而且那些道士是骗人的啦，他们都能娶老婆。

而且……

她根本没带钱好不好==

她又没想着出来玩，出门的时候就随便塞了十几块钱当路费，哪来的钱求签。

封腾看了她一眼，拿出皮夹，递出一张五十的钞票。

“去求。”

杉杉接过钱，迟疑地说：“总裁，你的钱，我去求，那签算你的还是我的啊？”

封腾唇角微勾：“我们的。”

“呃……”

可以这样吗？

杉杉疑惑地往月老祠里走，员工们看见封腾和薛杉杉走进来，纷纷谦让着都让她先求。

杉杉跪在蒲团上，拿着签筒才摇了两下，一支签就掉下来。

封腾拾起来看了看说：“第一签。”

拿到解签的道士那，道士对着书摇头晃脑地说：“好签，第一签是上吉签，签文曰——关关雎鸠，在河之洲，窈窕淑女，君子好逑。小姐，你的姻缘到了。”

周围的员工们纷纷恭喜薛杉杉。

封腾听到签文，有些意外地一抬眉，而后又若有所思地淡淡一笑。周围的同事们都是大公司里混的人精，早就暗中关注着他了，于是一边思索着总裁这神情是什么意思，一边试探地恭喜着。

很快他们就得到结论，不管总裁对薛杉杉是什么心思，他现在对这样的马屁不讨厌是绝对的，拍了总没错。

就在这一片恭维声中，只听薛杉杉喜滋滋地说：“这签是不错哎，还是第一次有人夸我是淑女。”

月老祠里顿时寂静了，封腾看了一眼薛杉杉，然后头也不回地走了出去。

Part 12

从月老祠里出来后，杉杉明显地感觉到同事们看她的表情有点怪怪的。

不用这样吧？她不就开个玩笑么，虽然冷了一点= =，再说她也不是故意的，只是心头一慌就脱口而出了。当时的气氛那么怪异，大家居然把总裁大人和她放在一起恭喜，她能不慌吗……

所谓做贼心虚大概就是这样了，虽然她没做贼，只是做了个梦……

唉……

月老祠出来后大家就在湖边野餐，杉杉啃着阿May救济的白面包，望着太湖水默默落泪。泪水滴在湖水中，荡起无数细小的涟漪，破碎而凄凉。

嗯，好吧，其实掉湖里的不是眼泪，而是面包屑……不过效果都一样，都很凄凉，有比看着别人吃肉自己啃干面包更凄凉的事情吗？

偏偏阿May是个减肥狂人，知道要野餐也没带什么吃的，总裁大人的食物嘛……

杉杉不禁看向十几米外人群簇拥的地方，那边人事主管正满脸笑容地和封腾说话，几个同事面带笑容地围在他们身边，她只能看到封腾的背影。

杉杉掉回头，掐点面包下来扔进湖里喂鱼："来来来，同甘共苦，大家一起吃。"

各色锦鲤纷纷游过来争食，红的白的浮在水面上，十分好看，杉杉笑眯眯地喂着喂着，忽然所有鲤鱼都摆摆尾巴往旁边游走了……杉杉转头一看，Boss大人那边居然有几个女同事也开始喂鱼，边喂边兴奋地喊："快来看，好漂亮的鱼哦。"

！！！

这群肥胖势利的鱼，也不想想是谁先喂你们的。

杉杉收回手，看着浩渺的湖水，莫名地心情低落了起来。

明明是很美好的周末啊，为什么她要在这里啃干巴巴的面包当看人脸色的跟班呢？明明家里有软软的大床、香喷喷的小米粥等着她，还有一堆好几天没洗的衣服……

杉杉食不知味地啃完面包，对着湖水默念一百遍啊一百遍："这日子没法过了，老天你爽快点给我个了结吧！"

显然老天是不会搭理她这种小老百姓的，旅游回去，杉杉继续过着水深火热的日子。

回来后就临近年底了，财务部有一大堆事情要做，还要应付一拨拨的会计师，杉杉忙得脚不沾地，连续好几天都加班到十点后。

就这样还被事务所的会计师们羡慕，据说他们有时要加班到凌晨三点。

钱不好赚啊！

在这样忙碌的情况下，每天中午还要去总裁那里受刑，杉杉觉得真是人间惨剧。尤其总裁大人还总是黑着脸，好像她没发他工资一样。

于是，在精神和身体的双重折磨下，薛杉杉光荣地感冒了。

本来杉杉是不当一回事的，感冒嘛，吃药七天好，不吃药一个星期好，多喝白开水就行。不料这次感冒居然来势汹汹，连万能的白开水治疗法都没用。

这天早上一起来，杉杉就觉得一阵一阵地晕，但是请假显然是不可能的，手头工作一大堆呢。只好吃了几片VC，撑着去上班，中午又去伺候总裁大爷吃饭，吃完开始看CPA。

杉杉觉得不行了，头太晕了，眼皮不断地往下坠。眼角瞄瞄总裁大人，他正在办公，并没有盯着她，说起来他最近也超级忙……

悄悄闭会儿眼睛没关系吧？

杉杉悄悄把头靠向柔软的沙发垫，眼睛困乏地合了起来……

不知过了多久，蒙眬中听到有人说话的声音。

“……有点发烧……”陌生的声音。

“要挂水吗？”

不要挂水！小感冒还要挂水多搞笑啊！而且挂水要好几百块……

“暂时不用，吃了药片多休息就好。”

嗯，这个陌生人是好人……

嘀咕嘀咕，嘀嘀咕咕的说话声，接着是关门声……

嗯……

世界安静了～～～继续睡觉^_^

杉杉醒了。

坐起来，头还是有点晕，但是比之前好多了。

转脑袋左右看看，发现自己还在总裁办公室，应该没睡多久吧……不过沙发前怎么多了个屏风？依稀听到屏风外封腾和人说话的声音，声音很轻，听不清在说什么，还有……

杉杉摸摸盖在自己身上的薄毯子！

~>_<~

第一个念头——睡觉被发现了！

第二个念头——还好自己不打呼= =

杉杉转着乱七八糟的念头，摸出自己的手机一看，忍不住轻轻“啊”了一声。

竟然两点多了，她居然睡了这么久！

这边的动静显然惊动了外面的人，外面静了一会儿，然后杉杉听到封腾简单交代了几句，那人关门出去了。

杉杉看着封腾一脸不悦地走近屏风，很尴尬地抓抓头发。

总裁大人又生气了，怎么办怎么办？

杉杉脑子里使劲回想上次在网上看到的“上班族必学一百招”，比如浏览黄色网站被老板看到了怎么办，上班睡觉被老板发现怎么办……

可是一点都想不起来了= =，果然书到用时方恨少……

就在杉杉准备坦白从宽、主动要求扣工资的时候，封腾不悦地开口："你生病怎么不说？"

咦？居然不是骂她上班睡觉？

杉杉把手规规矩矩地放膝盖上，小心地问："总裁，你不生气了？"

封腾的表情一僵："我什么时候生气了？"

切！骗鬼！不生气干吗每天摆出一副"你把我惹毛了，快点想想怎么讨好我，不然我就开除你"的表情。

也许是杉杉脸上的不屑太明显了，封腾有些不自在，转换话题说："下午别去上班了，我跟你们科长打过招呼了。"

"哦，谢谢总裁。"杉杉想起毛毯，诚恳地跟他道谢。看来总裁同学虽然大部分时间像冬天般严寒，但偶尔也会有春天般的温暖嘛。

道谢完，杉杉正想向他告辞，忽然想到什么，心里一个"咯噔"，抬头紧张地看着他："总裁，你怎么跟科长说的啊？"

看着杉杉紧张的样子，封腾的气恼一时都收了起来，换上一副似笑非笑的表情，她也知道要担心自己的名声了？

封腾当然不会跟别人说她在他这里睡着了，只说她生病已经回家。不过他有心让她着急，也不答她，倒了杯开水，和药片一齐递给她："把药吃了。"

杉杉看他不回答，更着急了："总裁，你没说请假吧，我要调休！请假要扣年终奖的。"

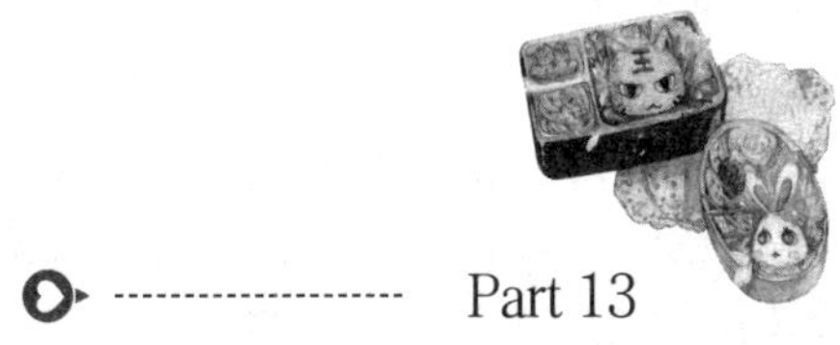

Part 13

看在她是病人的分上！

封腾努力克制着把她扔出去的冲动。

办公桌上的电话适时地响起来，封腾转身走出去，硬邦邦地说：“把药吃了，继续睡觉，不准出声，不然就扣你的年终奖。”

出声就扣工资……这是总裁大人独创的剥削方式吗？

杉杉立刻闭上嘴巴。

安静了一会儿，杉杉忽然想起刚刚自己明明是要走的，怎么又留下来了？不过如果现在出去，给人看到会不会很奇怪啊？

杉杉后知后觉地想到这个问题，托着下巴开始琢磨不被人看见偷偷从总裁办公室溜回家的可能性有多大，得出可能性等于零的结论后，杉杉死心了。

为了Boss大人的名节，她还是等风腾的人都走光了再跑路吧，大Boss应该不会赶她出去吧？

会客区的窗帘不知何时被拉上了，和屏风一起隔出了一个相对封闭的幽暗空间，杉杉站起身，想到总裁大人不准出声的命令，蹑手蹑脚地走过去拉开窗帘，冬天的阳光一下子照了进来。

冬日的阳光很微弱，照在身上却给人一种强烈的温暖的感觉，懒洋洋的很舒服，杉杉干脆趴在窗台上晒太阳。

办公室里很安静，只有纸张翻动的声音，偶尔有电话打进来，总裁大人说话的声音也十分好听。

杉杉竟然觉得自己有点享受这种氛围，让她心里暖暖的很平和。晒了一会儿太阳，杉杉想起药片还没吃，回去拿起水杯吃药。

水还是热的，水杯拿在手里温温的热着掌心，杉杉脑海中浮现刚刚封腾微笑着给她倒水的样子，忽然有些怔忡。

Boss大人虽然喜怒无常，冷热交加，阴晴不定，奇奇怪怪，有时却还不错的样子……要是哪天Boss大人忽然叫她再也不要上来了，她会不会反而不习惯呢？

这个念头一冒出来，杉杉自己都被吓了一跳，连忙把这个念头赶出脑袋。

开玩笑！要真有那么一天，她放鞭炮庆祝还来不及呢。

到五点多下班的时候，杉杉更加肯定了这个想法。

总裁大人居然问她要药费！还说就随便点给个一百吧！

一百块！

有什么感冒药要一百块吗？？？

简直是敲诈！原来Boss大人还兼职做黑社会！

因为身上现金不足一百，杉杉含冤地写了借条，心痛万分地走出风腾，忍不住一百零一次祈祷老天，让她脱离魔爪的那天快快来临吧！

杉杉没想到这次老天这么给面子，她感冒还没全好，脱离魔爪的机会就来了。

那是很平常的一天，因为会计师查账的缘故，晚上财务部大部分人都留下来加班，杉杉被一个会计师问得头昏脑涨，好不容易得了个空，端着茶杯就往茶水间跑。

还没走进茶水间，杉杉就听到阿佳八卦兮兮的声音。这个同事平时一副精英样很能唬人，只有深入接触后才能发现其媲美狗仔队的八卦本事。

“喂，你们听说没，今天中午人事部的周晓薇上了总裁的车。”

茶水间还有另外两个忙里偷闲的同事，闻言都怀疑地看着她，阿佳见她们不信，着急了：“你们别不信，就在楼下，好多人都看到了。”

杉杉拿着杯子愣在门口，脸上满布震惊。

总裁大人的魔爪居然又伸向别的女员工了！怪不得今天午饭吃到一半，接了个电话就走了，原来是去抓壮丁。

周晓薇？杉杉在脑子里面搜索，这个名字怎么这么熟悉。

哦，想起来了，就是上次去无锡旅游，阿May说要坐总裁大人旁边的那个。后来阿May还八卦地打听了名字告诉她。

印象中是个很瘦弱的小美人啊，哪有她这么坚忍不拔忍辱负重，肯定经不起总裁大人的折腾。

杉杉脑中不由得浮现了一幅画面，柔弱的小美人在总裁大人的威胁下边惊恐地喊着“不要”“不要”，边梨花带雨地写借条和卖身契……

杉杉顿时义愤填膺，正义的小宇宙熊熊地燃烧起来，虽然心底有些闷闷的说不清楚的感觉，但在大义下这种感觉微不足道。

杉杉握拳出言讨伐：“总裁太可恶了，怎么可以这样！”

“人家巴不得这样呢！你看今天周晓薇中午上了总裁的车，待遇立刻就不一样了，今天人事部都要加班，就她被人事部处长特许回去了。”

“……太……太过分了！”杉杉声音颤抖，严重地嫉妒了。

放假！居然可以放假！同样是长工，她从来没被放假过！这几天生病还要挑菜！Boss大人也不怕传染！

“啊，杉杉！”阿佳惊叫一声，终于听出了声音是谁，只见薛杉杉站在门口，满脸“愤怒嫉妒恨”，阿佳暗叫糟糕，她不会以为她在搬弄是非吧，万一传到总裁那……

这么一想，本来要卖关子的阿佳急忙倒豆子似的说：“杉杉，你别误会，总裁没跟周晓薇怎么样，听说是因为周晓薇是稀有血型，总裁妹妹大出血要输血，就叫周晓薇去了。你千万别误会啊。”

大出血？封小姐不是在国外吗？

杉杉吃惊又担心：“怎么回事？封小姐没事吧？”

“听人事部的人说好像没事了。”阿佳说着，忍不住八卦病又犯了，打探说，“哎呀，我跟你说这个干什么，你天天和总裁在一起，难道不知道？”

听到封月没事，杉杉放下心，可是那种闷闷的感觉却又出现了，而且比刚刚强烈得多。原来公司还有人是稀有血型?

杉杉下意识地看着自己手腕的血管。

按照封小姐的习惯，明天大概会叫人送猪肝饭给周晓薇吧，然后吃着吃着就去总裁办公室吃，顺便给总裁大人做长工……

然后她以后就不用去总裁大人那报到了，彻底解放了。

期待已久的事情美梦成真，杉杉高兴了一下，可是也只是高兴了一下而已，迅速地心情就低落了下来。

有了替死鬼，明明是值得开心的事情，为什么她就觉得胸闷得难受，提不起精神来呢?

为什么……会有一种被弃养了的感觉呢?

下班后回到家，杉杉还是没有摆脱那种叫人讨厌的情绪。在屋里转了几个圈圈，杉杉抓起电话，打给高中同学。

“我现在心情很不好。”

“怎么啦？”

“唉～”杉杉长叹了一口气，许多话要说，却不知道从何说起。“这样，我打个比方哦。”

“说吧，我听着。”

“从前有一头猪，被一头狼捉去圈起来养，狼跟猪说，养它是为了将来要吃它的肉，猪虽然又不情愿又害怕，可是它打不过狼，只好吃那头狼喂的东西。就这样过了一段时间，猪越来越肥了，这时狼却把它放了，抓了另外一头猪吃，那只猪居然很难受，你说，那只猪该怎么办呢？”

“呃……那就做一头自由奔放的野猪吧！”

杉杉满脸黑线:“你根本没弄清楚重点！不被吃不是很好吗？那只猪为什么难受呢？”

“哇！我知道了！那肯定是那头猪爱上那头狼了！跨越种族的恋爱，好浪漫哦！”

“……陆双宜！你这个白痴！”

杉杉忍无可忍地把电话挂了。

是夜，杉杉一直没睡好，同学那句“跨越种族的恋爱”搅得她脑子乱乱的。第二天，杉杉带着两个大大的黑眼圈精神萎靡地去上班，引来同事们关切的慰问和阿佳了然同情的目光。

中午吃饭的时候杉杉识趣地没去总裁办公室，趴在自己桌上。

今天没她的午饭啦！

要高兴，要高兴，薛杉杉你终于自由了。

又萎靡了一会儿，杉杉终于以小强般的生命力重新振奋了起来。正打算去员工餐厅补充能量，桌子上的电话响起来，杉杉顺手一接，总裁大人十分不悦的声音从话筒里传来：“薛杉杉，你居然敢罢工！”

哼！

就知道总裁大人不会放过她这个熟练工。

总裁办公室里，杉杉一边挑菜一边习惯性地腹诽着，顺便鄙视一下自己，刚刚居然因为以后不用来这里而烦闷。

总裁大人今天似乎心情不大好，吃饭的时候气氛有些沉闷。

杉杉吃了几口，忍不住问封腾：“总裁，封小姐没事吧？”

封腾微微诧异：“你知道了？”

心中不由得有些不悦。那个员工口风未免太松了，昨天才发生的事情居然连薛杉杉都知道了。封月出意外导致大出血的事虽然不是什么不能说的事情，但是封腾非常不喜被底下员工议论。

封腾简单地说：“她没事。”

“哦，那就好。”杉杉安静了一会儿，又讷讷地问，“总裁，那你和封小姐打算怎么谢谢周小姐啊？”

“你问这个做什么？”封腾目光灼灼。

“呃，那个……”

是哦，她问这个干什么？难道说她想知道以后会不会多个饭友？

杉杉支支吾吾说不清楚的样子却意外地取悦了封腾，他没再为难她，直接地说：“支票。”

支票？！

杉杉反射性地问：“那你当初干吗不送支票给我？”

封腾蓦地大怒，阴寒地说：“薛杉杉你是白痴吗？你就不会放长线钓大鱼？”

难道支票会比他值钱？

薛杉杉愣愣地看着他，对他的话好像明白又好像不明白，动作极度缓慢地往嘴巴里送菜，完全被震住了的样子。

忽然，她的表情变得极度扭曲痛苦。

封腾虽然有些恼火，还是问：“怎么了？”

杉杉异常艰难地说：“……被……大鱼……的……刺……卡住了……”

Part 14

被封腾叫上来的公司医生憋着笑帮杉杉取出了鱼刺，然后杉杉就和无辜的医生一起被不爽的总裁大人丢出了办公室。

杉杉愁眉苦脸地过了一下午。总裁大人那句“放长线钓大鱼”时不时在她脑子里冒一下，可是一想到大鱼她就想起被鱼刺卡到的感觉……

所以……

还是不要想了吧。

总裁大人这么奇怪的人说些奇怪的话是很正常的，跟着他的话去想东想西才有毛病。

这么一想，杉杉就心安理得地把总裁大人的话格式化了，然后重启一下，又是一个没有烦恼的薛杉杉^_^

>_<

其实还是有点怪怪的感觉= =

今天是周五，快下班的时候员工难免有些浮躁，科长老头又去别的部门了，阿佳干脆离开座位，站在杉杉旁边闲聊。

“杉杉，你明天穿什么衣服？”

杉杉脑子里还堆满数字，一时没反应过来，抬头看着她。

“明天晚上年会啊，你加班加傻啦。”

杉杉这才想起，明天晚上公司总部要举办新年会了，上个星期就发了通知的。

想到年会，杉杉不由得精神为之一振，口水为之纵横。

听老员工们说，风腾每年年会都是大手笔，不仅在五星级大酒店举办豪华餐会，餐会上还有巨额抽奖。去年年会的头奖是一辆汽车，最小的奖也是新款数码相机。

今年的年会依旧选在五星级大酒店举行，西式自助餐的形式。风腾今年的业绩比去年更佳，大家猜想奖项肯定不会比去年逊色。

杉杉不由得幻想了一下自己拿到头奖的画面，不晓得今年的头奖是什么啊，如果还是车，那就卖掉，嘿嘿嘿……YY得正欢，杉杉忽然想起，头奖好像是由总裁大人颁的……

眼前闪过中午总裁大人的黑脸，杉杉忍不住抖了一下。

算了，头奖还是让给别人吧，她拿个二等奖就好了= =

就在杉杉这一愣神的工夫，又有女同事感兴趣地过来和阿佳讨论起明天穿什么衣服，杉杉边听她们聊天，边皱成苦瓜脸。

差点忘了，年会虽然有的吃又有的拿，可是居然变态地要求所有员工必须正装出席!

真不知道是哪个BT想出来的主意，现在都快零度了好不好，穿礼服会不会结冰啊= =

杉杉忍不住跟她们抱怨了两句，同事之一不以为然地说："这有什么，每年都是如此，你总不能穿着运动服跳舞吧，而且酒店有暖气。"

= =

还要跳舞……

看来吃完要立刻闪。

阿佳说："再说年会上还要选出'全场最优雅女士'，我们财务部的人一向朴素，没这个念头，但是别的部门那些女人为了这个奖，个个打扮得花枝招展的，我们也不能太丢脸吧。"

她这番话引来一片附和声。

杉杉早听她们说过，每年年会都会由所有男士投票选出一位"全场最优雅女士"，获选者可以得到奖金一万元。

不过杉杉对这个奖是很不屑的。

她眼睛一眨就知道，这肯定是男同胞们的阴谋。

想想看，如果要优雅，那还能敞开怀大吃大喝吗？肯定不能了是吧，那那些美食谁吃掉了？男同胞们啊！

真是太坏了！

就一个人得奖，害所有女同胞都不能好好吃饭！

不过这个发现杉杉是不会说出去的，她也正好趁机多吃点嘿嘿^_^

>_<

话说回来，会有这个想法，难道她也不是好人= =

“杉杉，你明天可要穿得漂亮点……你总不想开舞的机会落别人手里吧。”阿佳神秘兮兮地朝她眨眼。

什么开舞的机会？杉杉迷惑。

阿佳看她一脸茫然的样子，惊讶地说：“你不会不知道吧，最优雅女士和总裁开舞啊。”

囧！

看吧看吧！就知道这一万块钱不好拿。

居然还有这种酷刑。

决定了！虽然她平时已经很湮没在人群中了，但是明天一定更努力地湮没在人群中……

于是周六，杉杉毫无心事地睡到中午才起床，再东摸一阵西摸一阵，一个下午就过去了。快五点的时候，杉杉不慌不忙地从衣柜里拿出衣服换上。

昨天就想好穿什么了，就穿上次去封大小姐那穿的小礼服。虽然薄了点而且长度只到膝盖，可是省钱第一啦。她卡上的薪水可是要拿回家跟老妈炫耀的，绝对不能乱花。

杉杉一边牙齿打战一边穿衣服，然后……杉杉傻掉了。

居然……居然，拉链拉不上了！

上次还是正好的啊啊啊！

杉杉心酸地盯着镜子，第一次为长肉伤感了= =

都怪万恶的总裁大人！

杉杉一边咬牙切齿，一边继续拉，都这个时候了，就算去买也来不及了。努力地吸气N次后，终于勉强地拉上了，拉上后倒还好，就是胸部那里紧了一点。

呃……那里紧，应该不会影响到吃饭吧？

照照镜子，确定自己的一身打扮中规中矩，不会失礼后，杉杉罩了件长羽绒服出发了。

杉杉本来想很小强地坐公车去酒店，可是被外面的冷风一吹，还是乖乖打了车。到了酒店，恰好在电梯口遇见阿May。

阿May上下打量她，满脸惊诧地说："杉杉，你就这样？你好歹稍微隆重点！"

杉杉说："可以了吧。"

不就吃个饭嘛，她都洗头了，还不隆重么= =

阿May摇头，硬要拉她去化妆间化妆弄头发，杉杉连忙推辞。开玩笑，待会儿她可是要大吃大喝的，要是化了妆，吃饭的时候脸上的粉掉食物里，那多不卫生啊。

阿May拿她没办法，心想她平时也不化妆，说不定总裁就爱她这样子，就没再勉强她，只是说："待会儿你去会场看看就知道了。"

到了宴会厅，杉杉才发现阿May所言不虚，同事们对年会果然相当重视，个个盛装打扮，放眼看去美女如云啊美女如云。

杉杉不自觉地在人群里左看右看，自己也不知道在找什么。阿May笑着说："总裁还没来呢，不过杉杉，今天你怎么没和总裁一起来？"

杉杉吓了一跳，说："阿May，吃饭前不要说这么恐怖的事情好不好= ="

然后就飞快地跑走看菜色去了。

年会的菜色果然十分丰富，色泽诱人，香味扑鼻，一排排摆在那里看得杉杉内心垂涎不已。

杉杉边看菜边不停地看会场入口。

总裁大人你快来吧！俺现在分外想念你，千万不要迟到啊～～～

不然这些菜冷了就不好吃了－－

等她把今天所有的菜色看得差不多了，只听会场内一阵喧闹，估计有什么重要人物来了。

杉杉抬头看去，果然是总裁大人在几个高层的簇拥下到场了。

Part 15

杉杉眼睛眨也不眨地看着人群中的封腾。

总裁大人还真是……

人模人样的。

大厅璀璨的灯光下，封腾不疾不徐地步入会场，他一身讲究的西装，外面随意披了件黑色大衣，显得分外耀眼挺拔。

杉杉的目光不自觉地追随着他，直到被一个高胖的主管挡住视线才回神。杉杉收回目光，看看左右的人，竟然都是一副目不转睛的样子，有人甚至还踮起脚跟看，杉杉心中忽然有些不爽。

鄙视！

总裁大人又装酷！

招蜂引蝶的男人最没品了，打扮得花枝招展的，你以为你在走秀啊！

杉杉很小人地嘀咕得正起劲，忽然察觉总裁大人的视线似乎朝她这个角落射来。

呃……

她就心里想想他也能发现？难道总裁大人装了脑电波感知系统吗？

……

杉杉僵硬地面无表情地转身，无比专注地盯着眼前一块牛排……

牛排啊牛排~~

你为什么是块牛排！

封腾一到场，男女两位主持人就上台宣布年会开始，主持人说了一通喜气洋洋的开篇贺辞后，封腾上台致辞。

一阵热烈的掌声后，之前还有些喧闹的会场瞬间安静了下来。

杉杉暗暗撇嘴，心想果然每个Boss都有威慑技能，就会吓人～～她抬头看着正在发言的封腾，听着他沉稳的声调，渐渐地，竟然觉得台上那人陌生。

虽然经常见到封腾，可是杉杉还是第一次看到他在这么多人面前说话的样子，总觉得有哪里不同。此时的他好像浑身上下散发着一种特殊的气质，轻易地就压住了全场，掌控全局，叫人必须仰视。他的神态自信而优雅，并没有什么夸张的动作，然而每句话从他嘴里说出来，却令人信服且倍受鼓舞。

到底是哪里不一样呢？杉杉怔怔地想。

大概是……忽然觉得很遥远吧……

掌声骤然间响起来，杉杉这才发现封腾已经讲完了，也跟着拍了两下。

然后……咳……

一般来说，那种深沉且复杂的情绪在薛杉杉心里不会停留超过三分钟的，于是掌声一落，杉杉立刻把那古怪恼人的心情置之脑后，端着盘子愉快地四处流窜去了。

牛啊羊啊螃蟹腿～～～

奖品就是那天边的浮云，抽到抽不到还是两说，眼前的食物才是真理！

杉杉正吃得欢快，突然身后冒出一个男人饱含惊喜的叫声。

“薛小姐。”

……差点被噎到。

杉杉努力咽下嘴里的食物，回头，原来是封大小姐的老公，好像叫言清来着。

杉杉礼貌地跟他打招呼：“你好，言先生。”

言清是分公司的总经理，并不经常到总部，这次他是作为分公司高层出席总部年会，杉杉还是在满月宴后第一次见到他。

言清看到她，表情很激动："薛小姐，总算看到你了。我们夫妇真不知道该怎么谢你好，实在是欠你良多。"

呃？什么欠她良多？不就是放了一次血吗？而且早就谢过了啊。

杉杉有些莫名地说："言先生，你太客气了，没什么的。"

"怎么会没什么。"言清仍然满脸感激，"上次月月出事的时候我正在外面出差，唉，多亏薛小姐再伸援手，不然我怕是要悔恨一生。"

言清说："月月如今还在医院，等她出院，必定要请薛小姐赏光吃个便饭。"

杉杉眨了眨眼，终于弄明白了言清是什么意思，难道他以为第二次还是她献的血？杉杉连忙开口解释："言先生，你大概是弄错了，我……"

"言清。"

杉杉的解释被忽然插入的声音打断。

总裁大人？

杉杉朝发声处看去，下意识地把手里吃得狼藉的盘子放在身后的桌上。封腾并没有看她，只是对言清说："Andy在找你。"

言清回头张望了一下，然后笑着对杉杉说："薛小姐，我先走一步，回头再聊。"

"哦，好，再见。"杉杉点头。

言清走了，这个角落只剩下薛杉杉和封腾，霎时静了下来。杉杉叫了声"总裁"，封腾却没理她，拿起旁边桌上的酒杯，望着会场中央，悠闲地喝起来。

= =

他干吗啊？难道还要她恭送一下才走？

沉默的气氛让杉杉有些不安，想起刚刚的事情，杉杉急忙说："总裁，言先生好像弄错了，他好像以为这次还是我给封小姐输血的。"

"弄错了就弄错了。"封腾放下酒杯，吩咐她，"以后他说什么，你都不要否认。"

"啊？"杉杉不解，"为什么？"

好像占有了别人的劳动成果一样，杉杉有些罪恶感。

"别问这么多。"封腾淡淡地说。

“哦。”

他一副“你不必知道”的表情让杉杉小小地郁闷了，之前抛到脑后的那种复杂情绪又隐隐浮出来。

不说就不说，了不起啊！反正骗人的又不是她，她最多算个从犯，还是被胁迫的。杉杉闷闷地，随便找了个借口说：“那总裁我去找阿May，不打扰你了。”

她说着就要离开。

“慢着。”封腾开口叫住她，“谁说你可以走了。”

Boss大人用绝对颐指气使的语气说：“一会儿你跟着我，帮我挡酒。”

杉杉愣住了。

挡酒？？？？

她没听错吧！这不是男人的事吗？总裁大人居然要她干！杉杉气愤。果然每个资本家都把女人当男人用，男人当牲口用！

“总裁，我不是你的秘书啊……”

见她推托，封腾又不悦起来，淡淡地提醒她：“你的年终奖。”

太过分了！又拿这个威胁她！杉杉悲愤莫名，鼓起勇气说：“总裁，我、我们有工会的。”

所以你不能乱扣！不然投诉你！

“工会？”封腾俊眉微扬，慢悠悠地说，“谁发他们工资？”

Part 16

为什么之前会觉得总裁大人太遥远呢?

他简直就应该远到宇宙那边去!

再次落入Boss魔爪的薛杉杉悲苦地拿着酒杯跟在总裁大人身后，不停地微笑，碰杯，客套。

不能吃东西已经很悲惨了，还要穿着高跟鞋走来走去。好吧，这些她都忍了，可是有些实在很难忍啊啊啊啊!

比如眼前这个穿西装的老头。

“薛小姐今天真是光彩照人，清新脱俗啊，待会儿定要投薛小姐一票。”

光彩照人……老头！你也太会睁眼说瞎话了吧!

“谢谢，您太过奖了。”杉杉微笑ing~~

再比如这个唐装老头。

“薛小姐天生丽质，青春活泼……（同义词省略中）……啊！仿佛……（肉麻比喻省略中）……啊！和总裁……（无聊排比省略中）……啊！”

“谢谢谢谢。”杉杉外表似受宠若惊，内心则无比崇拜——好强！睁眼说瞎话就算了，居然还用咏叹调!

待唐装老头意犹未尽地走远，杉杉拉拉封腾的衣袖问:“总裁，那个穿唐装的是不是比前面那个穿西装的老头职位更高些?”

封腾点头。

杉杉得意地说："我就知道。"

然后不等封腾问为什么，迫不及待地告诉他："因为他睁眼说瞎话的本事更厉害。"

封腾失笑，打量她微微发红的脸颊。她是有点醉了吧，这种话，她平时可没胆子说，而且……

他看着她扯着他袖子的手指……居然敢跟他拉拉扯扯……

他不由得若有所思，抬手叫来侍者，重新拿了一杯酒给她。

"这是什么？"杉杉看着他手中颜色漂亮的液体。

"这种鸡尾酒的酒精浓度更低一些。"

"谢谢总裁。"

杉杉十分感激地接过，完全没想过眼前这只是刚刚那俩老头的终极Boss，睁眼说瞎话的本领比他们高明N倍。

这种鸡尾酒尝起来酒味很淡，可是酒精浓度却是刚刚的好几倍啊。

封腾心情颇佳地看着薛杉杉，过了一会儿，忽然皱起眉："你的胸花呢？"

入场的时候每位女士都会发一朵胸花，花下面有一个号码，而男士就根据这个号码投票选出最优雅女士。所以许多有心竞争"最优雅女士"的人都在满场交际，若不能让别人看到自己的号码，穿再好也是白搭。

杉杉冷汗了下，她能说因为觉得戴胸花很傻就把那花给扔了么……

绝对不能！

"对哦！胸花呢？"杉杉惊讶地叫了一声，四处张望找来找去，然后跟总裁大人报告，"掉了。"

"……胸花会掉到天上去吗？"

"呃……不会吧？"

"那你刚刚看天花板干什么？"

杉杉："……= ="

封腾抬手招来侍者："请再给这位小姐一朵胸花。"

杉杉连忙阻止："总裁，还是不要了。"

封腾只说了两个字:“奖金。”

奖金……奖金了不起吗?像她这么淡泊的人，对那种害全体女同胞挨饿的不义之财一点兴趣都没好不好!

>_<

当然，有兴趣也没可能拿到……

“总裁，我不可能选上啦。”杉杉老老实实地说。她有自知之明的好不好，她本来就是为吃大餐来的，根本没做什么打扮。

“为什么不能。”封腾扫了一眼场内，徐徐地说，“你虽然的确不怎么样，但是其他人更不怎么样。”

杉杉目瞪口呆。

总裁大人……也太毒辣了吧。

为了贬低我一个人，你也不用拉全体女同胞下水啊。

这时侍者已经拿来新的胸花，杉杉在Boss大人胁迫的目光下，无奈地别上。杉杉心中忽然闪过一个模糊的念头，之前她窝在角落，自然没人看到她的号码，等于放弃了这场评选，现在总裁大人硬要她戴着胸花满场应酬……

杉杉脱口而出:“总裁，你不会是想帮我作弊吧!”

封腾诧异地看着她，微微一笑:“这么说也可以。”然后欣赏着杉杉面无人色的样子补充了一句。

“拿到奖金分成，我七你三。”

竟然……真的……有这种念头……

还要分成……奸商到这种地步!

杉杉有晕倒的冲动。

让她晕倒然后给人抬出去吧，总比一会儿丢脸好!早知道总裁大人对她这么有信心，居然想出这么有想象力的主意，她就算小小地破产一下，也会好好打扮一番过来啊啊啊!

现在她穿得这么普通，要是还拿到了那个什么BTBT的奖，不摆明了她作弊嘛，太丢脸了!

财务最主要的是诚信啊!她不要在众目睽睽下做假账……而且总裁大

人也太没眼光了吧，居然投资她……

她在想什么啊……

总之，快让她晕倒吧……

可惜杉杉身体太健康，虽然被总裁大人无情地拖着满场走来走去，却始终坚强地屹立不倒。

吃得差不多的时候，男女主持人宣布，抽奖开始了。

从末等奖开始抽。

末奖N个……没杉杉的份。

倒数第二奖N个……还是没。

……

……

最后的头奖……被一个不停傻笑的人从总裁大人手里拿走了……

杉杉一点都不遗憾，她现在满脑的心思都在最后的“最优雅女士”评选上，千万不要选她啊，男同胞们你们不会这么没风骨地屈服在总裁大人的淫威下吧！反正是无记名投票，老板不会扣你们工资的……

头奖抽完，男女主持人开始一唱一和。

“马上要宣布的是今夜最激动人心的奖项。”

“的确，对在场的女士来说，这个奖项恐怕比刚刚的头奖更加令人垂涎。”

“好了好了，不说废话了，大家大概都等急了，还是快宣布谁是今晚最优雅的女士吧。”

“今晚得票最多的女士是——”

杉杉屏住呼吸。

“人事部！周晓薇！”

Part 17

哈哈哈哈！不是她不是她！

杉杉差点热泪盈眶了，欣慰啊，人间果然还是有正义的！

杉杉对这个世界重新充满了信心，跟着大家热烈地鼓掌。

掌声中，周晓薇满脸通红地站在原地，含羞带怯地望向封腾。

封腾则面无表情，杉杉心想Boss大人投资失败心里肯定不爽，说不定会迁怒她这个“合伙人”，正想赶紧闪开，封腾横了她一眼说：“你在这里待着，不要乱跑。”

>_<

果然被迁怒了。

自己去和美女跳舞，却叫她在这里傻站。

舞曲的前奏已经响起，满场的人群纷纷向四周散去，空出中间的场地来。会场的灯光应景地暗下来，只有场中央留下一片白光。

众目睽睽下，封腾随手把酒杯塞给了薛杉杉，向站在对面的周晓薇走去，礼貌地向她做出邀请的姿势，周晓薇矜持羞涩地将手放在他手中。

两人翩翩起舞。

周晓薇今天能艳压群芳，打扮自然是费足心思。她穿着一身飘逸的纯白色雪纺纱裙，露出香肩，胸口有一层白色透明的蕾丝，显得纯洁又诱惑。微卷的发间斜插了一只镶满紫色水钻的小皇冠，闪闪亮亮，更加衬得她娇嫩柔美。

她仰首看着眼前高大的男子，眼波羞怯纯真。

杉杉发呆似的站在场外看着他们跳舞，不知不觉视线渐渐集中到周晓薇的腰间，Boss大人的那只爪子上。

不纯洁！太不纯洁了！

跳舞这事到底是哪个色狼发明的，简直是让男男女女们光明正大地偷鸡摸狗嘛……杉杉腹诽着，心中原本很庆幸很high的情绪却莫名地有些低落下来。

舞池中封腾和周晓薇姿态优美地连续转着圈圈，他们不晕，杉杉看着看着倒头晕了。

嗯嗯嗯，肯定是酒喝多了，还是坐下来休息一下吧。

杉杉到餐桌取了些残羹冷炙坐下开吃。补充能量才是第一要务啊，刚才傻了，居然真听Boss大人的话在那傻站。

正吃着，耳边又响起声音。

"薛小姐！"

……这人害她噎两次了。

杉杉抬头笑着打招呼："言先生。"

言清绅士地说："不知道有没有这个荣幸请薛小姐跳支舞。"

杉杉尴尬："那个……我不会跳。"

言清体贴地笑笑："那聊聊天也不错。"

他说着就在杉杉对面坐下，杉杉关心地问："封小姐好些了吧？"

言清听她问起封月，又是一脸感激："她已经没事了，医生说她底子不错，过几天出院回家好好调养一阵就好。多亏了薛小姐！"

呃……听到他感谢杉杉就心虚，可是总裁大人又不准她否认，杉杉急忙随便地找了个话题说："听说封小姐前阵子一直在欧洲，什么时候回国的？"

"欧洲？"言清奇怪地说，"我们还是蜜月去过，有两年没去了，你想去旅游？月月前阵子也有去度假的念头，不如等她身体好了你们一起去。"

杉杉怔住了。

第一支舞曲渐渐接近尾声。

阿May和Linda并未下场跳舞，一起坐在舞池边闲聊。阿May羡慕那一万块奖金，言语间隐有不甘，Linda听了笑着说：“你不甘心什么，人家下的本钱是你的十倍。”

阿May惊讶：“Linda，我这身上下可不便宜。”

Linda嗤笑一声，看向舞池，将周晓薇从头到脚的牌子一一数来，然后问阿May：“服了没有？”

阿May这下不甘全消，感叹说：“她也不过是个小职员，真是舍得本钱。”

Linda一语双关地说：“醉翁之意不在酒，舍不得孩子套不着‘郎’。”

阿May会意地笑起来。“可是我敢打赌，她的本钱就是再加十倍也是白搭，你没看见封总刚刚随手就把酒杯递给杉杉了吗？她怎么比？我看封总下支舞曲肯定邀请杉杉。”

舞曲终于奏完了最后一个音符，封腾松开手，礼貌地微一颔首后就要离开，周晓薇有些急切地在他身后轻叫了一声：“封总。”

封腾顿住脚步看向她。

第二支舞的舞曲响起来。

阿May惊讶地发现总裁并没有像她预料的那样邀请薛杉杉共舞，而是和周晓薇跳起了第二支舞。

其他人也都有些诧异，纷纷想着：难道今天周晓薇真的美貌到令总裁心动了？

众人饱含同情的目光一致地看向被冷落在一旁的“正牌女友”薛杉杉，只见她呆呆地坐着，一副“失魂落魄”的样子，显然已经被打击得不行了。

然而事实上，杉杉却对场内异常的气氛、众人精彩的眼神浑然不觉，她甚至不知道第二支舞曲已经开始了。从言清走出去接电话开始，她就维持一个姿势坐在那里，完全傻了。

总裁大人……居然是骗她的？封大小姐根本没有去欧洲！那么后来几个月的午餐是谁送的？

……难道是总裁大人？

可是为什么？

是找借口奴役她剥削她？还是……还是……

杉杉猛地不安起来，心脏“怦怦”乱跳，好像有什么东西就要破茧而出。

啊啊啊！不行不行，杉杉连忙把那东西塞回去。她肯定是喝多了才会这样胡思乱想！酒真是个坏东西，居然让她产生这么诡异的想法……

她不由得看向舞池，封腾和周晓薇仍然在跳舞，恰好此刻封腾背对着她，周晓薇看见她，朝她温婉地一笑。

杉杉却完全没有注意到她，她看着封腾挺拔的背影，觉得脑袋越来越重，杉杉想还是出去清醒一下吧，再待在这里要走火入魔了。

于是，时刻关注着这边的八卦人士们清楚地看到，周晓薇示威地一笑后，薛杉杉“嫉妒”地盯了舞池中的总裁和周晓薇一会儿，然后“生气”地站了起来，独自一人“失魂落魄”地走出了会场。

Part 18

杉杉推开酒店的大门。

外面的西北风寒彻入骨，杉杉被风一吹，哆嗦了一下，赶紧退回酒店。

好冷！她怎么不知不觉地走到楼下来了？杉杉抱着自己光裸的手臂发抖。

不过早点回去也好，时间也不早了……

正想着，手袋中的手机响起来，杉杉拿出手机，看到手机上闪烁的号码，怔了一下，明明脑子里想着不要接的，手指却不知怎么地按了接听键。

封腾略微不悦的声音传来："你在哪里？"

"……楼下大堂。"

"不是叫你别乱跑的吗？"封腾愈加不悦，"在那里等着，我马上下去。"

"等等等等。"感觉封腾就要挂电话，杉杉连忙喊住他。反正也跑不掉，不如死得痛快些，杉杉厚颜地说，"总裁……你能不能帮忙把我的羽绒服带下来= ="

没过多久，杉杉就看见封腾拿着她的羽绒服从电梯中走出来，锐利的眼神一下子就找到她。杉杉赶紧跑上去，一边道谢一边从他手中抢过自己的衣服。

“你跑下来做什么？”

“呃，我头晕，想回去了。”杉杉心虚地说。

封腾看了看她绯红的双颊，神色和缓了下来。“我送你回去。”

然后不容拒绝地向外面走去。

杉杉愣了一下才跟上。总裁大人真是太客气了……这样她会乱想的……

杉杉还是乱想着上了车。

白色跑车平稳地行驶在夜色中，车内的两人一时都没有说话。

过了一会儿，杉杉终于忍不住将心中的疑问问出口：“总裁，言先生说，封小姐最近几个月并没有去欧洲。”

“嗯。”封腾淡淡地应了一声，说，“然后呢？”

他居然问她然后？杉杉瞪大眼睛看着他，有人被戳穿了谎言还这么坦然吗？

Boss大人肯定是千年老妖！

“那、那你为什么跟我说她去欧洲了？”

封腾波澜不惊地说：“有吗？”

“当然有！”

“哦。”封腾不以为意的样子，“口误。”

杉杉= =

Boss大人你还能更无耻一点吗？

不过，也许真的是口误吧……不然有什么理由让Boss大人骗自己呢？难道是为了骗她和他一起吃饭？

这不可能吧……

而那代表的意义，简直更不可能吧……对方是Boss大人啊，感觉就像隔了一个宇宙，一个隔了宇宙的外星人，会、会喜欢自己吗？

杉杉脑内大战着，车里又静了下来，忽地，封腾状似不经意地开口说：“跳舞的事你不要误会。”

周晓薇并没有兑现支票，而是在刚才第一支舞曲后请求他再和她跳一支舞。周晓薇含羞带怯的表情下藏着什么心思封腾怎么会看不出来，可是多跳支舞又能改变什么？不过在年会这样的庆祝场合，对曾经输血给封月的员工他却不好让她太过难堪，无可无不可地和她跳起第二支舞。

然后就看见薛杉杉走出去了。

经验告诉封腾，薛杉杉跑出去绝对不会是因为某些正常的理由，不过他还是决定解释一下。虽然他的解释实在太含蓄了点，太点到即止了点。

杉杉却阴错阳差地感动了。她完全不知道封腾和周晓薇跳了第二支舞，以为封腾为第一支舞向她解释呢。

Boss大人居然连因为惯例和别的女人跳个舞都要向她解释，叫她不要误会……

难道难道，真的……真的……

杉杉一个冲动，酒意上涌，头脑发热地问：“总裁，我可不可以误会你、你喜欢我？”

封腾握着方向盘的手稍稍一动。喜欢这个词，有点出乎他的意料，然而她居然敢这么主动地问出来，则更加出乎他的意料。

看来那杯酒的效果还不错。

封腾意外地发现自己并不讨厌被她这样询问，侧头看向她，微微弯了下嘴角，“误会一下也没关系。”

啊……虽然总裁大人的话曲折了一点点，但是他的意思是……他真的喜欢她？

啊啊啊！

杉杉猛然觉得手足无措，好像一下子手脚都不知道该怎么放了，车内的空间忽然变得很小，心跳声大得自己都能听见，脸慢慢烧了起来，心里似乎有一群小鸟在唱歌……

安静了半晌，杉杉说：“总裁，你能不能开慢一点。”

“晕车？”

“不是>_<，就是太快了。”

心跳太快啦。

于是，最高时速可达每小时三百多公里的跑车就以十分乌龟的速度挪到了杉杉的租屋楼下。

车一停下，车内的气氛陡然地暧昧起来，杉杉刚刚平静了点的小心脏又噗噗直跳。就在这时，总裁大人忽然向她俯身过来……

啊！他想干吗！杉杉紧张地直直瞪着他……

“这么紧张干什么？”封腾眼中微微流露出一丝笑，“我帮你解安全带。”

“啪嗒”一声，安全带解开了，杉杉脑中的某根弦也断了……

安全带……

总裁大人您的服务也太周到了。

“呵呵”笑一下带过尴尬，杉杉期期艾艾地说：“你，呃，我，你什么时候……你从来没说过……”

封腾很愉悦地享受着她的手足无措，悠悠然地说：“这个，不是应该先有企图的人说吗？”

什么意思？杉杉呆住。Boss大人的意思是她先对他有企图？

“我？”杉杉傻傻地指着自己，心里那群刚刚还在唱着欢歌的小鸟已经拍拍翅膀头也不回地飞走了。

“难道不是？”封腾又摆出杉杉熟悉的胁迫神情。

封腾逗弄薛杉杉已成惯性了，然而，他却忘记了，胆小的老鼠也许平时见了猫就跑，但是喝醉了可是敢跟猫干架的！

“我、我、我……”

就在杉杉习惯性地要屈服在封腾的胁迫下的一刹那，她想到了一个关键性问题！

现在是总裁大人暗恋（？）她吧！

那应该她最大才对！他拽什么拽啊！

杉杉蓦地喜悦起来，这种喜悦不同于刚刚那种小女人的害羞欣喜，而类似于工人阶级掌握了原子弹！

勇气陡增啊！小鸟们又飞了回来，在杉杉脑子里慷慨激昂地唱着：起来！不愿做奴隶的人们！

不得不承认，国歌就是国歌，鼓舞人心的作用是非常巨大的，杉杉被鼓舞了，直视封腾，异常英勇地说："我、我才不喜欢你！"

在封腾瞬间错愕的神情下，杉杉一气呵成："因为总裁大人你太幼稚了！"

整个世界寂静了。

封腾的脸色已经无法用语言描述了，他从牙缝里挤出三个字："薛杉杉！"

杉杉仿佛看到Boss头顶燃起了熊熊火焰。

我、我怕你啊！

了不起你开除我！

杉杉结结巴巴地继续宣言："你要是因为这个开除我，你就更幼稚！"

封腾开始还绷紧了身体，然后渐渐放松，听到这里，竟然微微笑起来。

"我不会开除你。"

杉杉被他笑得毛骨悚然，"我、我要回去了。"

"好。"封腾意外好说话地打开了车门锁。

杉杉连忙下车跑路，走到楼梯口的时候，封腾忽然出声叫住她。

"杉杉。"

干吗？杉杉迟疑着回头。还有，别叫得这么亲热，我刚刚才拒绝你。

封腾打开车门，从车上迈下，手里拿着她的羽绒服。

"你的羽绒服又忘记拿了。"

他走近她，杉杉伸手想接过衣服，可是他显然没有还给她的意思。他堪堪停在她面前，高大的身形笼住她，就着那么近的姿势低头对她说："薛杉杉，我有两个问题要问你。"

杉杉仰头望他。

"你每天来我的办公室是为什么，因为我命令你？你每天和我一起吃饭又是为什么，因为我命令你？"

杉杉呆呆地看着他，酒精已经让她不能思考。

深深看了她一眼，他把羽绒服还她。“好好想一想，杉杉，晚安。”

“……晚安。”

杉杉哆嗦地看着白色跑车消失在夜色中，一方面是冷的，一方面是，总裁大人的目光怎么这么可怕呢……

不过，她现在才不怕他！杉杉又豪气万千起来。

总裁大人你等着吧！明天就叫你知道什么是小人得志，啊不对不对，她才不是小人，应该是什么叫农奴翻身……

也不对！

哎呀不管了不管了！总之她的心情无比地灿烂。

灿烂地跑上楼。

灿烂地开电脑打Boss。

灿烂地睡着了。

又到了梦境。

还是那片一望无际的绿色草地。

老虎把小白兔从嘴巴里吐出来，得意地说：“原来你喜欢我。”

小白兔吃惊地说：“你怎么知道？”

老虎得意地甩甩尾巴：“因为我刚刚把你吃到心里去了。”

这只老虎好没文化哦，小白兔鄙视地看着它。东西吃进去是掉胃里，不是心里啦。

不过……也不一定，毕竟老虎是老虎，而不是小白兔，说不定老虎比较奇怪呢？

那么，刚刚那个“怦怦怦”叫着“小白兔”“小白兔”的地方是大老虎的心里吗？

老虎摇着尾巴，邀请小白兔说：“你要不要跟我去我的花园，我的花园很大很漂亮，很适合小白兔居住哦，还有很多好吃的草。”

有很多好吃的草啊？小白兔心动了，但是又迟疑：“可是，可是……”

“可是什么？快说！”大老虎不耐烦地拍着爪子。

“可是你不能欺负我。”小白兔很勇敢地说，“你要听我的话，不准叫我做这做那，而且，你要跟我一起吃草。”

“吃草？”老虎很不情愿的样子。

“对！吃草。”不然哪天它把它吃了怎么办？

小白兔说：“不准挑食，不准这种草吃，那种草不吃。”

“好吧好吧，都答应你！”大老虎挥挥爪子爽快地答应了，“那你可以和我去我的花园了吗？”

“好。”小白兔点头，耳朵害羞地垂下来。

“你骑在我背上，我带你去。”

“那你趴下来，你太高了，我够不着。”

大老虎温顺地趴在草地上，小白兔跳上去，揪着它背上的毛，威风凛凛地说：“老虎，出发吧，跑快点。”

老虎背着小白兔飞快地越过草地，趟过河流，穿过森林，森林过去就是大老虎美丽的花园。

老虎想，等到了花园，一定要告诉小白兔——

如果一只老虎对小白兔很凶，表示它要一口吃掉它。

如果一只老虎对小白兔很温柔，表示它要把它养肥了，慢慢吃掉它。

还有啊，一定要慢慢让小白兔喜欢上吃肉……

城市的月光斜斜地照进每一个没有拉上窗帘的卧室。

杉杉抱着枕头，在温柔的月光下美美地睡着了，嘴角带着甜甜的笑。

Part 19

杉杉一觉睡到第二天十点多，睁开眼睛，迷迷糊糊地套上衣服踩着拖鞋惯性地走进卫生间，迷迷糊糊地挤好牙膏开始刷牙，刷啊刷……刷啊刷……刷刷刷……

猛地，杉杉咬住了牙刷！

不、不会吧……

杉杉抬起头，睁大眼睛看向镜子里的自己。

她是不是还没睡醒啊，不然就是喝醉了酒产生了幻觉。她怎么记得，记得昨晚总裁大人向她表白了呢？而且，而且她还很有骨气地拒绝了？！

拒绝了……

杉杉差点把牙刷给咬断了。

匆匆刷好牙，杉杉睡衣都没换，披了件长羽绒服就奔到楼下。其实她也不知道自己跑下来做什么，只是被一股冲动驱使着想看看幻觉中的案发现场。

楼下恰好没人，巷子里冷冷清清的，一派冬天萧瑟的景象。杉杉傻乎乎地在昨晚封腾停车的地方站了一会儿，看看地面，然后抬头看看天……

虽然每句话都记得很清晰，可是、可是肯定是幻觉啦……

她怎么可能有那么大胆子反抗总裁大人呢。

不不，重点是，总裁大人怎么可能向她暗示什么呢。

杉杉边催眠自己边往楼上走，正巧隔壁的大妈下楼，看到她，大妈笑呵呵地问："小姑娘，侬去啥地方？"

虽说大城市邻里之间冷漠，但是杉杉这种孩子还是比较讨人喜欢的，每次看到都乖乖叫人，路过帮提提东西，一来二去也就熟了。

"呵呵，阿姨出门啊？我随便走走。"杉杉意识到自己这副乱糟糟的样子太诡异，打了个哈哈就想混过去，不料大妈挺热情地凑过来。

"昨天夜里送侬回来额是侬男朋友哦？"

"啊？"昨天夜里？男朋友？杉杉浑身一抖。

"人长得老高的，长相老好的，有车子，蛮有钞票额？"

"……"

杉杉的笑容僵住了。

啊啊啊！

杉杉一路内心咆哮着冲回了自己的房间，直挺挺地向床上扑倒。

居然不是幻觉……完蛋了完蛋了，她居然拒绝了总裁大人的告白，告白啊！总裁大人你表白怎么也不提前预约一下呢，她很容易冲动的啊！

一时间杉杉的心里如狂风过境，乱七八糟。可是，"扑哧扑哧"冒着小水泡从心底浮起来的，却又是无可否认的欢喜。

喜不喜欢他？

杉杉从来没有想过这个问题，甚至连一丝这方面的念头都没有。可是如果一丝想法也不曾有，现在心里汹涌澎湃的又是什么东西呢？

要命！这是怎么回事啊，明明她昨天以前对总裁大人一点想法都没有啊……

脑海中不由得就浮现封腾说的话。

你为什么每天来我的办公室，因为我命令你？

你为什么和我一起吃饭，因为我命令你？

当然是因为你命令我！

杉杉在心里义正词严地回答。

可又有个声音在微弱地辩解：好像不全是吧……

所以，其实她一直是在自欺欺人，掩耳盗铃？

……杉杉自己都觉得自己太难理解了。

可是可是，不管怎么样，Boss大人表白了啊。

杉杉伸手捂住了自己的脸，觉得脸颊滚烫，心里那欢快的小歌声好像越唱越响了，于是她再也躺不住了，爬起来飞快地穿好衣服鞋子。

她要去人多的地方。

去吃饭，去逛街，去超市，哪怕去轧马路，随便做点什么都好，不然她就要被这膨胀的情绪爆掉了。

她已经装不下了，一定要把心里那满满的不知名的东西散发出来。

走在街上的时候，脚步好像都比平常轻快起来，明明还在路上一步步走着，脑子里却觉得自己已经在马路上轻快地飞奔一般。

放空脑袋随着人流出了地铁站，站在了人潮汹涌的中心广场之上，杉杉有些奇怪，自己怎么会不知不觉到了这里？

但是，这不重要。

此时此刻站在这个地方，她只觉得一切都那么奇妙。

天空明亮。

西北风柔和而温暖。

大理石的地面踏上去却有草地般的柔软。

眼睛里看到的每一样东西都无比生动鲜明。

连路过的大爷都这么可爱。

杉杉在商业区走了一圈又一圈，最后无力地坐在路边的长椅上长吁短叹。

薛杉杉啊薛杉杉，你完蛋了，总裁大人只不过随便告白一下下，你居然对整个世界都花痴了！

她就这样坐在寒冬广场的长椅上，竟然丝毫感觉不到冷，脸蛋上甚至漾着热乎乎的红晕。傻坐了半晌，杉杉掏出手机，翻到通讯录，对着封腾两个字低头发呆。

神游到不知几重天的时候，手机铃忽然响起。

杉杉心里一抖，心跳猛地“咚咚”作响，抖着大拇指按返回，看清来电显示上是“陆双宜”三个字时，心跳才慢慢地平稳下来。

她接通电话，以一种兼具失落和放松的声音叫道：“喂，双宜。”

“杉杉啊，起床了吗？”

“……你以为我是你啊= =”天天睡懒觉的人别跟上班族谈起床好么，伤不起的。

“嘿嘿，我问你啊，你今年什么时候回家？”

“我小年夜晚上的火车。”

“哦哦哦，那我比你早回去，嘿嘿，春运啊，杉杉你保重。”

双宜的语气很幸灾乐祸，但是杉杉的心思完全不在这上面，也没仔细听她说什么，几乎是不由自主地说：“双宜，我有事要问你。”

“什么事？快说，我马上要去更新啦。”

杉杉话到嘴边，却又说不出了，支支吾吾了半天说：“算了吧，你去忙吧，回去再跟你说。”

“现在就跟我说！”双宜恶狠狠地说，“最讨厌说话说一半了，就跟写到悬念就弃坑一样可恶。”

“……哦。”杉杉迟疑了一下，“双宜，如果有个很强大很完美的男人，向一个很一般的女的表白，那怎么办呢？”

“哦，是小说的话，女猪就赶紧接受啊，然后作者就可以完结了，嘿嘿嘿嘿。”

“……如果不是小说呢？”

“啊？那就是天上掉金卡了啊，赶快捡起来呗！”双宜猥琐地笑了两声，然后正色说，“不过看一下摸一下就好了啦，摸完就赶紧扔掉吧。”

“为什么？”

“笨！”双宜很睿智地说，“捡金卡有什么用，你又不知道密码！”

Part 20

杉杉握着手机怔住了。

她没谈过恋爱，但是大学几年，也是看着室友们一个个谈恋爱的。宿舍一个女孩子就说过，找男朋友一定要找你了解的，找你看得懂的男人，否则再好再好，也要三思而后行。

换而言之，就是要知道他的密码。

Boss大人……

别说密码了，就连在哪里输入密码她都不知道吧……

好像一盆冰水迎头浇下，杉杉高涨的情绪陡然冷了下来。

电话那边的双宜忽然灵光闪现，怀疑地说："杉杉，你说的不会是你自己吧？"

"……不是。"杉杉很没精神地否认着。

"哈哈哈，我就知道不会是你，唉，你就跟我一样啦，就算捡到卡，说不定还是负债的信用卡……"

杉杉："……"

挂了电话，杉杉再没有了逛街的兴致，怏怏地回家了。回家的路上去吃了牛肉面，却一点胃口都没有，明明还有点饿，剩下的却怎么都吃不完。

接下来就上班了。

连续好几天，杉杉都在忙碌和恍惚中度过了。

她没有去楼上吃饭，封腾也没有叫她，Linda等等全都音讯全无，只阿May发了个短信抱怨，说要接待谁谁的视察快忙死了。

这好像才是正常的世界，正常的人生，可是杉杉却猛然发觉这样的世界如此的不讨人欢喜，让人低落无力。

幸好有别的事情可以转移注意力。

她租的房子房东要卖了，好像是急着用钱，都等不到年后了，所以杉杉必须在年前搬出去。可是一时半会儿的哪里找得到房子，而且她年终结账也很忙，最后还是跟同城工作的大学同学大花联系了下，大花答应过年期间杉杉把打包好的东西放在她那。至于找房子的事情，只能等春节过后了。

房东因为毁约，赔了杉杉两个月的房租，也有好几千块。如此意外之财，照理杉杉应该很开心的，可是钱捏在手里，却一点感觉都没有。

连欢喜都是欲振乏力的。

年度结算完毕，春节也快到了，办公室的众人终于有了一丝闲暇，三三两两地聊着新年的计划。杉杉结束了手头的工作，不知不觉地打开了网络。

“薛杉杉。”

“啪嗒”，听到有人叫她，杉杉飞快地关了网页。

“咦，杉杉，你上公司网干什么？”

阿佳眼尖地瞄到她关闭的网页版头正是他们总裁最近接待高层视察的照片。

“呃……”其实她也不知道干吗，不知不觉就连过去了……

杉杉赶紧岔开话题：“有什么事吗？”

听她这样问，阿佳脸上顿时堆满了谄笑，“杉杉你几号回家啊？”

“小年夜啊，晚上的票。”

杉杉家在G省，回去要坐十来个小时的火车，下了车还要转一次大巴，很是折腾，估计到家就可以直接吃年夜饭了。

“是这样啦，我们一家本来打算回老家的，年三十早上的票，可是临时决定去海南过年了，你看，我们也没空去火车站，你走的时候能不能帮我们把票给退了？”

“好啊，没问题。”

杉杉一口应下来。反正她要去火车站，退个票不过是举手之劳而已。

阿佳连连感谢：“哈哈，杉杉谢谢你啊，回头请你吃饭。”

等同事走了，杉杉又陷入了自己的小世界中。

明天就要回家啦，总裁大人，你究竟是一时兴起呢还是一时兴起呢？

办公室很热闹，杉杉却觉得自己和这样的热闹中隔了一层透明的结界。她发了一会儿呆，拿出手机，默默地打了四个字——

新年快乐。

然后设置成大年夜八点钟自动发送。

收信人封腾。

然后，她长长地呼出一口气。

她这算不算置之死地而后生？

怕什么呢薛杉杉，大不了总裁大人只是开玩笑而已，但是如果不搞清楚，只怕她这个年都过不好吧！

她不知道这算是给自己一个交代，还是给自己一个完结，总之，做了这样的事情，好像浑身都轻松了一点。

眨眼就到了假期，小年夜那天，杉杉把整理好的家当送去大花那，然后就拖着行李奔赴火车站。

今年是杉杉工作的第一年，也是第一次真正见识到春运。往年虽然也要从学校回家，但毕竟学生放假是比较早的，哪里像这个时候，火车站里面简直连个落脚的地方都没有，气息浑浊得让人难受。

杉杉有点后悔为了省钱没有买飞机票了。挤到退票窗口帮同事退票，退票口居然也排着队。

旁边还有不少人拥挤在那儿，不停地问别人有没有到哪里的票，估计是想从退票的人手里买票的。其中有个人一直问有没有H市的票，杉杉不由得多看了他一眼。

那人非常敏感，立刻跑上来问杉杉：“小姐，你是不是退去H市的票？”

杉杉点点头，那人很惊喜地问：“你有几张？”

“三张。”

“太好了，我正好要三张。”那人更加喜悦了，连忙问，“你看能不能原价卖给我，我们一家在这里等了大半天了，硬是没票。”

杉杉看看眼前的一家人衣衫陈旧，生活并不富裕的样子，便说：“我帮别人退的，你给我退票价就好了。”

那人反倒犹豫起来，怀疑地看着她：“您这票是真的吧？”

杉杉郁闷了，没想到自己一片好心倒起了反效果，当下也不客气地说：“你不要就算了。”

“要的要的。”

那人见她这样说，连忙数出几百块钱来。

杉杉接过了钱，也多了个心眼，看看手里的钱没问题，才把票给他。那人拿着票走了，杉杉拖着行李箱打算去候车室的超市里买点东西路上吃。

她的票还有一个多小时，所以也不着急，慢吞吞地选了几样食物去柜台排队结账。谁知刚刚结好账走出超市，就见刚刚从她手里买了票的人领着两个警察奔到她面前，指着杉杉气愤地说：“就是她！假票就是从她手里买的！”

杉杉傻了。

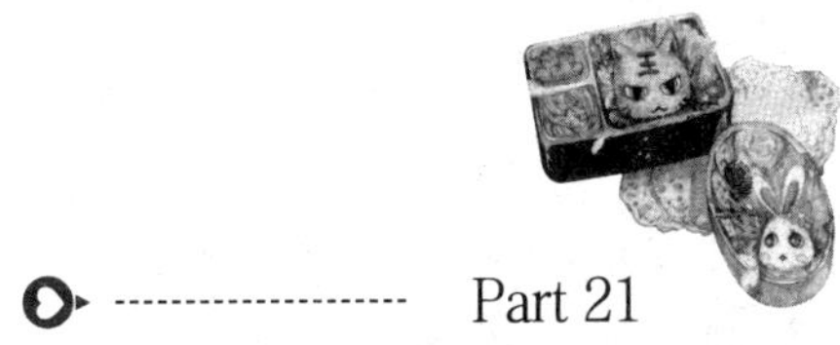

Part 21

薛杉杉被带到警察局，才知道是帮同事退的票出了问题，那三张票居然都是假票。她连忙老老实实交代了来源，主动掏手机要打电话给阿佳，谁知道一摸外套口袋，居然没摸到手机。她顿时慌了，四处翻找起来，结果还是没找到，而且连钱包都不见了。

刚刚在超市买东西的时候还有的啊，怎么一眨眼就不见了。难道是刚刚匆匆忙忙往兜里一塞，结果掉了？

杉杉一下子蒙了。

这下完了，她所有的钱啊卡啊火车票啊，统统都在里面呢。没了火车票，就没法证明她旅客的身份。虽然身份证出于习惯放在了行李箱里没有被偷，但是这似乎最多只能证明她不是黑户惯犯吧。

而且还要赔给那个乘客钱啊。

杉杉心慌地再三辩解："我真的不知道是假票。"

"来源？我就是帮同事退票，她本来要回老家的，后来临时决定去海南了，所以把票给我，让我帮忙退一下。

"……我不知道她哪里买的，现在没法联络她，她手机号码我记不住啊。

"公司？我是风腾的员工，对的！我有工作的，干吗没事去做票贩子啊。"杉杉总算找到了有力的说辞。

风腾在S市还是很有名的，两名警察对望了一眼，问："你怎么证明？”

封腾。

Boss大人的名字一下子从脑海中蹦出来，她记得他号码，可是……怎么可以让他知道这么丢脸的事呢。

杉杉下意识地就把他排除了，混乱的脑子乱糟糟地想了一会儿，说：“我记得我一个同事的号码。”

阿May的号码很有规律，特别好记，杉杉用警察局的电话拨给了阿May，万幸她没有关机，接通了。

“喂，您好。”

“阿May，我是杉杉。”杉杉急急地问，“你现在还在S市吗？”

“杉杉？我在啊，你怎么这个号码啊？这个时间你该上车了吧？”

“没有，我出了点事。”

阿May那边有些嘈杂，还有音乐声，貌似在什么聚会中似的，杉杉也顾不得那么多了，急忙把事情说了一遍，接着非常惭愧又不好意思地说：“阿May，你现在有空吗？如果不忙的话能不能带上身份证明来一趟，我在××警察局。”

“你等等。”她似乎在跟人商量什么，很快她回来说，“杉杉你别担心，小事情，我马上过来。”

警察看她联络到了人，便先把她搁在一边，处理别的事情去了。杉杉总算安下了点心，一松懈下来便觉得整个人又饿又累，筋疲力尽了，本来是欢欢喜喜地回去的，现在车早开走了，自己却待在警察局里啃着干冷的面包。

幸好有位女警好心，接了杯热水给她，才让她缓过神来。

她默默地吃完东西，发了会呆，想起什么，借了警察的电话拨了下自己的手机。手机果然已经关机了，杉杉心知这手机估计是找不回来了，更加郁闷起来。

等了大约一小时，杉杉终于等到了人，可是居然不是阿May，而是方特助。

特助先生一如既往的衣冠楚楚，笑容满面。杉杉站起来，惊讶地问：

“方特助，怎么是你？”

方特助含笑解释说：“你打电话的时候，阿May跟我都在宴会中，阿May今天酒喝得有点多，所以没让她过来。”

“哦，不好意思，麻烦你们了。”杉杉羞愧地说。

方特助安抚她：“没事，你放心吧，马上就可以回去了。”

杉杉点点头。

也不知道他怎么弄的，总之很快，事主便拿着双倍的赔偿满意地离开了，事主不再追究，警察大概也看出杉杉无辜，便也网开一面。

杉杉犹疑地说：“我可以走了？”

方特助含笑说：“是的，来之前已经打过招呼了。”

原来特助先生这么牛叉？杉杉跟着他往外走，感激涕零地说：“谢谢你方特助，过了年我请你吃饭。”

方特助笑眯眯地扔下炸弹：“薛小姐不用谢我，封总在外面车上，请。”

杉杉只觉得自己膝盖一软，脚步顿时迟缓了：“总、总裁大人？”

方特助好像很意外她会意外似的：“今天我们和封总参加一个驻沪领事馆的晚宴，薛小姐不知道吗？”

说话的时候他正好推开警局的大门，杉杉下意识地朝外面望去，便见对面路灯光下，小雪飘落中，封腾挺拔的身影正倚车而立。

完全、完全没准备啊！

这种隐藏Boss从天而降的剧情是怎么回事，杉杉一瞬间简直觉得看见他比看见警察叔叔都可怕。

再迟缓，杉杉还是一步一步地挪到了封腾面前，她下意识地就采用了做错事的小朋友的标准姿势，低头站站好，表示忏悔状。

视线正好停留在他黑色的大衣上，几片雪花摇摇地落在他身上，杉杉不知怎么地，竟不由自主地心湖荡漾起来，明明前一刻还那么怕怕的，现在却又隐隐期待。

然而封腾却什么话都没有说。

他的目光在她的头顶停留了一会儿，然后姿态优雅地掸走了身上的雪花，一言不发地上了车。

方特助把杉杉的行李箱放进了后备箱，看她还站着，咳了一下说："薛小姐也先上车吧。"

"哦，好的。"杉杉胡乱地点下头，在车外犹豫了几秒后，毅然地奔向了前面的副座。

方特助又咳了一下，"薛小姐？"

杉杉目露恳求地看了方特助一眼——同是员工方特助你懂的！哪个员工刚刚被抓去警察局还敢坐在老板身边啊。

有几秒钟的静默，最后封腾简短地发话："开车。"

汽车里一时间格外地安静，方特助善解人意地打破沉默："封总，薛小姐的火车赶不上了，你看是不是直接送薛小姐回家？"

杉杉没有体会到方特助问封腾而不是问她的微妙，勉强打起精神来，说："能不能麻烦送我去附近的酒店？"

她解释了一下自己租的房子房东要卖，钥匙也还了，然后自己同学应该也离开S市回家了。紧接着她又想起来，自己钱包也被偷了。

对哦！她怎么把正事忘记了。

眼下最关键的是什么，借钱啊！关于Boss大人那些乱七八糟的事情就别想了，借钱要紧！

她不禁有点后悔，刚刚在警察局怎么忘记了这事呢，现在Boss大人就坐在后面，她怎么跟方特助开口啊。

至于问Boss大人借……

还是算了吧……资本家的钱，不是每个人都借得起的T T

杉杉正痛苦地想着怎么开口，就听封腾吩咐方特助说，"你在下一个路口下车回家吧。"

"好。"

神马？方特助要走了？杉杉还没来得及想出怎么应对，下一个路口就到了，方特助下了车，彬彬有礼地跟封腾和杉杉道别，施施然地离开了，独留杉杉向封腾。

杉杉眼睁睁地看着他这样走掉，心里更加绝望了，难道真的，要跟

Boss大人借钱？！

车门又被拉开，高大的男性身躯夹带着车外的冰雪，不疾不徐地在她旁边落座，强烈的男性气息瞬间冲散了杉杉围着人民币打转的思绪。她的心跳顿时不正常起来，跳得就好像胸腔里揣着一千颗心脏似的。

杉杉觉得自己脑子有点糊，赶紧开了一点点窗户，让冷风吹进来一点点。

封腾并没有立刻开车，他的手随意搭在方向盘上，目光落在前方，“薛杉杉，你没话对我说？”

有啊，话就是借我一千块钱吧吧吧！不，保险点一千五才行！但是，借钱前都要说点场面话吧，杉杉讪讪地关心状：“那个总裁，你能开车吗？不是才参加酒会吗？酒后驾驶什么的不好吧T T”

封腾看向她，嘴角一勾，似笑非笑，“放心，这种场合还用不着我喝酒。”

“……哦……”

杉杉继续想一千五啊一千五。

“刚刚你跟警察说，你是风腾的员工？”

完了完了，果然开始秋后总算账了吗？

“是、是啊。”

封腾冷哼一声：“这种时候你倒没忘记我。”

杉杉连忙抓紧机会表忠心：“我、我一直谨记自己是公司的一员的……”

“哦？那这几天怎么影子都看不见？”

咦，总裁大人这叫不叫做贼的喊捉贼，这几天明明是你自己消失了好吗？跟我有一毛钱关系啊！

“这几天我一直勤奋工作来着，咳，所以，你能不能看在我勤奋工作的分上，先给我预支点加班费= =，过了年还你。”

终于说出口了！杉杉松口气。

封腾瞥了她一眼：“钱包和手机都掉了？”

杉杉连忙点点头。

"想问我借钱？"

继续猛烈点头。

"薛杉杉，我的钱不是那么容易借的。"他的声音陡然危险起来，"你好好想想，你到底应该说什么。"

如果说杉杉开始还有点糊涂的话，这句"好好想想"终于提醒了她，勾起了她不久之前的回忆。

那天他走之前，也是让她好好想一想来着。

"你每天来我的办公室是为什么，因为我命令你？你每天和我一起吃饭又是为什么，因为我命令你？

"好好想一想，杉杉。"

他、他是指这个吧？

这几句话她当然想过，可是她真的觉得就是因为他命令她啊……起码开始是吧，可是用脚趾想也知道，这个答案是借不到钱的……

唉，她怎么这么笨，没事先想好一个答案应付总裁大人呢。不过也不怪她吧，谁能知道借个钱还要玩脑筋急转弯啊。

汽车已经缓缓行驶起来。

"那个，我想了，想了……"眼见一个便宜的旅馆开过去了，杉杉急了。

"为什么我天天去你办公室，为什么天天和你一起吃饭，不是因为你命令我！而是因为——因为——"

杉杉一边靠无耻地复制问题来拖延时间，一边绞尽脑汁，最后急中生智脱口而出。

"因为我为色所迷！"

杉杉觉得她的话一出口，世界都寂静了，性能良好稳定的世界级轿车居然在一刹那间方向似乎飘了一下，虽然迅速地扳正了……

她已经不敢去看Boss大人，一瞬间她自己都被自己震撼了。刚刚自己一定抽风了吧，怎么刹那间大脑里产生的居然会是这个词啊……

不过，也许这才是真相？

饶是向来镇定如封腾，一时也失语了，半晌，他的声音才响起，语气中带着莫测的阴森："哦？很好，不过既然都为色所迷了，那后来又是怎么回事？"

杉杉思考了一下，才理解他说的"后来怎么回事"是指她拒绝他的事情，Boss大人你说话就不能直接一点吗= =

不过也是哦，既然她都为色所迷了，她怎么又会拒绝总裁大人呢。

果然说了一个谎言就有无数的谎言等着圆啊。

薛杉杉头都大了，难道说自己那天是喝醉酒了为了爽一下吗= =，这个最接近真相了，但是说出来肯定会被Boss大人抛尸荒野吧= =

杉杉都想哭了。借个钱有木有这么难啊，才一千五啊！

有什么答案才是又拍马屁又合理的呢？杉杉急速地榨着自己已经所剩不多的脑汁，终于灵光一闪，简直是喜极而泣地说："那个，总裁！其实我是在、在欲擒故纵来着。"

Part 22

又是一片寂静。

这次轿车好像有了预防似的，依旧极为稳定地行驶在马路上。路灯一个个开过，封腾的神情忽明忽暗，变幻莫测。

良久。

“恭喜你，薛杉杉，这个答案我很满意。”

他的声音不阴不阳的，简直像从牙齿缝里发出的。杉杉小心脏颤啊颤，总裁大人是真的满意吗？

“所以，告诉你一个好消息。”

“什么？”

“我本来打算送你去酒店，然后酒店费用从你薪水里扣。现在我改变了主意。”

咦，杉杉期待地看着他，难道因为她的马屁，不不，是真心话……改成了从他薪水里扣？

“这几天你住我那里。”

杉杉呆了，半晌才颤巍巍地问：“总裁，住你、你那，是什么意思？”

封腾已经懒得回答了。他踩下刹车，将车子掉了个头，朝相反的方向开去了。

杉杉完美地保持了一路呆滞状。

汽车上了高架，又下了高架，拐了两个弯，周围的环境一下子就清幽起来。道路两旁尽是高大整齐的树木，把房屋遮得隐隐约约，哪里还有一丝大都市的拥挤喧嚣。开了一会儿，又拐进了一条干净的林荫小道，长长的围墙尽头，黑色的雕花铁门已经在望。

杉杉猛地回神："等等等等，我还没答应啊！"

封腾不为所动地说："你确定现在要下车？"

杉杉四顾，打车……这儿，哪里会有人打车啊。杉杉郁闷地说："总裁，你每天上班都这么远吗？"

"这是老宅，我平时不住这里。"

老宅？

不会是和父母一起住的地方吧？难道会见到Boss爹娘？杉杉刚一提起心，突然想起同事八卦过，说总裁的父母早在十几年前就遭遇车祸双双身亡了，而抚养他们兄妹长大的老董事长去年也过世了。大概就是因为这样，他才不常回来吧。

杉杉忽然就不知道说什么好了。

沉默间，车子开进了那扇雕花铁门，整栋房子在他们进来的一刹那灯火通明，杉杉刚刚还打定主意不东张西望的，现在却不由自主地被吸引了目光。

封腾停了车，"下来吧。"

杉杉跟他下了车，亦步亦趋地走在树间小径上，虽然小路两边设有古朴小巧的路灯照明，但是依然无法看清所在之地的全貌。一时间杉杉只觉得走在这里压力很大……等看到笔直伫立在门口迎接他们的传说中的管家先生，压力就更大了。

豪宅管家神马的，真属资本家的标准配备啊= =

不过，如果以看电视的感觉来看眼前这一切的话，那就感觉还好= =

进了屋，立刻就有人上前周到地服务，杉杉换了拖鞋，脚趾在拖鞋里不安地动了两下，问封腾："我能不能用下电话，我想打电话跟我妈妈说一声。"

封腾点了点头，随手将自己的手机递给了她。

呃……她只是想借座机……

杉杉只好接了过来，走开了些，拨通了家里的电话。电话是薛妈妈接的。

“喂，妈。”

“杉杉？”薛妈妈挺奇怪地，“你怎么这个时候打电话呢，在火车上了吧。”

“没……”

杉杉郁闷地把事情说了一遍，当然不敢说自己被带进了警察局，只说是钱包连火车票一起被偷了。少不了被老妈骂一顿，杉杉乖乖地挨着训。

薛妈妈教训够了，问：“那你现在住哪里？”

“呃，我住在……同事家。”

同事家？

正在听王伯说话的封腾不由得分了下神，王伯立刻停下。

封腾回神，“你继续。”

杉杉打完了电话，想起回家的事情，不由得握着手机为难。现在火车票是肯定买不到了，只能订飞机票，可是飞机票要怎么订啊？电话号码是多少呢？

她在一旁等封腾和那个管家老伯讲完，才上前有些拘谨地问：“总裁，你知道怎么订票吗？”

订票这种事情哪里用得着封腾亲力亲为，他自然不知道。看了下薛杉杉眼下疲惫的阴影，“去休息吧，订票的事情不用你操心。”

转而对管家吩咐：“订一张明早飞G省的飞机票。”

杉杉不好意思地对管家先生说：“麻烦你了。”

管家先生表情严肃地表示这是他应该做的，掏出本子一丝不苟地记下她身份证号码后，叫来了一个年轻的女孩子，“小朱，带薛小姐去二楼客房。”

“住东面吧。”封腾状似随意地加了一句。

一个圆脸女子走过来，听到封腾的话，脸上流露出一丝讶异，不由得分外客气地对杉杉说：“薛小姐，请跟我来。”

小朱拖着行李箱走到二楼走廊的尽头，推开房门，笑盈盈地回身说："到了薛小姐。"

她按下了灯光，舒适大方的卧室顿时展现在眼前，杉杉不由自主地说："真漂亮。"

小朱笑意盈盈地说："整栋房子里，只有这间和封先生的卧室是一个格局呢。"

杉杉愣了一下，"是吗？"

"是啊，封先生的房间在三楼，正对着这间。"小朱指指天花板，"这个朝向的风景最好了，薛小姐早上可以打开窗户看看，可惜雪都快停了呢，不然明天早上窗外的雪景会很美。"

小朱一边说，一边动作麻利地放好了行李，然后又去楼下帮她端了杯热牛奶上来。

"薛小姐还有什么需要我做吗？"

杉杉连忙摇头，"没有了，谢谢你。"

小朱笑道："薛小姐太客气啦，那我先下去了，有什么事情可以用内线电话叫我。"

等她走后，杉杉才好意思在房间里四处走动看看。这是一个很宽敞的套间，书房衣帽间一应俱全，外面还有个很大的阳台，阳台上随意地摆着一组乳白色的沙发，看上去就让人很想躺的样子。

杉杉打开阳台的小灯，在沙发上坐了下来，抬眼望着这一切，心里忽然就觉得有点烦恼。

唉，Boss家的阳台都比她房间大什么的……真让人绝望啊……

她不由得为两人之间的差距认真地忧郁了几秒钟。不过薛杉杉同学的生理构造注定了她的伤感很难持久，这不，一低落大脑就开始罢工了，困倦一阵阵地涌上来。杉杉小小地打了个哈欠，从沙发上起来，摇摇摆摆地爬上床睡觉去了。

然后一眨眼工夫，她就香喷喷地睡着了。

楼下客厅的灯依旧亮着。

封腾并不常常回这里，又逢年节，积累了不少事情要处理，一一交代完毕，步上楼梯时，忽然停下来，转身对楼下的王伯说：“她的机票订在年初一。”

管家先生微愣了一下，立刻点头表示明白：“好的。”

封腾神色坦然地上楼，路过二楼的时候，嘴角带起了一个小小的弧度。

Part 23

杉杉睡了个好觉，第二天一起来就一扫昨日之晦气，精神百倍生气勃勃了。洗漱好打开房门，小朱居然已经在外面等着她，看见她立刻迎上来，笑容满满地打招呼：“薛小姐，早上好。”

杉杉连忙回以问候：“早上好。”

“薛小姐现在是去餐厅用早餐吗？”

“呃……”杉杉有一丝犹豫，在别人家做客，这样会不会太不客气了。

小朱察言观色，立刻说：“之前封先生吩咐，看到薛小姐就带你过去呢。封小姐也来了。”

“封小姐？”杉杉微微讶异。

小朱点点头，“是的，她一大早就过来了。”

封月搅着碗里的粥，却没什么食欲，本来嘛，她一大早过来又不是真的为了早餐。又搅拌了两圈，终于忍不住了。

“哥，今年薛小姐要留下来和我们一起过年？”

封腾瞥了她一眼：“你消息很灵通。”

封月脸上有点讪讪，叫了一声，“哥。”

“嗯？”

“……你喜欢薛小姐？”

这个问题问出来，封月自己都觉得怪怪的。大哥这种人，要跟喜欢什么的连在一起，实在是很不协调，但是又怎么解释如今的状况呢？

大哥居然带一个女孩子回家过年……

虽然也知道他们认识好几个月了，但是封月依然觉得，这比圈子里某些富豪认识某明星几天就结婚的事情，更加稀奇。

封腾不置可否，显然没有回答的意思。

“哥哥，我关心你。”封月看着他认真地说，“我知道你不爱跟我说这些，可是我必须知道你是怎么想的，你一定要让我放心。就像当初我和言清要结婚，我不拦着你调查言清一样，因为我也必须令你放心，因为我们彼此是这个世上唯一剩下的亲人了。”

封腾叹了口气：“她不讨厌。”

“那你们在谈恋爱，以结婚为前提的？”

封腾顿了一下：“你想太多了。”

封月迟疑地说：“哥，你不会玩弄人家女孩子吧。”

封腾面露不悦地打断她，“我也不喜欢做无用功。”

“好吧。”封月放弃这个问题了，哥哥一旦开始打太极，那就表示她什么都问不出来。她索性转了方向：“我一直以为你会给我找个门当户对的大嫂。”

封腾淡淡道：“联姻能给我带来的好处有限，风腾也没有这个需要。”

封月摇头说：“我并不是这个意思，我也不在乎这个，否则我也不会嫁给言清。我会这样想，是因为你以前的女友家世都不错。”

“巧合而已。”

也是，大哥之前也才两任女友吧，谈不上什么规律。不过说起来，爷爷去世后自家大哥就空窗到现在啊。封月试探地问：“那如果你不在乎门第的话，你为什么一直不接受丽抒呢？”

丽抒？

封腾略感诧异地说：“你怎么会想起她？”

“丽抒跟我们一起长大，你别说你不知道她一直喜欢你。”封月抱怨说。元丽抒是家里老仆的孙女，跟封月同龄，两人从小一起长大，学校都是一样的，封月一直当她好姐妹。

封腾道：“封月，她跟你一起长大，不是跟我一起。”

“但是她高中之前一直也住在这里的。”

封腾不悦地说："我以为你是跟我来讨论薛杉杉而不是元丽抒。"

封月知道他不想再讨论这个问题，但是受人之托已久，总要有个答案。

"我只是想知道你对丽抒哪里不满意。"

封腾看了她一眼："封月，我对薛杉杉有很多不满意，但是对元丽抒，没什么不满意。你明白了？"

封月默然，然后叹了口气。因为不在乎，所以没有不满意，而薛杉杉，因为看在眼里了，哥哥自然用上了家传的挑剔大法，所以有诸多的不满。

看来是没戏啦。其实她对薛杉杉也挺有好感的，但是她要怎么给丽抒解释呢。封月转转眼珠，"哥，能不能问问，你选择女友的标准是什么？"

"懂事，不烦人就可以了。"封腾随口道。

这也太敷衍了吧，封月不满地说："乖巧懂事的女孩子不是很多吗？哥哥你跟上次的女友分手也很久了吧，为什么到今天才选择和薛小姐在一起啊？"

"所以她是特别的。"

封月立即追问："她特别在哪里？"

封腾并没有立刻回答她，他优雅地拿起手边的杯子轻啜，然后才悠悠然地说："她特别……下饭。"

"啊？"封大小姐怀疑自己耳朵出问题了，眨了眨眼，呆了。

谈话在封小姐的呆愣中告一段落，当他们话题的女主角出现在餐厅时，封小姐已经暂时恢复正常了。

她笑容满面地跟杉杉打招呼："杉杉，快来吃早饭。"

"封小姐。"

"哎呀，我叫你杉杉，你叫我封小姐，我伤心了啊。"

"啊？"杉杉显然有点应付不来她忽然这么亲昵，不由得看向封腾。封腾说："坐下吃饭，早餐时间是七点，以后不要迟到。"

"哦。"

杉杉坐下吃饭，一时倒没注意"以后"两字，封小姐今天敏锐着呢，立刻朝哥哥暧昧地笑了一下。

封腾视若无睹。

这时王伯和送餐的佣人一起出现了，向封腾报告："先生，今天飞G省的机票已经订不到了，只有明天早上十点半的飞机。"

封腾看向杉杉。

杉杉虽然失望，但是这也是预料中的事情，连忙点头表示感谢。

封腾朝王伯点点头。

"等等……"封月想说自己能帮忙订到机票，然而才开口，便见封腾的眼神微抬。

她立刻住了口，心里暗骂自己是猪！难道她能订到大哥还会订不到吗？大哥明显是存心的嘛。

封小姐不禁腹诽了。原来人家压根不是自己想留下来过年的啊！男人要无耻起来真是无耻，大哥更是个中翘楚。啥名分都没有呢，就不让人回家过年了。

接下来的用餐时间，杉杉一直很不自在，这当然不是因为和总裁一起吃饭。说真的，和Boss吃饭什么的，早就习惯了。而是因为，封小姐时不时看她的眼神。

那眼神非常奇特，就好像，在看一块食物似的……

呃，这应该是错觉吧。

应该只是封小姐脑子里想着食物，又恰好看着她而已。果然，杉杉马上就听封小姐说："杉杉，待会儿我们一起去农庄挑菜吧。"

啊？杉杉一愣，她对挑菜两字是有条件反射的，脑子里瞬间想起的是Boss大人暗黑的身影……难道封小姐竟然也有这种恶习？！！！

但是为啥要去什么农庄啊？杉杉战战兢兢地问封月："挑什么菜？"

封月笑吟吟地说："我们家有个传统，大年夜上桌的菜，大部分要自己去自家农庄挑来的。待会儿你跟我和哥哥一起去吧。"

Part 24

“我们家的人啊，个个对吃挑剔得很，我算是最不挑的了。这个农庄就是爷爷弄的。他嫌现在的食物用药太多不安全，索性自己就弄了块地，找了些人来种。”

吃过早饭歇了一会儿，等言清到了，一行人便出发去了农庄。封小姐拉着杉杉单独开了一辆车，说是要讲悄悄话。

她一边开着车，一边笑吟吟地向杉杉解释着封家农庄的来历。“爷爷还在的时候常说，有了这个园子，我们家就把‘士农工商’这四个字占全了。”

杉杉好奇地“咦”了一声，农和商好理解，工嘛，Boss家涉及不少工程，也说得过去，士咋解释呢？

封小姐看出她的疑惑，主动解释道：“我们家祖上一直是读书人，明朝的时候陆续有人出仕，到了清代才转而经商的。”

杉杉听着有点呆，本来以为Boss家只是有钱而已，没想到还这么源远流长。思绪飘了一阵，杉杉忽然想起一件事。

“呃，阿月，有个事情我想跟你说一下，第二次给你输血的不是我，是风腾另一个同事。”

杉杉解释了下年会上的误会，封小姐有些讶异，回想了一下说：“哎呀，这事我哥也不算骗我，当时我问是不是你，他根本没回答我，我就想当然以为是你啦。”

她有点气恼，“他大概是怕我给别人送饭吧。”说着看了杉杉一眼，眼里闪过促狭，“看来我家的饭也不是随便谁都能吃的哦。”

杉杉解释清楚就安心了，懒得去琢磨Boss的动机，反正也琢磨不透。假装没听到封小姐的调侃，杉杉关心地问：“你不是刚刚输过血么，现在开车没事吗？”

“没事，虚惊一场啦。而且农庄很近的，半小时不到的路程而已。”

果然没开多久，封小姐就说：“到了。”

杉杉向窗外望去，先看见了一片林子，又开了片刻，才看见农田池塘，路边有几栋二层的楼房，房子前的空地上，已经有几个人在等了。

封月看着“咦”了一声，说：“怎么丽抒也在？”

下了车，一个瘦瘦高高的短发俏丽女子笑吟吟地迎上来，“阿月。”

封月说：“丽抒，你怎么也来了？”

元丽抒笑吟吟地说：“阿月你这话说的，我家年夜饭的菜哪年不是你们家菜园子里的，怎么今年你舍不得了？”

封月嗔怪说：“我就问一声，哪里有舍不得。往年不是都给你们家送去么，怎么今年没有送？”

封家的这个农庄除了日常供应封家的食用，年节的时候还会给亲朋送一些产品过去。

丽抒笑道：“就不许我吃完了再来啊？你要是舍不得，我就只好问你家大哥讨了。”

她的眼睛已经看向后面下车的封腾，一眨不眨地，落落大方地说：“封大哥，好久不见了。”

封腾点点头：“丽抒。”

站在一旁的杉杉在电光石火中难得敏锐地真相了：哇，原来是Boss大人的仰慕者！

元丽抒显然是极会说话的一个人，不着痕迹地大大恭维了封腾一番，什么西面的投资多么有远见啊之类的，连封腾这般难伺候的人，都被她说得微微笑了一下。

薛杉杉边听边检讨自己。看吧看吧，这才是高手啊，看人家多么有专

业性多么欲扬先抑高潮迭起啊，相比之下自己实在是太直白了。

封月在一旁看她神思恍惚的样子，以为她是在不高兴。既然她知道哥哥对丽抒完全无意，当然要跟薛杉杉解释一番，便低声对薛杉杉说："丽抒是李奶奶的孙女，李奶奶是一直跟着奶奶的老人，在我家几乎过了一辈子，奶奶去世了才去跟儿子住，丽抒和我们一起在老宅子里长大的，大哥待她也如同妹妹一般。"

她的重点当然在最后一句，说完，她也不管杉杉意会没有，笑吟吟地对元丽抒和封腾说："你们叙旧完了吧，再说下去可要天黑了。"

元丽抒埋怨状："阿月你真是的，我好不容易有机会跟封大哥讨教一番。"

说着望望封腾手里的渔具，惊喜地说："封大哥今天要钓鱼？我可想学很久了，上次海钓我没能去成，今天不介意教教我吧？"

封月叹口气，知道自己的朋友是不撞南墙不回头了。她这心思由来已久，只是以前总觉得自己出身一般，不太敢表露自己对封腾的念头，如今大概是听说了薛杉杉的事，看到薛杉杉这样普通的家世竟然登堂入室，自然不甘心，前所未有地积极起来。

见封腾已经点了头，封月转眼又有想法，自家大哥从来不是拖泥带水的人，以前丽抒藏着心事不说，想拒绝也无从拒绝起。现在她简直称得上直接了，倒不如趁机让大哥对她说清楚，免得耽误她青春。

于是她也不再阻拦，反而对薛杉杉说："杉杉，要不我们两个去挑菜吧。"

虽说是亲自摘菜，但是封大小姐哪里真的肯下地，只是去人家摘好的菜里选一些罢了。

封腾说："你自己偷懒就算了，别带坏她。"说着他对站在一旁当木头已久的薛杉杉说："薛杉杉，你也过来。"

他说完便和言清拿着东西往池塘边走，杉杉看了眼封月，封月头痛地说："算了，我们一起去吧。"

走在两个男人后面，元丽抒似乎才发现杉杉似的，含笑说："还没请教这位小姐是？"

杉杉礼貌地说：“我叫薛杉杉，你好。”

丽抒也礼貌含笑地说：“我是丽抒。”

她直接把姓略过了不说，透露着和封家特殊的亲昵意味，紧接着又笑吟吟道：“薛小姐难不成也是像我这样来弄点菜回去的？”

薛杉杉说：“不是，我跟过来玩的。”

元丽抒问：“不知道薛小姐从事什么行业？”

“呃，我是做财务的。”

“在风腾？”

“嗯。”

元丽抒笑起来：“这么说来，我们也算是同行，不过我可没你这么好运气，在封大哥手下做事。”

封月插话说：“丽抒从事金融投资的，另外还是我的私人理财顾问。”

元丽抒嗔道：“阿月你取笑我，什么私人理财顾问，你自己懒得弄，我帮你打杂罢了。”

说着便和封月谈起最近一些投资和目前的一些行情，聊了一会儿，转头一笑问薛杉杉：“薛小姐对这轮行情有什么看法？”

杉杉根本没认真关注她们在聊什么，不过肯定是投资这块的。她看看前面封腾和言清的背影，她们的对话想必听得很清楚吧。这位丽抒小姐你要表现就表现嘛，干吗拉她下水。

杉杉摇头说：“财务和金融这块其实区别还蛮大的，我自己能吃饱就不错啦，又没有闲钱，所以也不太关注投资。不然满肚子想法却没办法实现，也很难受吧。说不定还会铤而走险孤注一掷挪用公款什么的。”

元丽抒被噎住了。什么叫“满肚子想法却没办法实现”，这是在讽刺她？“孤注一掷”岂不正是自己眼下的心情么。她笑容微敛，自己倒是小看了她了。

封月不免也多看了杉杉两眼，但是看她一脸认真解释的样子，又觉得是言者无意，听者有心了。

和言清交谈中的封腾这时笑了笑，转过身来的时候又换了一副上位者的威压表情：“薛杉杉，你在我面前说挪用公款？”

杉杉吓了一跳，连忙摇头：“没有没有，我只是打个比方，总裁大人我是清白的！”

封月默默地扭头，大哥你真恶趣味，杉杉你果然很下饭，还有丽抒……你真的没戏了。

说话间一行人已经到了钓鱼的地方，封腾放下渔具，问薛杉杉：“会钓鱼吗？”

杉杉摇头：“不会。”

听封腾这么问，大家都以为他要教薛杉杉钓鱼呢，元丽抒脸都僵了。谁知封腾却是点点头，然后往池塘边上的菜地一指说：“那你去拔萝卜。”

杉杉被雷焦了。

Part 25

杉杉蹲在萝卜地旁边默默地瞅了半天，才伸手拔了几棵萝卜，然后扭头看看池塘边钓鱼的一群人，严重地心理不平衡起来。

资本家什么的实在是太腐败了，钓鱼就钓鱼呗，还要弄个小木屋防寒，一群人坐在那里喝茶钓鱼轻声谈笑，她却要在寒风瑟瑟中拔萝卜！

长工也不是这么用的啊！

杉杉认真地开始考虑罢工的可能性……

可是一想到自己吃住在人家，机票钱还要人家垫，杉杉揭竿而起的心又熄火了，算了算了，这些萝卜就当住宿费吧……

杉杉认命地拔起了萝卜，只是时不时控制不住地往池塘边看看，第N次偷看的时候，正好撞上了封腾的视线。封腾目光一闪，居然起身走了过来。

杉杉赶紧低头做出专心拔萝卜的样子来。

“薛杉杉，这就是你拔了半天的成果？”

伴随着熟悉的低沉的声音，视野里出现了一双黑色的男鞋，杉杉心里有点小委屈，也不理他，手指扒拉着泥土，闷闷地回了几个字：“手僵，拔不动。”

“薛杉杉。”封腾微微俯身，好像在观察她的表情似的，“你说不会钓鱼的。”

“……我可以学啊。”

“是吗？”尾音微微上扬，好像充满了怀疑，“可是，你不是对放长线钓鱼没兴趣吗？”

杉杉愣了一愣，这句话怎么似曾相识啊……然后，久远的鱼刺事件浮现在脑海……

“薛杉杉，你就不会放长线钓大鱼？！”

那时候懵懂不解的话语，此刻却好像忽然有了别样的含义。他为什么现在忽然提这个？杉杉忽然手足无措了，盯着地里的萝卜，鼓起勇气有些结巴地回答：“现在，现在有兴趣了啊。”

想到元丽抒，心里又有点郁闷，怏怏地说：“可是鱼塘边上人也太多了……”

这是在抱怨？封腾眉宇间跃起一丝笑意，他突然问：“薛杉杉，你要不要给其他钓鱼的一个信号？”

杉杉疑惑：“什么信号？”

“告诉别人，这个鱼塘已经被人承包了的信号。”

啊？

杉杉不解地仰头看他，然后视线一暗，唇上触到了一片温热。

她她她，好像……被吻了？！

高大的男人俯下身，大手抓住她的肩膀，在她唇上蜻蜓点水而过，然后看着她傻傻呆呆的样子，低声笑语：“这是承包合同专用章。”

“……”

杉杉手里的萝卜掉到地上，重新回到刚刚离开的坑里了……

杉杉最后还是没去钓鱼，而是蹲在萝卜地里，麻木地拔了一堆萝卜，满满地装了两筐。

元丽抒倒是钓到了好几条鱼，只是那表现在脸上的高兴，怎么看都像是强颜欢笑。回去的时候，元丽抒搭了他们的顺风车，仍然是一副神采奕奕的样子，只是时不时有点走神。不过，比她更走神的是薛杉杉同学，不，薛杉杉已经完全没有神了。

她脑海里只剩下一根根萝卜……

这种状况甚至延续到了年夜饭，那丰盛的豪门夜宴啊，吃到了嘴里居然都是萝卜的味道……

不过这也实在不能怪她，任何一个在萝卜地里丢掉初吻的不幸女子，都不会这么快变回正常人的。

后来直到封月说要回家，杉杉才回过神来，下意识地拉住封月，“你晚上不住这里？”

以前是住的，今年哥哥不是有你陪了嘛。封月笑眯眯地说：“是啊，我们明天早上七点多的飞机飞言清家，东西还没收拾好呢。”

“那、那……”杉杉不知道说啥了，猛然产生了一种，今晚就打包去飞机场过夜的冲动。

封月眨眨眼：“过得愉快哦！”

会愉快才怪呢！明明就是紧张死了好不好。

可是当佣人们收拾好饭桌纷纷回家，偌大的屋子里只剩下他们两个人，杉杉心里竟然慢慢地浮起一丝类似心酸的情绪起来。

大年夜身边居然一个亲人都没有，就算非人如Boss，也会感到寂寞吧。这么一想，独处的紧张倒是少了很多，杉杉期期艾艾地主动开口问：“晚上我们干什么？”

封腾反问：“你想干什么？”

杉杉想了半天：“看、看春晚？”

封腾很无语地看了她一眼，两人便去客厅，打开了电视机，等着看春晚。

杉杉看看壁钟，很好，已经七点四十五了，还有十五分钟春晚就开始，只要顺顺利利地度过这十五分钟，春晚开始后就不会显得很傻很尴尬不知道要说啥了！

哦哦！这个世界有春晚真是太好了。

杉杉轻松地奔向厨房方向，“我去弄点水果。”

在厨房磨蹭了半天，杉杉掐好时间，准时端了满满的两盘水果回来。

“水果来了！”

封腾却没有动，他坐在沙发里，低垂着眼，目光落在手中的手机上。

“薛杉杉，我刚刚收到了一条短信。”

“嗯？”杉杉有点不明白他为啥跟自己说这个。

“有人祝福我新年快乐。”

杉杉还是有点茫然。这很正常吧，拍拍Boss马屁什么的，等等……她好像忘记了什么……

封腾吐出了两个字：“是你。”

杉杉终于想起来了……

水果盘放在茶几上，杉杉垂头丧气地接受Boss大人的询问。

“你手机不是掉了吗？”

“是手机定时软件。”杉杉小声地回答。

“什么时候定的时？”

“前几天。”

封腾顿了顿：“你给所有人都发了这个？”

“没有。”杉杉更小声了，“就你一个。”

封腾点了点头，不再说话了。电视里春晚已经正式开始了，杉杉盯着电视机，心里一片乱糟糟，有种现行犯被抓的感觉。

忽然，“啪”地一下，封腾关掉了电视机。客厅里顿时一下子静得连一根针落下都能听见。

“薛杉杉，这也是欲擒故纵？”

“那你呢？”杉杉不知哪里来的勇气，不答反问，“你在萝卜、那样……也是欲擒故纵吗？”

封腾倒没料到她居然会反问，笑了笑，有些意味深长地说：“不，是诱敌深入。”

她都已经在他家了，难道还不够深入吗，如果对方觉得她还不够深入，那么……

“封、封腾。”

第一次直呼他的名字，杉杉有点不自在，不过这种时候，怎么也没法叫总裁吧。

“我没谈过恋爱，所以不知道到底应该是怎么样的。年会之前，我明明没想过这些的，可是后来……”

她抬起头来，尽力看着他的眼睛。

“前几天看不见你我很失落，看到你在警察局外面等我，我觉得很丢脸，可是又好高兴，你带我来这里的时候，我，虽然觉得不应该，可是还是还是很高兴。刚刚和你吃年夜饭，我还是……很开心。”

我没有你的密码，但是我可以把我的密码告诉你，摊开来给你看。我想我已经喜欢你了，那么，你看清楚，我是你喜欢的吗？

她什么都不懂，所以面对聪明人，只有笨办法。

杉杉不自觉地抱住膝盖，缩进沙发里，可是眼睛却是一眨不眨地看着他的。她的神情看起来怯懦而又勇敢，眼睛里装满了小心翼翼的期待。薛杉杉从来都是引人发噱，让人看了就想欺负地捏几下的。可是封腾此刻却前所未有地，蓦地心中一动。

“薛杉杉。”他揽过她的肩膀，缓缓低头在她的额上亲了一下，说，“我们试试吧。”

Part 26

那个夜晚，在封腾说了那句“试试吧”以后，一切就显得有些不真实。

温热的唇离开了她的额头后，杉杉整个人就蒙了。封腾好像想继续吻她，可是对上她傻乎乎的眼神，反倒笑了出来，稍稍退开了些距离：“算了。”

慢慢来。

他拿过手机，问她：“就一条短信？”

她点点头。

封腾就关了手机，扔在茶几上。然后带着她去了自己的书房，开始他想教她下棋，可是看她实在心不在焉，就放弃了。于是就各自看书。

偶尔去弄点水果，偶尔去泡些茶水，偶尔言不及义地交谈几句，杉杉捧着选的书，翻过了好几页。

十二点的时候，深蓝的天空中绽开美丽而璀璨的烟花。

因为这一片都没有高楼，所以站在书房的落地窗前，就可以看得很远很远，杉杉放下手里的书，跑去窗户前看。

封腾也走过来，站在她身旁。

“想放烟花？”

“封月说你们从来不放的。”

“嗯。”封腾点点头，然后收回视线看向她，毫无征兆地低头吻住了她。

这是今天他第三次亲她了。

她觉得好像次数有点多，但是一点也不讨厌。

然后……

她就踩着软绵绵的拖鞋软绵绵地回房睡觉了。

年初一一大早，杉杉踩着仍然软绵绵的脚步去楼下餐厅吃早饭。在楼梯上遇见了喜气洋洋的小朱，小朱笑眯眯地说："薛小姐新年好。"

"新年好。"杉杉赶紧回以祝福。

小朱乐滋滋地说："薛小姐赶紧去吃早饭吧，封先生在呢，正好拿红包啊。"

"红包？"杉杉瞬间清醒了，惊喜地说，"我也有吗？"

"肯定有啊。"小朱说，"封先生每年初一都会给我们发红包，薛小姐你怎么会没有呢？"

小朱的意思是她们都有，你们关系如此不一般，红包自然更加会大大地有，厚厚地有。

但是薛杉杉同志的思维是——

对哦！

她也是Boss大人的员工啊！

当然要有红包。

杉杉顿时脚步也不绵软了，欢快地走向餐厅。

发红包活动貌似已经散了，客厅只有Boss大人和管家在。封腾似乎在跟管家交代什么事，瞥到她出现在餐厅门口，颔首道："杉杉过来。"

杉杉连忙奔过去，眼神不自觉地调整到小狗渴望肉骨头的模式。封腾被她闪闪发光的眼神噎了一下，顿了一下才问："你家里都有什么人？"

"呃？"家庭调查吗？杉杉一口气把直系亲属报了一遍，"就是爸爸妈妈爷爷奶奶外公外婆，还有伯伯叔叔，两个阿姨，每家一个孩子，就这样。"

"嗯。"封腾点了下头，对管家说，"准备一下。"

管家点头，领命而去。

杉杉愣愣地问：“准备什么？”

封腾随意地说：“你不用管。”

“哦……”杉杉觉得多半不关自己的事，也没多问。

封腾坐下来用早餐，“机票已经订好，一会儿我有事，让小张送你去机场。”

等到了机场，司机小张从后备箱里拖出两大箱子东西的时候，杉杉才明白，封腾所说的准备一下是准备了什么。

“老板吩咐，这些是给薛小姐家人准备的年礼。”

年礼什么的……Boss大人也太周到了吧。

想着年礼中所蕴含的暧昧含义，杉杉心中又是纠结又是荡漾，看着那体积不小的箱子，开始发愁怎么把它弄回去，关键是咋跟长辈们说呢，Boss的礼物肯定不便宜，她该怎么解释来源呢。

小张热情地帮她check in，办托运行李什么的，杉杉只好什么都不干，在后面跟着。最后进安检门之前，小张又给了她一个小盒子。

“薛小姐，老板说，让你这段时间暂时用他的旧手机。”

杉杉呆了一下，打开盒子来看，果然是一款男式的手机。

等她独自坐在候机室的时候，杉杉才有工夫仔细看手机。手机还很新，但是的确有用过的痕迹。她翻了下电话簿，里面只有Boss大人的号码。她盯着看了一会儿，忍不住拿着手机走到落地窗前，打电话给封腾。

那边人接起就说：“到了？”

“嗯，我在候机室了，看到你给我家里人准备的东西了，还有手机。”

“嗯。”封腾应了一声，“谢谢就不用了。”

“……谁说我要说谢谢了……这么多东西很难拿好不好。”

那边一笑，“小张没跟你说那边有人接你？”

杉杉愣了，忽然觉得不自在起来。

“你不要这样……我不习惯。”

“会习惯的，好了，杉杉，新年快乐。”

飞机到达省会城市的时间是下午，下了飞机，果然出口有人在等着，是一位姓李的年轻男人，自我介绍说是风腾集团在这边分公司的行政。看见她一口一个薛小姐，极为殷勤。

杉杉很不习惯。却不知这边的人只知道是总部下的命令，并不知道是由封腾吩咐下来的，如果知道，绝对不会只派一个小行政来接待。那时她恐怕要更不习惯了。

杉杉的家在省会邻近的B市，车程约两个半小时，路上堵了堵，到家已经是晚上了。那人将她一路送到楼下，还要帮她把东西提上楼。杉杉赶紧婉拒了。

感谢了一番，等人走了，杉杉才打电话给家里，让父母下来帮忙搬东西。

这一路上杉杉一直如在云里雾里，一切都显得那么不真实，直到此刻，看着自己从小一路长大的地方，才有了脚踏实地的感觉。

她深深吸了一口气，寒冽的空气深深吸入体内，驱散了一丝混沌。

Part 27

薛爸薛妈下来看到她当然少不了一通埋怨，怪她弄那么多麻烦事，多花机票钱，看到两个大箱子，先是吓了一跳，等得知是礼物，又埋怨她乱买东西。杉杉老习惯父母这种责怪式的关心了，笑嘻嘻地听着。

今天正好轮到薛爸爸这边的亲戚在杉杉家聚餐，她回来得晚，大家也不等她了，已经开始吃了。爷爷奶奶、伯伯一家、叔叔一家都来了，十来个人正好凑了一桌。

看到杉杉回来，大家都停下了筷子，爷爷看见她，笑得眼睛都看不见了："小杉杉回来啦。"

杉杉大半年没见到他们了，跑过去抱了一下："爷爷，奶奶。"

杉杉叫了一遍人，奶奶心疼地说："快坐下来吃饭，坐飞机累了吧。这小偷真不是东西，大过年的还偷东西。"

杉杉"嘿嘿"笑了一下。

杉杉妈把手里的东西放下后赶紧招呼大家："大家都坐下吃，她一个小孩子别当回事。"

大家重新坐下来吃东西，一时话题自然围绕着杉杉，先是问她工作上的事，工资啊奖金啊什么的问了个彻底，杉杉也不介意，有多少就说多少呗，于是少不了被夸奖一番。

接着又问坐飞机怎么样啊，大城市习惯不习惯什么的，这些都问完了，小婶婶开她的玩笑说："杉杉，柳柳男朋友都有了，你什么时候有好消息啊？"

柳柳是杉杉大伯家的女儿，她们薛家孙辈一共三个孩子，都是木字旁的，柳柳，杉杉，还有小叔的儿子薛桐桐。

“咦，柳柳也……”

“也”字都到嘴边了，杉杉硬是活生生地把这个字咽了下去，艰难地说：“柳柳有男朋友了啊？”

好在大家没听出什么来，大伯母得意地说：“是啊，杉杉，明年我们家柳柳也要去S市工作了。这下我们薛家两个姑娘都有本事去大城市工作，你爷爷要更开心了。”

大伯母一直觉得自己女儿薛柳柳才是薛家三个孩子中最优秀的，结果薛杉杉去了大城市工作，亲戚们全都说杉杉有出息，大伯母一口气憋了好久了，今天才吐出来。

杉杉心直口快地说：“那好啊，我正好要重新租房子，干脆柳柳跟我一起住好了。”

她话刚说完，就被薛妈妈一筷子敲在头上：“你个傻孩子，你姐姐还用得着跟你租房子。”

大伯母喜滋滋地附和薛妈妈：“是啊，柳柳跟小俊一起去的，我家小俊在S市有套大房子，150多平方米呢。”

柳柳默不作声地帮她妈妈夹菜。

杉杉看了柳柳一眼，默默地同情了一下。她这个堂姐长得非常漂亮，人又聪明，因此从小到大就被大伯母拿出去四处炫耀攀比，偏偏她自己却是沉稳低调的个性，所以被搞得痛苦无比。可她还不能抗议，因为她不是大伯母亲生的，是大伯母从她一个生了女儿又不要的亲戚那儿领养来的。

别人领养了孩子，生怕孩子会知道自己不是亲生的，都藏着掖着。大伯母却是反着来的，生怕女儿将来不孝顺她似的，从小便对她说要不是我领养了你，你现在跟着你爹妈过着什么什么苦日子之类的，薛柳柳本来就乖巧文静的性格，有这样的养母，自然只能越来越文静了。

小叔叔正在上高一的儿子薛桐桐坐在杉杉旁边，他在杉杉耳边咬耳朵：“杉杉姐，你知道柳柳姐的男朋友是谁不？”

“谁？”

“就是她单位老板的儿子，就是本来你要去的那个单位。你说要是你

去会不会就是你男朋友了啊？”

杉杉毕业后本来在家乡找了份工作，是本地一家小有名气的公司，这本来是好事，可是被大伯母知道了，就不得了了。硬说这个工作是老头子给杉杉找的，因为那家公司的人事主管是爷爷老战友的儿子。

她大喊老头子偏心，不把柳柳当亲孙女什么的，搞得一家人都不安宁，杉杉倒想把这个工作给柳柳，可是工作这么大的事，薛妈是肯定不肯让的。还好很快杉杉踩了狗屎运去S市工作，把这个岗位让出来，爷爷又老着脸皮去找了战友，把工作给了柳柳，大伯母才消停。

杉杉被桐桐说得囧极了。“你一个毛孩子想这些干吗。”

桐桐不好意思了，“嘿嘿”地说：“我妈在家里这么讲的。”又撇嘴说，“柳柳姐是好啦，就是大伯母太讨厌，说得人耳朵起茧了还不消停。”

杉杉夹给他一筷子猪耳朵：“来，补补耳朵！”

薛桐桐“噗”了一下，眼珠子转转，说：“姐，你那两个大箱子里面是啥，是不是给我带的礼物啊？”

“啊，对哦，还有给大家的礼物。”

杉杉想起封腾的礼物，饭都没心思吃了，放下碗筷急匆匆地找来剪刀开箱子，大家也好奇地等着看是什么东西。

然而薛杉杉满怀期待地打开箱子，却顿时傻了眼，呃，这是什么？

一袋萝卜？

咳！

全屋子的人都哑了。

大伯母笑了：“哎哟，这些萝卜有多好吃啊，杉杉你大老远地带回来。”

大家都笑个不停。杉杉窘极了，只好说：“这种萝卜就是很好吃的，特别甜，我特别带回来给大家吃的= =”

Boss大人搞什么啊，难道因为是她拔的所以就给她带回来了？还是因为……有纪念意义T T

杉杉万分之万确定，Boss大人是故意的。

= =

还好萝卜下面，都是正常的礼物了。不过，这个正常也许是对Boss家而言的。杉杉说不出那些给长辈的礼物值多少钱，但是送给小辈的礼物，统一是最新出的iPad2，杉杉还是知道价格的。

于是有点被吓到了。

大伯母脸上便有些酸了。薛妈妈脸上虽然笑着，心里却急了，女儿赚多少钱自己最清楚了，这么些东西，还不花掉她几个月工资啊。只有爷爷奶奶不太懂行情，心里最高兴，哦，还有薛桐桐，拿着iPad2简直要飞起来了。

他急切地拆着包装，一边拆一边说："杉杉姐，你抢银行了啊。"

杉杉只能急中生智地来虚构了："哈哈，是这样的，这个iPad是……是山寨，别看它做得很像，其实是假的啦，很便宜的，两、一千块……都不要……而且今年公司效益好，年终奖很多。"

杉杉要哭了，Boss大人送自己一箱子萝卜，手机也说只是借给她的，完全不会让人不好意思收，怎么给自己家里人送这么贵的东西呢。

"我们杉杉会赚大钱了。"奶奶欢喜地说，"不过下次可别买这么多东西了，这些营养品很贵吧，年终奖再多也不能这么花啊。"

"营养品啊……"

杉杉做贼心虚地说："其实是同事家做这个，批发价，哈哈。"

一边说一边心里想，说Boss大人是自己的同事貌似也没错，于是心里头又不由得甜滋滋的。

大伯母立马接上了话："原来是批发的，杉杉，这些都是营养品，吃进肚子里的东西，你可别买错了。"

这话明着关心，暗着却是说杉杉买的恐怕是假货了。

杉杉早习惯她这么说话了，也不生气，"大伯母，你放心吃吧，我同事自己每天都吃呢，绝对不会有问题的。再说现在商店里暴利着呢，一百块进的东西敢卖一千块，其实成本没那么高啦。"

"哎呀。"大伯母说，"毕竟是大城市待过的，还是杉杉精明，我家柳柳和小俊就只晓得从商店里买，虽然吃得放心，可是真是贵。"

大家二十几年都忍耐下来了，自然也不会在今天就因为柳柳妈这副样子就吃不下饭。年初一的晚饭还是热热闹闹地吃完，女人们收拾碗筷准备开麻将桌，最后两个女孩子留在厨房里洗切水果。

“杉杉，你别生我妈的气。”等大人们走了，薛柳柳轻声地跟她道歉。

杉杉说：“我没生气啦。”

柳柳笑了笑，精致的眉目间抑郁舒展了点。杉杉自己刚刚有了男友，也特别关心她：“姐，你怎么忽然想去S市啊？”

柳柳细声细气地说：“他说想去S市发展，不想靠家里。”

“哦。姐，你男朋友怎么样的？你，喜欢他吗？”

杉杉会这么问，是因为从头到尾也没看见柳柳露出多么开心的神色，这实在不像个在谈恋爱的人。

柳柳低头洗水果，过了一会儿说：“反正也没什么不喜欢，妈高兴就好了。”

水果端出去的时候大人们已经在打麻将了，杉杉看了一会儿，便溜去了双宜家。寒冬的夜晚冷得浸骨，深蓝色的天空中飘着雪花。走在街道上，迎着小雪，踩着冰屑，听着鞋底发出“咯吱咯吱”的声音，杉杉忽然就想给封腾打电话了。

但是……

她才回家几个小时。

克制啊克制，一定要克制。一路念叨着这两个字，杉杉很快到了双宜家。双宜家和她家很近，只隔了一条街，她家是一楼一底的老房子，底下陆爸爸自己开了个蛋糕店，生意一直很好。

杉杉进了双宜家门，才喊了人送上小礼物，就被双宜拖进了房间。门一关，双宜抓住杉杉的肩膀，神色严肃地问：

“薛杉杉，你老实告诉我，上次你说的那个被强大的男人表白的女人是不是你？”

“呃？”

杉杉顿时心虚了。

双宜察言观色，激动了，“啊啊啊，真的是啊？！后来我越想越不对，你这么迟钝，没事问我这个干吗，原来真的是你啊啊啊啊，快告诉我，那个强大的男人多强大！他干吗的？多高，多帅，有照片不……”

杉杉连忙举手投降，“你一个个问，慢慢来。”

“好吧，首先，帅不？”

杉杉点点头，双宜星星眼了：“手机里照片给我看看。”

“……没照片……”

“我才不信，手机拿来，我自己看。”说着已经从杉杉口袋里掏出了手机，一到手双宜就觉得不对，“咦，你手机换了？”

“……是他的。”

“啊啊啊！”双宜更兴奋了，“已经到了交换手机的地步了吗？”

……原来除了交换日记，还有交换手机这种说法吗？杉杉黑线地说：“不是啦，是我的手机掉了，他借我用的。”

“哦哦哦，好体贴！”

“哦对了。”杉杉想起来，“你号码给我下，我手机掉了号码全没了。”

“别转移话题，他做什么的啊？”

“……他是我老板= =”

“咦，你上司啊，不错不错~~”双宜虽然不上班，但是也知道现在挺流行叫直属上司老板的。

“T___T比上司还要再上司点。”

“……多上？”

“T______T”

双宜颤抖了：“难道、难道是传说中的……CEO？”

“嗯= =”

“……”双宜喃喃地说，“杉杉啊，我被你雷到了。”

过了一会儿，双宜回过神：“矮油，身份不重要啦，我不会因为他有钱就歧视他的！重要的是爱情的过程啊！你们是怎么在一起的啊？”

杉杉茫然地看看她：“其实我也比较茫然……”

双宜抚额：“那总有个转折点吧！是谁捅破窗户纸，是谁先表白的？”

“呃，算是他吧。”杉杉决定把大年夜那晚自己的表白通通忘记！

“哇！”双宜捧着脸，梦幻了，“那你什么感觉啊？”

“感觉？”杉杉想到她上次说的那个金卡的比喻，“就像在路上走着走着，忽然捡到一百块钱= =”

“一定很惊喜吧？飞来横财啊！”

“那个……我会先怀疑是不是假钞来着……”

咦？

也许是写小说的缘故，双宜有着和外表不一致的心细如发，她敏感地察觉到了一丝异样：“你觉得他欺骗你感情？”

“……当然不是，他才不会这么没品。”杉杉闷闷地说，“我只是觉得，一切很不真实。”

“哦，薛杉杉，这个事情是这样的，我知道你被天上掉下来的钻石饼砸得很晕，但是世界上的优秀男人很少很少你知道吗！

“所以遇见好的绝对不能想东想西，都给我先上了再说！”双宜握拳，小宇宙燃烧状，“杉杉，无所畏惧地上吧！我当你的爱情指导和技术支持！”

Part 28

杉杉在家里待到年初七便要回去了，在此期间，共计与总裁大人通话四次，她主叫两次，Boss大人主叫两次。她的主要内容是汇报吃喝，询问对方是否吃喝；Boss大人的主要内容是敲定归程以及年礼送后客户满意度调查。

双方都对这几次的通话质量表示满意。

“你搭飞机啊？以前你不都坐火车嘛。”

杉杉家中，双宜趴在杉杉床上，看着她收拾东西。

杉杉也不说话，默默地拿出手机，翻到某条短信给她看。双宜看了看：“航空公司发给你的订票信息？给我看这个干吗？”

“不是我订的……前天忽然发到我手机上= =”

“矮油，好霸道，控制欲好强哦。”双宜捧脸，眼睛里的星星多得都快掉出来了。

杉杉闭上嘴巴，决定不告诉她短信之后还有某人控制欲更强的电话，勒令她下飞机之后不准乱跑，必须在机场等他的航班落地。

双宜花痴了一会儿：“我问你，回去后有什么打算？”

“呃，先还他机票钱。”杉杉老老实实地说出自己的想法。

双宜好想撞墙，黑线地说：“你不觉得还钱什么的很煞风景吗？”

“但是我也不能占人家便宜啊。”杉杉很坚持。

“钱当然要还，但是你不觉得你这样很冷冰冰吗？你觉得你们家Boss

会少这二十张纸吗？你就不能用其他方式吗！”

“那，那怎么办？”杉杉傻眼，被双宜这么一说，她的确觉得，拿一叠钱给Boss很傻的样子。

“你难道不知道，过年之后很快就是情人节？你就不会买点东西送人家啊！”

双宜咆哮了。她一个爱情小说家，为嘛会有这么缺乏爱情智商的朋友啊！

在双宜的鞭策下，两人穿戴整齐地出门，直奔本市最高档的商场。

去的路上，杉杉一直在凝眉思考什么，双宜以为她在想买什么呢，结果快到商场的时候，杉杉一把抓住她，严肃地说：“双宜，我想过了，我们不能买2000块的，你想啊，2000是我欠他的，如果只买2000的，那就不算礼物了吧，是还债，所以我们买个2500的吧……”

双宜无力地瞅了她一眼，干净利落地终结对话。“薛杉杉，闭嘴！”

两人在商场里逛了一圈，发现给男人的礼物真的挺难买的，尤其是封腾这种男人。

“要不买个钢笔？”杉杉提议。

双宜：“你还能更老土吗？”

“那皮带？”

“也不行，太淫荡了。”

“为啥会……淫荡……”

“人家说男人送女人衣服是想脱下它，那你送你家Boss皮带是想干吗……”双宜嘿嘿地笑，“我上本书的女主角就是不幸送了皮带，被男主角以此为借口，在第一章就吃掉了。”

“……双宜，你写的是色情小说吧？”

两人在商场里整整逛了两个小时，总算买到了满意的东西。隔天，杉杉带着两人精心挑选的、价值2580的礼物，登上了回S市的飞机。

飞机落地的时间是下午三点多，而Boss大人的飞机将会在一个小时后降落在同一个机场，所以，杉杉下了飞机就拖着行李箱直奔机场接客大厅对面二楼的咖啡馆。

这是Boss大人命令的，要在这里等他一起走。

点了一杯饮料，杉杉找了个可以看见底下旅客出来的位置坐下。给家里打了电话报平安后，杉杉开始每隔几分钟就看一下出口。

看了几次，终于自己也觉得自己无聊了，乖乖地喝起饮料，没过多久，又从随身小包里拿出了给Boss的礼物把玩。

礼物是一对银质袖扣。

暗银色的金属镶嵌着黑色的宝石，侧面是很中国风的镂空，精致细腻的做工带出一种低调而奢华的感觉。

杉杉把它们摊在掌心。

要怎么给Boss呢？

要等到2月14号吗？

拿出来的时候该说些什么呢？

Boss大人又会有什么反应？

侧趴在桌子上，看着手里的袖扣，脑海里各种想象翻腾，渐渐地，杉杉有点犯困起来。她握紧袖扣，决定闭上眼睛休息一会儿。

不知不觉地就没了意识。

不知道过了多久，蒙胧中好像听见对面有轻微的瓷器碰撞的响声。杉杉睡眼蒙胧地抬起头，先入眼的是挺括的黑色衬衫。脑中还不太清醒，她坐直了身子，赫然看见了Boss大人沉静俊逸的面容。

他一手握着白瓷的杯子，目光停在杂志上。

“醒了？”

“……”

杉杉彻底清醒了：“你什么时候到的？”

“半小时前。”

呃，杉杉讪讪地说：“你怎么不打我手机。”

“我以为会有人在出口迎接我。”

“……”杉杉羞愧了，“我、我不小心睡着了。”

"睡得还好？"封腾漫不经心地问。

"……还好= ="

"那走吧，司机已经到了。"封腾放下杯子，拿起大衣和她的行李。

"哎，买单。"

"买过了。"

"啊，等等。"杉杉又停住了，着急地在地上找来找去，刚刚站起来才发现，她的袖扣居然只剩下一个了。

封腾看着她乱找了一阵，才伸出手，"在找这个？"

"……"杉杉看着他手里的袖扣，"怎么会在你那儿……"

"在你脚边捡到的。"他的眸色深深的，"还有一颗呢？"

杉杉囧囧地把掌心还握着的一颗奉上。唉，本来是想找个气氛比较好的时候送给他的，怎么现在搞得跟地主催缴财产似的= =

"看上去像我用的东西。"

"……嗯，就是给你的。"

"礼物？"

"= =嗯。"

封腾没再说话，迈步走出了咖啡馆。上缴完全部财产的杉杉默默地跟着他，走到电梯的时候，封腾忽然开口："为什么忽然给我这个？"

"呃，马上要那个什么节了……"

"情人节？"封腾笑了笑，"我们家很传统，从来不过西洋的情人节。"

啊？杉杉愕然，那她白买了？

"我父母是留学的时候认识的，都很爱这一套，我爷爷却非常厌恶这些洋节，不止一次训过我父母。所以小时候每到情人节，我父母就假装带我和封月出去玩，然后把我们扔给保姆，他们两个人偷偷摸摸地去约会。"

杉杉知道他的父母是在车祸中一起意外身亡的，他说到他们的时候虽然语气中并没有流露出什么，但是也许心里总会有点难受吧。

杉杉忽然想抓住他的手，可是又有点不好意思。但是最终还是慢慢地伸过了爪子，不过手指才接触到他的手背，就被人反手抓住了。

虽然都亲过好多次了，可是大庭广众之下这样牵着手，还是第一回。杉杉满心的紧张、满心的惴惴，只好转移自己的注意力，强作镇定地跟他讨论："那我们过吗？要不情人节的时候，我们也偷偷摸摸过一下？"

封腾转头看了她一眼，握紧了手中有点想逃跑的小手，微微勾了下唇。"好。"

也许是他掌心的温度太灼人，也许是被他一路牵手的样子太乱人心智，杉杉直到走到停车场看见司机，才想起来问："我们去哪里？"

"先到我市区的住处，你认认门，然后我们出去吃饭。"

认认门什么的……杉杉有点窘，不自在地找话说，"……嗯，对了，我们先去移动营业厅一趟吧，我要补卡。"

"好。"封腾执起被他握住的手，放在唇边轻轻一吻，"你真麻烦。"

直到吃晚饭的时候，杉杉觉得自己手上还残留着那一碰的触感。她不由得抬起头，偷偷地把目光停留在对面垂眸用餐的男人身上。他回家的时候换了一身衣服，自己送他的袖扣已经别在了腕间。本来觉得很精致很闪耀的袖扣，被他戴上了，却好像顿时黯然失色了一般。

"看什么？舍不得送给我了？"

"没有没有。"

杉杉连忙收回目光，讪讪地低头吃东西。然后忽然意识到，这好像是他们真正在一起后第一次约会呢。

无论从哪个角度来看，这都是完美的第一次约会吧。

然而，薛杉杉同学毕竟低估了自己==

吃完饭，封腾把她送到同学家楼下——

封腾停住车："明天早上我来接你。"

杉杉摆摆手："不用啦，这里地铁过去很方便的。你过来好远，还会堵车。"封腾市区的住处就在风腾附近，到这边来接她等于跑个来回，也太折腾了。

封腾点点头，没有勉强她，“明天中午记得到楼上吃饭。”

“不行啊。”杉杉脱口而出。

“为什么？”连番被拒，封腾的声音沉了下来。

“以前去吃饭是没关系啦，我们又没什么，但是现在，我们是情侣关系吧，那你……不要以身作则吗？”

封腾眉头微锁：“什么以身作则？说清楚。”

“呃，你不知道？”杉杉吃惊地看着他说，“我们公司不准谈办公室恋爱的啊！”

Part 29

薛小姐一直没上来吃饭，封总看上去心情也不是很好，难道一个年假封总还没和薛小姐两情相悦？

这可不符合封总一贯高效的风格啊。

周一的董事会上，方特助维持着一派精英特助的表相，听着股东代表言不及义的絮絮叨叨，内心早已飞向了十万八千里的远方……

果然，会议后，他就被叫到了总裁办公室。坐在黑漆办公桌后，封腾沉吟了许久问："我们公司不准谈办公室恋爱？"

方特助面部表情稳定地回答："似乎有这个说法。"

"为什么我不知道有这个规定？"

"大概是以讹传讹吧。"方特助善解人意地说，"我找个合适的机会澄清一下。"

"不用了。"手指轻叩桌面，封腾面无表情地说，"专心致志更符合公司利益。"

"……"

其实您是自己进展不顺，看不得别人一帆风顺吧。方特助依旧表情稳定地说："好的。"

薛杉杉同学显然没有意识到，自己的一句话害得全公司的有情人都被迫成了偷情人，晚上吃饭的时候，丝毫不知公司情侣疾苦地跟封腾忧心自己的小烦恼："我要抓紧找房子了，不然等我同学的男朋友回来，就不方便住了。”

封腾的手顿了一下。“你同学的男朋友？”

“嗯。她男朋友研三，在外地实习呢，所以我才能借住啊。”

封腾板起了脸：“薛杉杉，我之前怎么没听你说过你同学是和男朋友一起住的。”

杉杉呆了呆：“没说吗？可是这个也不用特别说吧，他现在不在S市啦。”

“很好。”封腾停下用餐的动作，“薛杉杉，我有一个疑问。

“你觉得我会让你躺在别的男人躺过的床上？”

薛杉杉张大嘴巴。什么叫……躺在别的男人躺过的床上啊！

Boss大人你想太多了吧！

薛杉杉辩解：“……同学之间借住很正常啊，而且她男朋友又不在。”

封腾点点头，显然已经无意跟她继续说废话，径自说出了自己的决定：“你这段时间住我那儿，直到你找到房子为止。”

薛杉杉下意识地反对：“不行，我怎么可以住你那儿……”

然后她发现Boss大人的神色实在称不上和善，小心翼翼地商量：“要不，我在同学家用自己的床单和被子= =”

看看神色，还不行？

薛杉杉继续商量：“……那我睡我同学的沙发？

“打地铺？”

封腾重新开始用餐，不疾不徐，忽然开口问：“薛杉杉，你同学和她男友已经结婚？”

“没有啊。”

“他们就这样随便地住在一起？”

封腾微微皱起眉，故意在语气中加了一丝明显的不以为然。果然，薛杉杉立刻为朋友辩解了：“这没什么吧，我同学很正派的，而且和男朋友住在一起很正常啊，现在很多情侣都这样。”

封腾点头：“很高兴你这么认为，那么在你找到房子之前，你就住在你男朋友家里。”

杉杉傻住，这才意识到自己上当了。不由得内牛满面……总裁大人，你一天不给人设套会怎么样啊！！！

“我错啦，我保证三天之内找到房子，不要搬来搬去啦。”杉杉合掌，露出哀求的眼神。

“一天。”封腾冷着脸，“明天找不到就搬过来。”

杉杉连忙点头：“那就明天。”

明日复明日，明日何其多，杉杉擦擦额头的汗，先把今天混过去再说啦。

吃完饭，封腾照例送她到同学家楼下，杉杉唯恐他反悔，匆匆说了声再见就飞奔上楼了。封腾坐在车内，目送她上了楼，拿出手机，打给了自己的理财顾问。

杉杉觉得很诡异。

她才在中介那登记要租房呢，结果才走出几百米，居然就接到了房东电话？

“请问是薛小姐吗？”

“是的，你是？”

“哦哦，薛小姐你好，我姓蒋，你叫我小蒋好了，你是不是要租房子？我正好有个房子要出租，条件很符合你的要求。”

“呃，你怎么知道我的电话？”

“网上看见的。”

“可是我没在网上发布信息啊？”

“你有。”静默了片刻，对方斩钉截铁地说。

“……”是吗？杉杉都被搞得不确定了，难道是中介这么快就把自己的信息登在网上了？

“可是这种事不都是中介来联系吗？”

“哦……哈哈哈，其实我是在中介那儿偷看到你的号码。”电话那头不想在这个问题上多纠缠似的，飞快地问，“你看你什么时候有空看看房子？”

杉杉犹疑地说：“现在是有。”为了找房子她调休了一天的。

“那太好了，我现在也有空啊，要不我开车接你去看房？”

"……"

这是骗子吧！杉杉二话不说，果断地挂了电话。

没过一会儿，封腾的电话来了，问她房子找得怎么样。杉杉就把刚刚的情况说了一遍，"你说会不会是骗子啊？"

"应该不是。"封腾一边批文件一边说，"这样，你把那个人的手机号码给我，或者我让小张开车送你去？"

"对哦，我告诉他我把他的号码发给朋友了，小张师傅就不用麻烦了，我多在小区保安面前晃一下，嗯，我随时给你发短信哦。"杉杉计划周详地安排着，"等等啊，我先把那人的号码发给你。"

片刻之后，封腾看着杉杉发过来的熟悉的手机号，不禁摇头又好笑。看来果然是术业有专攻，就算是投资理财的高手，也不一定就能做好房产中介的。

暗示警告了那位蒋先生一番后，杉杉放心地跟人去看房子了。

房子的条件出乎意料的好，一室一厅三十多个平米，能做饭卫浴全有阳台，小巧迷人，布置优雅，而且离公司很近，杉杉各种满意。

"这个房子多少钱一个月呢？"

自称小蒋的房东大叔想了想："四千……两千五？"

说实话这个价格在这里太低了，于是杉杉又有点疑心是骗子，别是伪造了钥匙骗一笔钱什么的，"那我能看看房产证吗？"

蒋大叔为难了："其实这个房子不是我的，是我国外朋友的，之前一直没租过，昨天打电话来让我随便租几个钱，房产证我还真没有，要是你信不过……"

小蒋大叔一脸悲壮："这样吧！要不你先住，住完了再给钱！"

杉杉目瞪口呆。

杉杉最后还是跟他签订了合同，预付了两个月的房租，人家都那样了，再信不过杉杉都不好意思了。等房东大叔走了，杉杉在房子里转来转去，越看越满意，拿出手机打给封腾。

"封腾封腾，刚刚那个房子我租下来啦，很漂亮又不贵，离公司也很近，你下班了来帮我搬家吧。”

居然敢使唤他搬东西。封腾挂了电话，总算脸色稍霁。半小时后，封腾叫了Linda进来，把批过的文件交给她分发。“今天还有什么安排？”

Linda翻了下行程安排：“已经没有了。”

封腾颔首，按住关机键起身。

Linda抱着文件问了一句：“总裁今天要提前下班吗？”

“嗯，搬家。”

Linda跟着他走出办公室，心里有些迷惑，没听说总裁又要搬家啊，而且难道是要搬到什么更高级的豪宅？不然怎么表情这么愉悦啊。

Part 30

杉杉的东西不多，而且年前就打包过一次了，所以收拾起来极为容易。新租的房子还出乎意料的干净，完全不需要打扫，因此很快就整理好了。

望着窗明几净的小房子，杉杉坐在沙发上心满意足地感慨："能找到这么合适的房子真不容易啊。"

封腾也赞同地点头，在他名下找出这么小的房子，的确真不容易。在她身边坐下，封腾提醒她："有空请你的同学和她男友一起吃个便饭。"

"啊？"

"你在别人家里住了这么久，我总要表示一下。"

为啥是你表示……杉杉心里荡漾了一下，"那我请好了。"

"交了房租你还有钱？"

……也是哦。

"那就你请吧……哦对了，我今天吃晚饭的钱都没了……你顺便请我吃个晚饭吧^_^"

晚上，恭送Boss大人大驾离开后，杉杉躺在床上给大花打电话。杉杉的这位大花同学，基本上就是一个吃货，听到吃饭就高兴。

"好呀好呀，那就大后天吧，我们家大曹也回来了，大家一起吃呗，不过你怎么忽然要请客，发财了啊？"

"在你家住了那么多天，总要谢谢你啊。"

"哎呀，都是同学啦，杉杉你不像会跟我这么客气的人啊。"

“呃，是我男朋友说的……”杉杉还不太习惯在别人面前称封腾是自己的男朋友，就算是在自己家里打电话，一个人都没有，也忍不住把头往枕头里埋了埋。

“你男朋友也来？！”大花虽然没跟封腾碰过面，但是杉杉在她家住那么多天了，她也猜到她有男朋友了，当下兴奋地说，“太好了，我还没见过他呢，不过就别说谢了，这次你们请，下次我们回请啦！”

“哦。”杉杉应了一声，“那你想吃什么啊？”

“哦呵呵，让我点啊，我想吃的可多了，神马象拔蚌啊石斑鱼啊，鱼翅燕窝么随便来点了哇……”大花说起吃的就口若悬河。

“……你等等，我拿笔记一下。”

“记什么？我开玩笑的啦，我们就随便找个地方吃点呗，主要是见你男朋友嘛……人呢？”

杉杉已经爬下床去找纸笔了，根本没听到……

于是三天后，大花看着眼前一桌的美食，彻底失去了语言功能。杉杉还在拿着小纸条对照，封腾抽过她手中的小纸条，俊眉一拢。

“……你怎么连象拔蚌都不会写？”

居然用拼音？

杉杉觉得很无辜：“我不知道是哪三个字啊……大花报我就记下来了。”

“以后不要说你是我员工。”

“哦，是你女朋友嘛，我懂的……哎，大花，吃这个，这个好吃。”

听到自己的名字，大花的目光从美食移到了对面闪着各种强光的英俊男人身上，顺便想起了刚刚在门口看见的他开来的车……然后她找了个借口，把杉杉拖到了洗手间。

“这个就是你男朋友？”

“是啊。”

“你老板？”

“……嗯。”

大花回忆了下杉杉的公司，那可是……她不由得嘴角抽搐了：“老实交

代，你是不是参加了什么邪教组织？”

“啊？”

“不然就是入了苗疆？”

“……”

大花飘出了洗手间，一会儿又飘回来：“我说要回请的事情，你没跟你男朋友说吧？”

“还没。”

“那我就放心了。”大花松了一口气，认真地扶着杉杉的肩膀，双目凝视她，“请你忘记那句话吧！我还要留着钱养老公呢！”

囧囧地跟着大花回到座位，杉杉惊悚地看见Boss大人正拿着筷子从她的汤碗里……挑出香菜？！他一边和大花经济系的男友聊着经济形势，一边漫不经心动作优雅地给她挑香菜，那随意自然的姿态，就好像做了千百次似的……

大花奇怪地问：“这个香菜不新鲜？”

封腾一笑，把挑完香菜的汤放回杉杉面前说：“她不吃。”

喂喂！你也太会装了吧！明明平时都是她给他挑好不好！！！而且她什么时候不吃香菜了啊，挑食的明明是他自己！

承受着大花“小样你居然装挑食”的鄙视目光，杉杉不禁内牛满面了……然而隐隐地，又有点心花乱放，内心深处不由得产生了一种虚幻的长工翻身的感觉= =，一激动，就把那碗满满的汤“呼呼”地喝完了。

第二天早上上班的时候，杉杉捂着绞痛的肚子第二次奔向了厕所。偏偏洗手间还在清扫，杉杉又捂着肚子奔到了楼下。

拉开厕所的门进去，杉杉总算松了口气。这感觉也不像拉肚子，所以纯粹是昨天吃多了吧……

正懊恼间，门外高跟鞋“滴答滴答”的声音由远及近，两个女员工聊着化妆品进来了。

“你最近用的那款Chanel的粉怎么样啊？”

“还行啊，随便用用呗。哎，我发现××有款新产品不错哦……”

杉杉肚子里还绞痛呢，就听着她们聊天分神，她最近也对化妆品起了一点点兴趣，奈何天分不够，目前连上妆顺序都搞不清。正想听听聊天取取经，她们却话题一转，不聊化妆品了。

“哎，我说，楼上那个，是不是跟22楼那位分了啊？”

“是吧，最近听说都没上去吃饭了。”粉盒打开的声音，“而且也不能叫分了吧，人家搞不好就没跟她认真开始过。”

“也是，所以吧，人还是踏踏实实的好，高枝是那么好攀的？而且还不是一点点的高枝。”

“是啊，掉下来的滋味估计不好受呢，我们公司那么多人看着，去年年会那个人事部的周晓薇估计要笑死了吧。”

“换我是在公司待不下去的，搞不好要离职。”

十几分钟后，杉杉慢吞吞地走出了洗手间，上楼，回到了自己的座位，一时却没有什么心思工作了。

说起来，那两个同事也没说太过分的话，任何人看见她和Boss，只怕都会那样想吧。双宜虽然鼓励她支持她，但是有时候也会流露出一点点担心的眼神，只是双宜太聪明，不会做无用功劝她。

大花又会是怎么想的呢？杉杉忽然急切地想知道别人的看法，总会有人觉得他们很合适，会祝福吧？想起大花好像有开微博，杉杉按捺不住地偷偷用手机上了网。

找到微博，大花果然有对昨天事情的发言。

大花：昨天吃了一顿超级贵的大餐啊，像做梦一样！老娘吃得胃都疼了！嘿嘿，在此透露一下，我们大学班级某位同学傍上了超级大款哦，年轻英俊有豪车！墙裂帅墙裂有型！撒大花！！！

下面已经有了几个回复。

九米：求大餐图！

大花：不好意思拍啦，对方太高端的感觉了orz，怕给同学丢脸。

手中的倒影：求透露哪个同学。

小推：跟你一个城市，就是在S市，咱班能傍上大款的想来想去只能想到俺们美女霏霏了吧，请大家叫我名侦探柯南。

大花：不是霏霏，澄清一下。

小推：别卖关子了好哦，快说是谁。

大花：他人隐私，不可说啊不可说，结婚的时候你们不就知道了。

刘山：谁知道能不能结婚啊？大款是那么好傍的？你们这些女人脑子里就想着傍大款。

杉杉默默地关掉了网页。

她知道大花的“傍大款”并没有贬义，这个词现在经常被人用来调侃开玩笑，而且她也很小心地没讲出是谁。可是这无意的三个字，还是让她心里闷闷的有种说不出的感觉。

“杉杉你怎么神情恍惚啊？火车票的事情就别想了嘛，我都忘记了。”阿佳端着杯子晃过来，靠在她的隔板上，怀疑地说，“不然难道是你跟总裁的恋爱出问题了？要不要我给你出谋划策啊！”

“我才没有跟总裁谈恋爱。”被“傍大款”三个字搞得有些敏感的杉杉条件反射地脱口而出。

明明，更多的只是“封腾”这个人啊。

身后不远处，西装笔挺的高大男人脚步一顿，身后一群人顿时一起停了下来。很快他便脚步一转，神色不变地走了另一条道，陪同的财务总监等人看了某个方向一眼，匆匆跟上。

阿佳本来好好地端着杯子闲闲地在喝茶，忽地目光一滞，“天哪”一声，飞快地溜回了自己的座位。

杉杉被她搞得一惊一乍的，无意识地顺着她的视线一看，便看见了封腾高大挺拔的背影。

她心里也是“咯噔”一声，有点慌起来。

他怎么会来财务处？

阿佳压低嗓子问同事："封总怎么下来了，怎么会在我们办公室啊？！"

旁边的同事说："十多分钟前来的啊，你怎么不知道？"

"我去茶水间了啊，杉杉你也不知道？"

她去洗手间来着……

杉杉望着远去的英挺从容的背影，心里开始不安起来，他，不会听到她刚刚说的话了吧？

还好，晚上吃饭的时候，封腾的表情虽然淡淡的，却并没有不悦的样子，杉杉稍微放下点心，做贼心虚地格外殷勤起来。

"下周我要去美国，大概停留一周左右。"

"啊。"

"你可以跟我一起去。"

"出国？我没有护照啊。"

封腾神色依旧淡淡地："那就算了。"

吃完送她回家，上楼的时候，封腾忽然叫住她。

"薛杉杉。"

"嗯？"

杉杉回头，却见封腾只是看着她，凝视了几秒钟，然后说："你上去吧。"

Part 31

转眼封腾已经出国两天了，却一个电话都没有来过，杉杉总觉得哪里不对劲。周末的晚上，杉杉躺在床上，睁着眼睛看着天花板，怎么也睡不着……

难道是那天她那句话被听到了？可是如果听到的话，Boss不会这么轻易地放过她吧，平时没事都要找出事来欺负她一下的。

也许只是太忙了？美国那边不知道是几点，要不要打个电话过去呢。

杉杉正扳着手指算时差，忽然手机响了起来。

不会是Boss的电话吧，拖鞋都来不及穿就去拿手机，却是个陌生的本市的号码。杉杉有些失落地随手一接，话筒里竟传来了薛妈妈兴高采烈的声音："杉杉，我们在S市火车站啦！"

薛家这次算是集体突袭，共来了五个人，杉杉爸妈，柳柳爸妈，还有薛爷爷。杉杉在火车站接到了他们，埋怨说："你们来之前怎么也不给个电话啊？"

薛妈妈笑呵呵地："给你个惊喜呗。"

杉杉无语，还真惊喜。

"正好你和柳柳都在，我们趁机过来看看呗，本来想天热点再来的，但是你爷爷最近一直有点小不舒服，家那边医院又查不出什么来，就早点到大城市的医院看看。"

"爷爷怎么了？"杉杉被吓一跳，得到薛妈妈问题不大的回答后，才松口气，“那打算看哪个医院啊，大医院的号很难挂的，我先去排队。”

“你别忙了，柳柳男朋友不比你有本事啊，你大伯母说让他去找人。”

……可是柳柳根本没来S市啊。

杉杉看了老妈一眼，最后还是什么都没有说，心里决定自己找个时间去提前挂号。杉杉回S市不久，就接到柳柳的电话了，她压根没来S市，而是去了杭州，要杉杉帮她遮掩保密。

正想着呢，柳柳就步履匆匆地出现了，跟大伯母他们说了几句，她着急地把杉杉拉到一边："杉杉，你没跟她们说我在杭州吧？"

“没说，你从杭州赶过来的？”

“嗯。”

杉杉很迷惑："柳柳，到底是怎么回事，你总要告诉我吧。"

柳柳抿了抿嘴："我跟他过年之后就分手了。"

杉杉吃了一惊："怎么了？"

柳柳大概平时也没人倾诉，此时杉杉问起，竟一反常态地说了很多："我讨厌我妈对他奉承巴结的样子，要求我讨好他顺着他不准惹他生气，我难道不是个人吗？杉杉我实在受不了了。"

“……那你怎么还离开老家？”

“我早就想离开了，我这辈子还没为自己活过。反正那边的工作也做不下去了，正好我在网上找了个杭州的工作。”

杉杉忧心："可是这个肯定瞒不住的啊，你妈万一打电话给他……"

“他是来S市了，应该换这里的手机号了。”柳柳咬住嘴唇，“我也知道瞒不了多久的，能多久就多久吧。”

一向逆来顺受的姐姐下了如此大的决心，杉杉当然只能支持，点了点头，决心帮她瞒到底了。

然而，俗话说得好，知女莫若母，世界上最了解女儿的莫过于老妈，在S市的第二天，这事就被大伯母发现了。

大伯母这下子简直是怒不可遏，大街上就对着柳柳大声嚷开了，什么白养你这么大啊，一辈子穷命什么的，最后还波及来劝阻的柳柳爸身上，骂他没出息，让她一辈子都没过上好日子。

眼看已经快吸引人围观了，杉杉爸妈赶紧又拦又劝，但是哪里架得住大伯母盛怒之下的火力，最后还是薛爷爷大喊一声："有事回去说，别闹了！"

大伯母还待不依不饶，却见薛爷爷满脸通红，神态异常，紧接着竟然"砰"地一下倒下了。

一家人这下被吓得不轻，哪里还顾得上吵架，心急火燎地把他送到医院，然而，得到的却是拒不收治的结果。

急诊室的医生无奈地放下电话，摇了摇头："先在急诊室挂水吧。"

住院部不肯收，他也没有办法，看看面容惶急的一家人，他给了些安慰："在这边也一样的，先挂一天水看看情况。"

薛爷爷现在已经醒过来了，人却还糊涂着，没有清醒的意识。刚刚在来医院的路上，薛家人才发现老人浑身发烫，腰部竟然有大块的红肿，部分地方甚至发黑起泡了。这并不像是被气倒的，估计老头子已经不舒服好一阵了，只是怕麻烦小辈，不到挨不住就不肯说。最后被大伯母那么一嚷，才让他急怒攻心地发作了。

既然急诊的医生这么说，那也只好如此了，现在已经是下午了，薛爷爷刚刚经过了一圈检查，实在经不起再去另一个医院折腾一遍了。何况，到了别的医院就会比在这里好吗？

大城市里看病难杉杉时有耳闻，事到临头落在自己身上，才知道这个"难"字竟然是那么的难写。

这个急诊室的医生还是很热心的，来看了好几回，下班前还嘱咐了家属一番注意事项。晚上挂完水，老人安稳地睡去，大家总算放下了点儿心。

第二天依旧是挂水，情况不好不坏，但是医生的笃定还是给了他们治愈的信心。明天就是周一了，薛妈妈让杉杉去上班，杉杉虽然不放心，可是家里这么多人在，一时也用不上她。假请多了，有事的时候反而不好请了，便点点头，决定先去上班。

谁知道就在周一上班的路上，杉杉就接到薛妈妈焦急的电话："杉杉你快点过来，急诊室医生说是不让住了。"

急诊室是每天都要重新开药方的。今天急诊室换了个值班医生，早上薛爸爸去开挂水的药还好好的，没过多久，那个医生竟然过来说让薛爷爷把床位让出来，坐着挂水。

薛爷爷现在还在发着烧，腰部红肿未退，哪里能坐得起来，薛家人据理力争，然而医生始终摆着不理不睬的表情，还说急诊室本来就不能过夜的，他们这样不合规矩。

薛妈妈又气又急，抹着眼泪跟杉杉说："本来好好的，那个医托跟他说了什么，就这样了。"

急诊室周围有不少游手好闲模样的中年男人，杉杉也是昨天才知道这些人就是医托，昨天有个医托过来，薛家人都没理他，结果没想到今天就遭了报复。

大伯母拿出了泼辣劲："我们就不走，看他们赶我们！"

也只能这样了。

杉杉在旁边的椅子上缓缓坐了下来，心里头一片冰凉无力。

她一直知道这个世界现实而势利，可是在她普通的人生里，并没有太多机会遇到这样赤裸裸的歧视，可是当这些事情活生生地发生在自己身上，才知道竟是这样的凌迟之痛，活生生把小老百姓逼成了无赖。

她陡然就恨起以前的自己来，为什么可以活得那么天真？为什么可以那样的无忧无虑？

一时间心里充满了走投无路的绝望。

她本来以为爷爷的病很快就会痊愈，第一天的急诊医生也给了她信心，可是现在她没把握了。怎么办，该怎么办？今天那个医生已经快下班了，医院不会"劝"他们走，可是明天呢，明天又要收回病床怎么办？

看着家人们着急到麻木的表情，杉杉握紧了手机，终于拨向了大洋彼岸。

电话响了好几声才被接起，然后就听到了那个熟悉的声音。

"封腾……"

只说了他的名字，杉杉的眼泪就一下子涌了出来，所有强自压抑的情绪好像瞬间在胸臆间爆发了，难受得说不出话来，心里憋得好像要窒息。

"薛杉杉。"

Boss连名带姓叫她往往代表心情不悦，如果是往常，杉杉免不了要心惊胆战一番，可是现在却好像忽然得到了安慰似的。

"我……"

又哽咽了。

电话那头静了一下。

"杉杉，你在哪里？"

薛杉杉说："我在医院。"

Part 32

电话才挂了不到一个小时，方特助就出现在了杉杉面前，随即薛爷爷便转了院。这回终于有了病房，虽然是普通的三人间。

这倒不是方特助能力不足，而是封腾电话里的指示就是，“找最好的医生，住普通的病房。”

这句话让方特助对薛杉杉的地位又有了新的评估。用钱容易用心难，会下这样的指示，封总对薛小姐是真用心。

接下来一切事情都简单了，忽然就全部不用薛家人操心了，病房病床全部有了，医生有了，专家有了，还都这么的和蔼可亲，他们只要全心照顾好老人就好。

没过多久，封小姐也雷厉风行地杀到。先是怪杉杉不联系她，然后亲切地慰问了下病人家属，可惜大妈大叔们说的普通话她基本听不懂，于是只能无奈地作罢。

跟杉杉了解了下情况，得知薛家人基本都住酒店，封小姐立刻说：“一直住酒店吃外面怎么行，我附近好像有房子空着的。”

她立刻打电话给元丽抒。方特助在旁边拦都来不及，心里默默念叨，大小姐你何必抢了总裁的事情做呢？

元丽抒一直帮封小姐处理各种财务的，一个电话过去，没多久她就开车送钥匙过来了，说已经请了钟点工把房子打扫干净，晚上立刻就能住进去。

薛家人简直被这一连串的事情惊呆了，薛妈妈偷偷拉着杉杉的手问：“杉杉，你哪里认识到这么厉害的朋友。”

杉杉愣了一下，说：“他们是我同事。”

薛妈妈不信：“同事会这么帮忙？那个封小姐也是你同事？”

“她不是。”杉杉想了想才说，“去年我给封小姐输过血，她和我一个血型的。”

薛妈妈恍然道：“那他们说的那个封总就是封小姐的哥哥？怪不得这么帮咱们。哎，都是好人，你以后可要好好谢谢人家。”

杉杉犹豫了一下，“嗯”了一声。

一切都安排好了，封小姐和元丽抒先走，方特助多坐了一会儿也告辞了。杉杉把方特助送出医院，方特助说：“这边的情况我待会儿会报告给总裁，薛小姐你看还有什么需要？”

“没有了。”杉杉想了想，有点不好意思地说，“他是后天回国吧，我可不可以和你一起去机场接他？”

方特助微笑：“当然可以，封总肯定会很高兴。”

兴许是用对了药的关系，薛爷爷的状况很快就有了改善，薛家人都大大松了口气。

他们精神上一松懈下来，杉杉就遭了殃。大伯母不相信方特助只是杉杉的同事，一个劲地盘问她。薛妈妈虽然知道方特助只是受了那位封小姐哥哥的命令，可是方特助实在一表人才，于是就大力鼓吹杉杉主动一点不要错过好男人。

杉杉想说出封腾，可是又觉得现在说这些，未免不合时宜，便简单地摇头否认：“真的只是同事。”

很快杉杉便庆幸自己没说出真相，薛妈妈和大伯母简直走火入魔，一个劲地问她方特助的事情。但是杉杉哪里知道这么多，只能大概地告诉了一下。就这样她们已经兴奋不已了。

幸好没说出Boss来，不然简直不知道会怎么样。

第三天下午，杉杉请了假，坐着方特助的车从公司奔赴机场。到达机场的时间尚早，方特助便提议去出口对面的咖啡馆坐着等，杉杉想到上次在咖啡馆睡着的经历，连忙摇头："我就在这里等好了，要不你先去休息一下？"

方特助自然不会去："不用了，他们也应该快到了。"

快到了其实没多快，半小时后，电子屏幕上才显示出封腾所在航班到达的信息。杉杉开始踮脚不停地张望，方特助想提醒她不用这么早看，但是三思之后还是闭口不言。

也许封总看到她这样会更高兴也说不定。

没多久，封腾一行便远远地出现在了视线内。他一边走路一边低头和人说着什么，俊逸颀长的身躯在人群中分外耀眼，举手投足间风采天成，惹得旁人纷纷注目，杉杉遥遥地看着他，不觉竟有点入迷。他专心于谈话，并没有关注接机的人，直到到了面前才发现杉杉，脸上不由得浮现了一丝意外："你怎么会过来？"

"呃，翘班。"这么多人在，杉杉可不好意思说专门来接他，答非所问了一下。

封腾还没说什么，随行人员里面有位年轻的主管就打趣了："哎呀，男朋友是自己老板就是好，我们就没这个福利，上班时间还有家属来接。"

封腾果然心情好极，也附和地开起玩笑："放心，她的薪水会照扣。"

杉杉弱弱地补了一句："不要扣，其实我是调休啊。"

大家顿时都笑了起来，不过他们都很晓得分寸的，没再继续打趣下去，彼此招呼过后，就识趣地走在了前面。

封腾一手挂着衣服，一手握着杉杉的手，缓步徐行："今天怎么不怕被人知道办公室恋爱了？"

"……"忘记了。

封腾只当她是不好意思，微微笑了一下，换了话题："好些没有？"

"好多了，红斑退了很多，医生说没什么大问题了。"

"我是问你。"

"我？我一直很好啊。"

很好？封腾挑眉，那又是谁在电话里哭得话都说不出来。

"待会儿先去看看你爷爷。"

“啊？”杉杉有些措手不及。

“有什么问题？”

“没有没有。”杉杉连忙摆手，“那我先跟我妈妈说一声。”

封腾敏锐地发现她的神态不太自然，眉头一皱：“怎么回事？”

杉杉一紧张，来不及多想就说了出来：“我、我还没跟家里说。”

封腾倏地停下了脚步。

他转过身，脸上刚刚还带着的笑意已经无影无踪：“没说什么？我？”

“不、不是的，因为……”杉杉想辩解，想说因为爷爷生病不太合适，想说柳柳分手她说这个不合时宜，可是话到嘴边，又觉得这些理由是那么的牵强。也许，这些都不是真正的理由。

她说不出话来，低下了头。

封腾的声音彻底地冷了下来：“薛杉杉，你父母过来，为什么不告诉我？”

杉杉连忙解释：“你出国后他们突然过来的。”

他点点头，声音中冷意不减：“你爷爷生病呢？为什么不一开始就打电话给我？”

“你在国外开会，我、我……”

封腾定定地看着她，蓦然道：“薛杉杉，你是不是觉得我们一定会分手？”

薛杉杉张口结舌地望着他。

到停车场上了车，司机问目的地，封腾平淡地吩咐：“先送薛小姐去医院。”

Part 33

作为一只迟钝星人，薛杉杉顿悟了。

原来自己潜意识里觉得自己和总裁大人会分手？所以不敢再去他的办公室吃饭，不敢让同事知道，甚至不敢告诉家里人……大花那次，如果不是封腾主动提起，她估计也不会告诉大花……

原来……自己竟然是这样想的吗？

杉杉一连几天都没睡好。

四天后，薛爷爷出院了。

他这个病发作起来快，对症下药后，见效也很迅速。薛妈妈一群人在S市搞得筋疲力尽，都归心似箭，一刻都不肯多待了。杉杉跑上跑下地办出院手续，订票，顺利地把他们送走后，整个人仿佛脱力了一般。

不过还不能休息，还要把封月的房子打扫一番，然后把钥匙还给人家。当然为了表达谢意，还要请她和元丽抒吃顿饭。

给封月打电话之前，杉杉忽然想到，其实这次最该感谢的人，是Boss大人吧。

但是……

还是等明天上班吧！

封月是万年有空的大闲人，听到杉杉要请吃饭，也不客气，爽快地说："今天就行啊，我正打算下午逛街给宝宝买衣服呢，我叫上丽抒。"

于是三个人就在某著名的购物中心见了面，杉杉请了一顿饭后，又一起逛街。封小姐逛街那是一贯的可怕，精力充沛得不得了，一会儿手里就四五个大包。

元丽抒一直心情很好的样子，不过杉杉总觉得她看自己的目光怪怪的，好像带着讥笑一般。

整整逛了三个小时，封小姐才算买够了，打电话让司机来接，结果过了一会儿，司机却回电说路上出了个小车祸，一时半会儿来不了了。

封月郁闷了，又不喜欢坐出租车，想到封腾市内住处离这边不远，就打电话给封腾："哥，我跟杉杉丽抒逛街呢，司机来不了了，你能不能来接我们啊？"

"他说一会儿过来。"封月挂了电话，看看时间，"哎呀，这样干等着不如我们再逛逛。"

于是又在底楼转了起来。

封月很快就在一家鞋店里看中了一双单鞋，店里没她的尺码了，店员跑去五楼的仓库拿。封月闲着没事，随便在换季打折区看了看，眼睛忽然一亮。

"杉杉，来试试，这双长靴你穿一定好看。"

杉杉从知道封腾要来就开始心神不宁了，封月让试试就试试，竟然忘记了看看尺码，然后用力一脚塞进去……

很好，脱不下来了。

杉杉整个人都傻了，这才想起看看鞋底的尺码，居然足足小了两码，她、她究竟是怎么塞进去的啊？

封月用力地帮她拔了拔，擦擦汗说："不行，我脱不下来，还是等营业员回来吧。"

结果营业员还没回来，封腾的电话却来了。封月拿着手机："哥，我们还没好呢，你在车库等一会儿。"

一直站在一边看笑话的元丽抒忽然建议说："我们看着还要好一会儿呢，地下车库的空气多不好，不如让封大哥上来和我们一起啊。"

封月想想也是，杉杉张口欲拦，封月却已经说出口：“哥，要不你上来吧，我们在一楼××鞋店。”

元丽抒此时心中得意极了。

不同于封月的无知无觉，元丽抒敏感地察觉到了薛杉杉的不对劲，她很快就做出了准确的判断，他们之间肯定出问题了。而且，她之前还从别的渠道了解到，薛杉杉爷爷住院的时候，封腾一次都没去探望过。她心里一贯看不上薛杉杉，自然觉得是封腾嫌弃薛杉杉了，多半是薛杉杉家里那帮亲戚让封大哥受不了吧。封腾心里现在肯定觉得他们不堪，如果再看到薛杉杉现在这副狼狈的样子，肯定只会觉得她更加上不了台面吧。

靴子脱不下来看上去是个小事，但是也够难堪的，如果封腾本来就对薛杉杉不耐烦了，这肯定会加深他对她的厌恶感。所有不可弥补的裂痕，开始的时候不都是细小的恶感堆积起来的吗？

想到这里，元丽抒简直迫不及待地等着封腾的出现了。

杉杉看了元丽抒一眼，什么都没有说，低头看着自己的鞋子。她一向傻乎乎的，但是自从和封腾在一起，便对所有和封腾有关的事情，忽然敏锐了起来。

她几乎立刻感到了元丽抒那看似不经意的行为中隐藏的恶意。不过那又怎么样呢，他们之间的问题从来不在于别人。

很快，封腾已经迈着不耐烦的步伐出现在她们的视线里。封月跟他招手：“哥，在这里。”

封腾看到她们，目光在薛杉杉身上停了一停，脚步一转，走了过来，微带不耐烦地说：“怎么耽搁这么久？”

封月看了一眼杉杉，支支吾吾地说：“呃，营业员去拿鞋子，我们在等。”

杉杉闷闷地说：“我试靴子，结果脱不下来了，等营业员回来帮忙。”

封腾望向她，杉杉垂着脑袋，连发丝都透露着垂头丧气的信息。

封腾哼了一声，走向薛杉杉。

元丽抒心里怦怦直跳，睁大眼睛等着看好戏。谁知封腾走到薛杉杉面前，竟忽然单膝屈下，手掌托住了薛杉杉的小腿，另一只手稍稍一用力，把靴子脱了下来。

元丽抒呆了。

封月也震惊地瞪大了眼睛，天、天哪，哥哥居然在大庭广众之下帮杉杉脱靴子！哦不，这不是重点，重点是这个姿势怎么这么像求婚啊！哎呀呀，可是在百货商店这也太不浪漫了……

封小姐的思绪已经瞬间发散到远方……

本来低着脑袋的杉杉也抬起头，吃惊地看着近在咫尺的宽阔肩膀。他身上笔挺的西装因为屈身的姿势而泛起皱褶，他温热有力的手掌，还停留在她的小腿肚上。

她怔怔地看着，感觉他要站起来了，她顾不得去穿上自己的鞋子，急急地伸出手，在他直起身之前，抱住了他的脖子，小声地说："你还在生气吗？"

封腾皱眉说："松手，把鞋子穿上。"

杉杉难得地不听他的话，执拗地抱住他。封腾身躯停了一会儿，然后伸手搂住她的腰站起来："你确定要在这里和我说这些？"

杉杉静默了下来，封腾把手里的车钥匙扔给了封月："自己开车回去。"

封月接住钥匙，"哦哦"了两声，然后表情梦幻地拉着心有不甘的元丽抒游魂似的飘走了，连自己要的鞋子没到手都忘记了。

店里只剩下他们两个人，封腾低头看她："现在可以穿上鞋子了？"

杉杉脸"噌"地红了，她的脚还光着踩在人家鞋子上呢，连忙松开他，撑着他的手穿好鞋子。这时满头大汗的营业员终于出现了，看见店里只剩下一男一女，不由得哭丧着脸问："那位要鞋子的小姐走了？"

杉杉扯扯封腾的衣袖："阿月要的鞋子。"

刷过卡，封腾提着纸袋走在前面，杉杉跟上去，忍不住问："我们去哪儿？"

封腾没有回答，杉杉只好默默地跟着，走了一段冷不防手被人一拉，扯进了一个没有人的角落。

"好了，现在你想说什么可以说了。"封腾不冷不热地说。

角落里静静的，完全没有购物中心的喧嚣。过了一会儿，杉杉低声说："这次谢谢你。"

"你就想说这个？"

看他有些不耐烦的样子，杉杉连忙说："不是的，我、我是想说，对不起。"

封腾没有动静。

杉杉一个人说下去："我从来没有想过会跟你分手。可是，我也从来没有想过以后。

"我不敢多想，也不敢告诉家里，不肯让同事知道，因为我心底就觉得，我们也许不会在一起很久吧，我……跟你差距太大了，我没有底气。

"我害怕听到别人说，你看，他们多么不配啊。所以就藏起来，拒绝去听。"

"看来这两天你想了很多。"封腾注视着她，近乎冷酷地说，"所以呢，你打算怎么办？薛杉杉，我们的差距会一直存在。"

杉杉看了他一眼，神色忽然坚定起来，握拳说："所以我打算，这次我一定要考过CPA！"

封腾凝住了，一时有点怀疑自己的耳朵，慢慢地重复那三个英文字母："CPA？"

"嗯，就是注册会计师。"杉杉重重地点头，"以前说考这个其实是说着玩的，但是这次是真的了。以后我还要考国际注册会计师！"

"很好。"封腾抚额，"薛杉杉，给我解释一下我们的话题是怎么拐到你的职业规划上去的。"

"不、不行吗？"杉杉磕磕巴巴地解释，"我是这样想的，我人品又不比你差，这个就没啥好努力的了。外表和家世虽然差距，那个，稍微有点大，但是这个是天生的我也没办法，整容和投胎难度也太大了点。所以我只能在事业上努力一把了啊。CPA，那个，考完就是会计师了，好歹、好歹是师字辈的。

“我、我肯定成不了最好的人，但是，我可以做最好的我。”

我肯定成不了最配你的人，可是我要用最好的我来配你。

封腾对上薛杉杉认真的眼眸，原本还有些恼怒的心瞬间就软得一塌糊涂。他想起妹妹曾经问过他，为什么会喜欢薛杉杉。

也许一开始并没有多么喜欢。

只是觉得有趣，乖巧，白白嫩嫩的皮肤看上去就想捏一捏，看到她就很放松而已。见多了貌美如花、知书达理的高知淑女名门闺秀，他也并不如何动心，找这样一个省心乖巧的也不错。

他以为自己一直保持着随时能走开的姿态，甚至一度冷眼旁观，看着她瞻前顾后小心翼翼，但是此时此刻却发现，自己并不想退开一步，只想上前一点，把眼前的她抱在怀里。

于是，下一秒，杉杉便被带入了一个结实的怀抱。杉杉愣了一下，然后小心地伸手，回抱住了他。

“其实我还有一个决定。”过了一会儿，杉杉在他怀里说。

“嗯？”

“明天告诉你。”

第二天中午，吃饭的时间到了，同事招呼杉杉，“一起去食堂吧？”

杉杉摇了摇头：“你们去吧，我去别的地方吃。”

“去哪里啊？”同事其实是随口一问。

“封腾那儿。”杉杉坦然地回答。

同事们：“……”

在同事们或震惊或暧昧的目光中，杉杉拿着饭盒上了22楼。Linda她们还在工作，杉杉上前询问：“Linda，总裁在办公室吗？”

Linda有点犹豫，薛杉杉好久没能上来了呢，现在能放她进去吗？

方特助正好出来，看见薛杉杉，关切地问起薛爷爷的情况。看见离总裁最近的方特助如此表现，Linda还有什么不明白的，一边暗恨方特助不通情报，一边殷切地说：“在呢，要不要我通报一下？”

杉杉婉拒：“我自己去找他。”

杉杉站在总裁办公室外，敲了敲久违的门。

“进来。”

低沉的男声带着工作中的凝肃。

杉杉推开了门，却没有进去，抱着饭盒站在门口问：“我可以来这里吃饭吗？”

视线停留在文件上的男人诧异地抬起了眼，看到她，他微微一笑，放下手中的笔，“欢迎光临。”

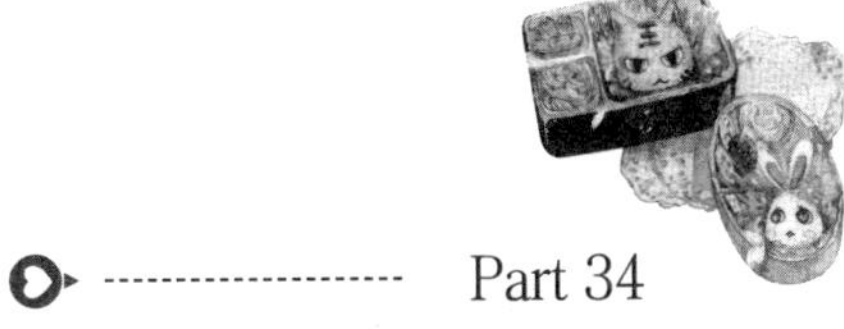

Part 34

薛杉杉重回22楼吃饭的消息火速传遍了风腾上下，员工们都激动莫名，八卦之魂熊熊燃烧之下，各部的工作效率竟然都提高了不少。当然，各种版本的流言是免不了的，什么旧情复燃版啊，圈圈叉叉版啊……不过，最引人关注的不是他们怎么又在一起的，而是——薛杉杉每天中午在总裁办公室那么久，究竟在干什么？！

无数目击者看到，薛杉杉每天都是精神振奋地上去，神态萎靡地下来，两眼放空、路都走不动的样子。矮油，这实在太明显了对不对？

唉，有一个精力如此充沛的老总真是员工之福啊，员工们纷纷觉得，如果股民们知道这一内情，风腾集团旗下所有公司的股票都会大幅上扬的。

然而真相呢？

真相就是——薛杉杉同学每天都在总裁办公室看CPA。

T T

薛杉杉虽然有点小懒散，但是下定决心的事情，那是从来都要做到的。既然说了要考CPA，就立马去报了CPA辅导班，每周周末上两天课，早八点到晚六点，简直比上班还辛苦。

封月几天之后过来拿鞋子，顺便跟封腾吃饭，得知了这事，简直不可思议："哥，你居然让杉杉去考什么CPA，还这么辛苦，她要那证书做什么啊。"

封腾表情很惬意："多学点没坏处，将来家里也用得上。"

封月无语了。的确他们家也有很多涉及财产投资的事情要处理，但是大哥啊，你过年的时候还说没考虑结婚的事情呢，现在都想到让杉杉管家了吗?

封月觉得，这个世界的男人变得太快了！

但是，封腾很快就后悔了。

因为他发现他竟然已经被排在CPA后面了。薛杉杉以前在他办公室看书，那表情叫痛不欲生，现在呢，一吃完就拿出书开始看，那叫一个投入，末了还一脸感激地看着他:“谢谢你，你帮我买的教材实在太全了！”

封腾觉得他是搬起书砸自己的脚。

偶尔中午薛杉杉跟他说话，也是请教他一些CPA的问题，就算毕业于常春藤名校，也不一定就能完全懂中国的注册会计师考试好不好。于是回答了几个问题后，为了防止被问住，很快封腾就安排了一个握有CPA、CIA、ACCA等N个证书的属下来给她做辅导。

反正风腾集团最不缺的就是人才，对于榨取别人的剩余价值，资本家是从来不会手软的。

结果没几天，杉杉就闪着崇拜的目光对封腾说:“某某好厉害，什么问题都懂哎。”

封腾觉得牙疼。于是那位人才同学彻底地解脱了。封总毫无道德感地重新上阵，反正就算偶尔教错了，薛杉杉也不知道。

哦，还有该死的，每周两天的辅导班。

才上了半个月，封腾就说:“别去上课了，你在家里自学吧。”

杉杉立刻反对:“那怎么行，CPA很难考的，老师们比较有经验啦。”说着坚定地握紧拳头，“Boss大人你放心吧！我不怕吃苦的！为了跟你配一点！我一定要尽快成为会计师！”

于是某个周末的晚上，封腾出现在辅导班的门口，说是带她去和朋友吃饭。

“和谁啊?”杉杉好奇地问。

“朋友。”

吃饭的地方是一栋私家别墅，据说这里啥啥菜很有名，杉杉倒是没吃出什么特别来，只觉得环境的确不错。

对方也是一男一女，男的据介绍是Boss家的世交，姓白，其家族也是经商的，而女方则是他的下属，据说两人也是在工作中认识，进而产生感情最后结为夫妻的。

那女子容貌清秀，长袖善舞，谈吐极佳。

愉快的晚餐结束后，回去的车上，封腾忽然说："白太太斯坦福毕业，据说考了一堆证书。"

= =

Boss大人你啥意思……鄙视我吗？杉杉弱弱地说："我先考完CPA，以后我还会考进一步的证书的T T"

封腾睨了她一眼："结果现在她在家里带孩子。"

"啊？"杉杉圈圈眼，"你到底想说什么？"

"所以，你考那么多证书有什么用，最后还不是在家带孩子。"

"……你不懂啦！证书这个东西，只在乎曾经拥有，不在乎能用多久啦。她是斯坦福毕业的，结婚前职位是市场总监……大家就会觉得她很厉害，配得上你朋友对吧。所以我也一定要有。我不想别人说我跟你很不配= ="

封腾说服无效，恼了："薛杉杉，你到底是怎么把我和考证联系在一起的，你以为你在应聘？"

杉杉连忙顺毛："不是啦，是这样。我打个比方哦，Boss大人你就是一个恋爱副本里的大Boss，欲拿Boss，当然要先练技能。"

沉默。

封腾阴森森地说："薛杉杉，你没空陪我出来，还有空打游戏？"

"没有没有。"杉杉连忙撇清，"我就随便一比喻。"

封腾脸色稍霁："……唔，现在打到第几关了？"

"啊？"

"恋爱副本。"

杉杉："哦……刚刚进门？"

封腾沉吟："快一点，我等得很心急。"

“……”杉杉，“哦，尽量= =”

“不能Boss自己打出来？”封腾询问。

“……那就是Bug了……”

“嗯，那先预支一点通关奖励吧。”

古里古怪的对话暂停，他趁着红灯，侧身将她吻住了。

杉杉以为已经说服Boss大人了，谁知过了两天，Boss大人又带她去吃饭。

这回仍然是一男一女，男方依旧是Boss的世交，豪门出身，风度翩翩，嗯，就是矮了点。而女方，哇！

杉杉维持着矜持的表相，但是内心已然在狂喊：是某某某！某某某！

大明星啊！

然后依旧是吃完离开的车上。

封腾：“看见了？这回没有斯坦福，不是市场总监，什么证书都没有。”

“人家是大明星啊大明星啊！！！”杉杉抓狂ing。人家还要证书干嘛，那脸就是证书了好不好。

封腾哼道：“大明星比你多什么？”

杉杉虽然觉得他这话很无耻，但是内心不免暗喜，但是嘴上还要意思意思一下，“起码比我漂亮吧。”

封腾闻言侧目打量了她一番：“倒也是。”

杉杉顿时怒了。

讨厌！真相什么的，只能自己说说，作为男友居然也这样说，太不上道了！杉杉扭头：“我只是不会化妆而已！！咱们不化妆比比！”

封腾被她逗乐，把车停到路边，对着某人清水白嫩的脸蛋咬了下去：“来，让我检查一下是不是真没化妆。”

隔几天又有饭局的时候，杉杉已经淡定了。Boss大人这回肯定找了对差距很大的来说服她吧，这次的姑娘估计又没证书又没明星脸= =

不过Boss大人你这到底是安慰还是人身攻击啊，杉杉内心早已内牛满面了。可是出乎意料的是，这回竟然是个极品！

褒义词的极品！

首先人家不化妆非常漂亮，其次人家家世惊人，再次人家也是名校毕业，再再来人家还在家族企业里工作，职位很高。

如果说杉杉进门的时候是燃烧旺盛的火炬，吃完饭出来的时候，已经变成了火柴棒划出的微弱小火苗了，她觉得她的自信心，就是那风中残烛，小风“嗖嗖”地一吹，就要熄灭了。

封腾：“看见了？”

杉杉萎靡不振地说：“灵灵这么好看，这么厉害，配谁配不上啊。”

封腾沉默了一下：“我说的是她男友。”

呃？

杉杉开始回忆灵灵的男友，那个，好像已经忘记长什么样子了，实在是很没存在感的一个人啊，好像经历也很普通。

于是Boss大人这回给她的参照物，是人家当绿叶……不，是当土壤的老公？

杉杉那风中残烛的小火苗“噗”的一声，彻底熄灭了。

Boss大人第四次要带她去见朋友的时候，杉杉斩钉截铁地拒绝了，还拿约了封月逛街当借口。开玩笑，再这样吃下去会消化不良的好不好。

拒绝了Boss后，杉杉赶紧打电话给封月，约她一起吃晚饭。

吃饭的时候杉杉忍不住诉苦，把封腾的恶劣事迹添油加醋地告诉了封月。结果封月被震得，自己在减肥都忘记了，连吃了好几口红烧肉。

晚上睡觉的时候，封月跟言清说起这个事情，不由得叹息。

“原来我还不了解哥哥。”

“怎么这么说？”

“我发现哥哥其实童心未泯。”封月枕着枕头，边回忆边说，“小时候他就爱带着我恶作剧捉弄人，而且老会装的，欺负了人还一本正经的，谁都怀疑不到他头上，我的表哥表姐什么的，为他背了好多次黑锅。后来爷爷对爸爸失望，开始培养哥哥，在他很小的时候就带他上谈判桌，哥哥才开始收起了玩心。

“我竟然忘记了这些，言清，你说我这个妹妹是不是太不称职了？”

言清安慰她说：“这怎么能怪你，你不说我都看不出大哥小时候是这样的。”

“是啊。”封月说，“所以哥哥和杉杉在一起也是有道理的，你看他多津津有味乐在其中，我就没法想象哥哥捉弄丽抒的样子。”

她把头埋进了言清的怀里：“我都快嫉妒啦，言清，以前大哥的女朋友都没给我这种感觉，我总感觉还是我哥哥，现在我觉得，哥哥彻底不属于我了。”

言清故意皱起眉头：“封月，我以前可没发现你还有恋兄情结。”

“我才没有！”封月娇嗔地捶了他一下。

言清说：“别想太多了，他们感情好咱们应该高兴。”

“我是很高兴啦。”只是有点些微的嫉妒……从小只爱护自己的大哥，真的彻底属于别人了呢。

“上次哥哥说他挑剔，我心想，杉杉条件很一般啊，你挑剔怎么会选杉杉，现在我总算明白了。”

哥哥要的是一只能让他舒服愉快的大白兔，那么凤凰啊孔雀啊长得再美丽再高贵也没用，因为它们不是大白兔啊。

“嗯，结婚，是挑合适的，不是挑最好的。你看，我不是最好的，你也挑了我。”

封月笑了：“那我呢？我是合适的还是最好的？”

言清说：“你是最好的又最合适的。”

最后CPA辅导班的事情是这样解决的。

某天下班回家的路上，杉杉给Boss大人讲了一个八卦：“我今天看了一个帖子，一个男人为了两个人的将来努力拼搏，结果女朋友却抱怨他没有时间陪她和他分手了，结果大家回帖都说他女朋友不懂事。”

封腾立刻进入老板模式：“上班时间上网？”

= =

无意暴露的杉杉无视他，继续阐述自己的观点：“同理可证，当女朋友为了两个人的将来努力拼搏时，男朋友却在旁边抱怨不陪他啊什么的最不懂事了。”

封腾：“……为了我们的将来？”

杉杉点头。

“……”封腾，“你继续上课吧，为了我们的将来。”

杉杉合掌：“感谢理解！”

封腾悠悠地叹了口气：“没想到有朝一日我封腾的将来，竟然被辅导班老师抓在手里。”

Part 35

杉杉又一次接到双宜的八卦电话时，才发现她和封腾居然已经在一起大半年了。

电话里双宜的声音兴致勃勃的："杉杉，在我闭关写文的岁月里你们有没有发生什么不可告人的事情啊？"

杉杉黑线："既然都不可告人了，你还问我干吗？你不是人吗？"

"咦，杉杉，你口才变好了哎！你家Boss是不是口才不错啊？"

"是啊。"

托Boss大人的福，杉杉最近也见过不少所谓的成功人士了，然后她发现，成功人士们都有个普遍特点，那就是忽悠能力都超强悍的。难道双宜要夸她"近朱者赤"，口才大进？

正这么想着，就听双宜在那边激动地说："果然果然！通过Kiss什么的，果然能得到对方的口才能力啊！唉，杉杉你口才进步这么快，那啥肯定很勤奋吧！"

"！！！"杉杉恼羞成怒了，"陆双宜！"

双宜"嘿嘿"笑了一阵，"好了好了，害羞个啥嘛，真是的。话说真的没啥事啊？那我这个理论兼技术指导岂不是一点事情都没有……难道就没有什么情敌啊，狗血啊，哦，不行，我不能乌鸦嘴，当我没说。那擦枪走火呢？嘿嘿，有木有有木有？"

有木有你个头啊= =

杉杉的脸不觉红了起来。

擦枪走火什么的……的确有好多次差点被吃干抹净啦，但是这种事情，如果不想变成某人下一本小说的素材！就绝对不能让双宜知道！

于是杉杉分外斩钉截铁地说："没有！"

双宜被打败了，哀怨地叹气："唉，杉杉你知道吗，你们这样的情况，咱们写小说的最恨了。作者只能一笔带过，比如这样处理——啊，眨眼几个月过去了~~~女主角依旧是处女……"

啊，眨眼几个月过去了，她依旧要上辅导班……

TT

但是，也许是受到双宜乌鸦嘴的影响，这一天在薛杉杉的人生中，格外地与众不同。

她不过是在会计课课间去上了个WC，结果回来翻开课本，居然看见了一封粉红色的——

情书？

很快，因为没有女朋友陪伴而号召高层们一起打球联络感情的封总裁，接到了女朋友颤颤抖抖的电话。

"怎、怎么办啊，我我我居然收到了情书！"

封腾淡定地打完球，淡定地开车去接女友吃午饭，淡定地开口："拿出来。"

杉杉立刻奉上。"我是清白的，绝对没有招蜂引蝶花枝招展红杏出墙。"

封腾随便听听，修长的手指拈出信纸，淡定地开始审阅。

"字还不错……他连你名字都不知道？怎么没有抬头？"

杉杉力证自己清白，坚贞不屈地说："他当然不知道我名字，我才不和别的男人说话呢！"

Boss大人显然对她的自我漂白没有兴趣，一目十行地看完，不满道："……怎么只有一张纸？"

喂！你有没有一点女朋友收到别人情书的正常反应啊！杉杉也不满了："……你连一张都没有= ="

封腾无视她："你打算怎么处理？"

"呃，就当没收到？"

"经验告诉我，如果你采取这样的处理方式，后面还会有源源不断的情书。"

杉杉立刻离题了，哼哼地说："……你收过源源不断的情书啊……"

封腾用"这不是很正常吗"的眼神看了她一眼，杉杉立刻没气了。

"下午就去回绝。"

嗯嗯嗯，杉杉连连点头。

"对了，顺便问问他，他看上你什么了。"封腾抚着下巴，"这个问题已经困扰我很久了。"

难得有个同类啊，要抓住机会交流一下。

杉杉对某人的"欺负"早就习以为常了，就当没听到。关于情书，Boss大人已经给出了处理指令，杉杉也就安下心来吃吃喝喝了。吃了几筷子，杉杉抱怨："为什么点这个啊，这家做得不好吃啊。"

封腾笑着看了她一眼。薛杉杉大概自己也没发现，以前来这种地方，不管好吃不好吃，都一副拘谨的模样，哪里敢发表什么评论，现在终于学会挑三拣四了。

唔，封腾的成就感不禁油然而生。

吃完饭，封腾送她回辅导班，下车前杉杉终于忍不住期期艾艾地问："那个，我问一下哦，你对这件事情有没有什么感觉啊？"

封腾眉一扬："我的感觉？"

杉杉连连点头。

"我的感觉是……"封腾顿了顿，语带欣慰地说，"我们杉杉终于长大了。"

喂！你女朋友收到情书哎！你这副"吾家有女初长成"的表情是怎么回事啊！

杉杉被雷焦了。

下午一共是四节课，杉杉等啊等的，终于等到第二节课下课，目标人物出去了，连忙跟上去喊住人，走到拐角无人处，开始拒绝。

“呃，你的信我看到了……”

杉杉还在酝酿言词，结果对方却表情奇怪地说：“什么信？”

“啊？就是你上午放我书里的啊。”

对方的脸色有点奇怪，杉杉说不上哪里不对劲，便把那信封取了出来，结果对方一看信封，脸色便变得极为难看，非常不客气地质问：“这封信怎么会在你手里？”

“啊？”杉杉傻了。

同一时间，封腾正看着言清大喝闷酒。本来下午封腾打算休息一下看会儿杂志，然后准时去接杉杉吃晚饭的，结果言清却心事重重地找上了门。什么话都不说，先灌了三杯酒下去。

封腾问：“你这是怎么了？”

言清开始还不肯说，后来到底忍不住倾诉的欲望：“你知道Blain吧？”

封月的前男友。封腾有些明白了：“怎么了，他回国了？”

言清垂头丧气：“他最近……”话说了半句停住了。

封腾帮他说完：“又缠着封月了？”

言清默认。

封腾看他一副为情所苦的样子，真是又好气又好笑，这两个人孩子都生了还来这一套，封腾现在觉得，这个妹夫果然跟自己妹妹是绝配。

“你担心什么？封月是怎么样的人你还不了解。”

“我不是信不过封月，唉。”言清想说出自己的感觉，可是又表达不出，只好长叹一声说，“大哥，薛杉杉没人追，你不懂我这种感觉的。”

封腾的脸顿时黑了。谁说他家杉杉没人追，今天还有人递情书来着。只是他胸襟宽广风度好，运筹帷幄决胜千里。

“……”

封腾决定不安慰他了。

言清喝酒如喝水，厕所也跑得勤，趁着他去洗手间，封腾发了个短信给杉杉：“处理好了？”

结果杉杉却是过了好几分钟，才回了个省略号给他。

这是什么意思？封腾皱眉。

等言清回来，封腾已经在穿外套了。言清奇怪：“你要出去？”

封腾点头：“我去接杉杉下课。”

他拿起车钥匙：“你喝了酒不能开车，等封月来接你，我已经打电话给她了。”

封腾的车停在学校大门对面的马路上，看着薛杉杉耷拉着脑袋走过来，有气无力地打开车门。

封腾接过她的书包扔在后座：“解决了？”

“不用解决了。”杉杉郁闷地说，“是误会，这封情书是给我旁边座位的于小姐的。”

封腾看着她垂头丧气的样子，蓦地有些不爽了：“是误会你很难过？”

“不是啦。”杉杉气愤地说，“是那个人太过分了啊，明明是他自己放错了书，居然说我乱拿他的情书，有没有搞错啊！我干吗拿别人的情书啊。偏偏他一口咬定说是看着课本的名字放的，我觉得他应该去配眼镜了。”

封腾手指轻扣方向盘：“等等，他说是看着名字放的？”

“是啊。他说看准了是于小姐的课本才放的。”

“如果他没说谎的话，杉杉，你有没有想过，是那位于小姐放你书里的。”

杉杉一愣：“不会吧，她不接受扔垃圾桶就好了，干吗放我书里。”

封腾只是出于天性的怀疑，倒也琢磨不透别人的动机，便没有再多说什么。既然是乌龙一场，那那个男人也没必要看了，他正要开车走人，杉杉的手机却响了起来。

从包里掏出手机，杉杉看着屏幕上闪烁的名字，疑惑了一下。

“谁？”

“就是那个正牌情书接收者于小姐，她打我电话干什么？”

“接。”

“哦。”杉杉按了接听键。

“喂……嗯，是的，我男朋友来接我……还没走，在马路对面……啊，真的是你放的，为什么……哦，这样啊。不用了，没什么关系啦……啊？你过来了？”

杉杉按下窗户，扭头往车窗外看，果然看见隔壁座的那位于小姐袅袅地走过来了。

杉杉挂断了电话。

“她说是她弄错了，要跟我道歉。”

封腾扬眉，“我也听听。”

两个人下了车，于小姐已经保持着袅袅的姿态走到了跟前。她先看了封腾一眼：“杉杉，这是你男朋友啊？”

杉杉点点头，但是并没有给他们介绍。于小姐等了一等，主动微笑着向封腾自我介绍说：“你好，我是杉杉的同学，于敏珑。”

封腾久经阵仗，心里已经有点数，不咸不淡地应了一声：“你好。”

于小姐眼神在他身上停了一阵，没得到什么反应，便转向杉杉，泫然欲泣地说：“杉杉，真的对不起，你不会生我气吧？”

杉杉震惊地看着她眼睛里冒起的水雾，心里囧大发了，怎么样也不用哭吧？咋搞得她是受害人似的了。

“我真的不知道那封信他是给我的，因为我根本不认识他啊，也没有跟他说过话，我记得你们比较熟，所以以为他认错人了，就帮忙放你书里了。”

杉杉忍不住问：“我什么时候跟他熟了？”

于小姐望了封腾一眼，欲盖弥彰般说：“啊，我说错话了，你们也没有很熟。”

封腾微微一笑，然后脸色一沉说：“我是不是听错了，薛杉杉，那封信是什么？”

于小姐面现惶恐：“杉杉，你还没说吗，对不起，我、我不是故意的。”

杉杉还有什么不明白的……

真是人才啊。

课间才那么短短的几分钟，人家已经瞬间想到了怎么利用那封情书制造机会，还同时给他们下绊子制造误会……虽然不一定有效，但是多少是个机会，失败了也不损失什么。

NND，这样的人才你念什么CPA啊，北影中戏才是你的归宿啊！杉杉打量着眼前娇弱弱的女子，有点怀疑自己是不是想多了……

不过不管是不是她想多了，杉杉都不想跟她多说了，瞪了一眼恶趣味发作的封腾，然后清了清嗓子说："你看，我们有点误会要解释一下，就先走了哦。"

于小姐急切地上前一步："杉杉，我请你们吃晚饭吧，就当赔罪。"

"不用啦，误会都解释清楚了，祝你们有情人终成眷属！"

车子开了出去，远远地将于小姐甩在了车后，杉杉愤愤地咬某人的手："招蜂引蝶！"

回头想想，其实早有蛛丝马迹。一开始她跟这位于小姐并不熟，现在一想，好像是某次Boss大人在校门口接她之后才熟悉起来的吧？之前她每次去上课都是随便坐的，可是那之后于小姐却每次都恰好坐在她身边，或者早到了帮她占位置。

更有好多次状似无意地把话题绕到封腾身上。前不久还问接她的人是不是同一个，因为车子不一样……

真是观察入微T T

她当时好像还说Boss大人是卖车的来着，不过Boss大人那浑身的精英味，怎么都掩盖不住吧。

杉杉越想越郁闷："我都说你是卖二手车的了，怎么人家还对你有兴趣啊。"

"你说我是什么？"

"……"

杉杉立刻转移话题，气呼呼地说："上课都能上出个情敌来，哼，不上了！"

Part 36

杉杉真的没再去上课了，不过这也是因为辅导班的课程已经到了尾声，除了最后一节课需要去听听考前猜题，其他课程不去关系也不大。

眨眼就到了九月份考试的时候。考试第一天封腾当了司机，第二天却有事，本来要安排司机送她的，但是封小姐却表示儿子被婆婆接去玩，自己闲得发毛，毛遂自荐了司机一职。

第二天下午杉杉考完，封小姐准时来接她。

“三门全部考完了吧，感觉怎么样？”

杉杉开心地点头：“基本上都做出来了，我觉得能过吧。不过CPA很变态的，也说不定。”

封小姐自动忽略后半句，高兴地说：“那太好了，我们去庆祝一下吧。”

“呃，我只是感觉好，成绩还没出来，万一……”

“怕什么，成绩出来再庆祝一遍嘛，走吧走吧，我看看。”封月看看时间，“我们先随便吃个晚饭，然后逛逛街，晚上等大哥和言清结束会议了，我们喊上他们一起吃夜宵。”

“= =，好吧，你安排，你吃喝玩乐最在行了。”

杉杉为了考试压抑很久了，考完一放松，逛街的劲头也很可怕。结果就是两人逛街逛昏了头，和封腾言清约好八点半的，匆匆赶到约定的地方时，都已经九点一刻了。

封小姐迟到是家常便饭了，毫无愧疚感，杉杉有点讪讪地，被封腾一拉，坐到了他身边。

“考得怎么样？”

“我觉得会过吧。”

“嗯。”封腾点点头，“有一门不过以后就不要考了。”

杉杉囧囧地说：“你是不是巴不得我三门全不过啊。”

封腾很欠诚意地说：“怎么会，我的将来还握在CPA手里呢。”

封小姐窃笑。封家两位少爷小姐菜单都懒得看，言清在一边辛苦地点菜，一个个问什么要不要吃，封小姐还嫌他烦：“你就随便点嘛，对了，来点酒，没酒庆祝什么啊。”

杉杉阻止她：“不要，我不会喝酒。”

封月说：“不会喝才好啊，灌醉了酒后什么的，哥哥哦？”

封腾语调懒洋洋的：“我需要灌醉她吗？”

杉杉想掀桌了：“喂，你们适可而止啊！”

封腾安抚地拍了她一下：“好了，不让你喝酒。”

他拿过酒水单，随便翻了翻，招来服务员，帮她点了个饮料。这个地方杉杉来吃过，食物什么的挺不错的，唯一的缺点就是有点装13，很多东西都是英文写的，还不带翻译，杉杉只听到封腾那几个单词里有个tea字，就下意识地觉得是果茶一类的，连忙点头说：“我就喝这个什么茶好了。”

封腾笑了笑。

灌醉薛杉杉什么的，谁有他有经验呢。

一个多小时后。

封月忧心忡忡地看着封腾半抱着杉杉上了车，扭头对言清说：“你说哥哥会不会把杉杉怎么样啊？”

言清说：“你这是希望怎么样，还是不希望怎么样？”

封月深谋远虑地叹息说：“我是觉得，我们家小宝宝也该有个表弟啊表妹什么的玩玩了。”

封腾将车开到了市区的公寓。

杉杉醉眼蒙眬地看看门，奇怪地问：“为什么是你家啊？”

“你这个样子，还想去哪儿？”

杉杉“哦”了一声，点点头，一本正经地说：“那你要保证，不会酒后乱性。”

封腾失笑，她真是醉透了，这种话都敢说出来，于是顺口哄她说：“好，我不保证。”

杉杉显然被他一句话里的逻辑矛盾弄得更晕了。傻不愣登地看着他，皱眉想了一会儿，才展眉高兴地说：“那我也不保证。”

然后就很高兴地扑到了封腾身上，双手自发地挂上他的脖子，鲁莽地撞上他的嘴唇。

封腾开始有几分哭笑不得，随她乱七八糟地亲着，还得搂住她的腰怕她掉下去。可是随着香甜的水果酒味在两人的唇齿间弥漫，小舌头娇娇软软的，渐渐地他也被撩拨起了几分火气。

他一手抱着她，一手从衣袋里掏出钥匙开了门，把某个在他身上乱蹭的家伙抱进来，然后反身踢上门，正要反客为主的时候……

薛杉杉收工了。

她移开唇，打了个小小的哈欠，有些嫌弃地说：“不玩了，困了。

“我要睡觉了。”

宣布完毕，她趴在他肩膀上，没一会儿，就发出了轻微均匀的呼吸声，徒留一个箭在弦上的大男人，抱着她咬牙切齿。

……

唉，喝醉后气死Boss什么的，谁有薛杉杉有经验呢。

早上醒来，发现自己滚在Boss大人赤裸精壮的胸膛里，头枕着人家的手臂，嘴唇离硬朗紧绷的肌肉只有寸许，手还摸着人家的腰，该怎么办？

薛杉杉的反应是——赶紧闭上眼睛，手用力摸两把。矮油，怎么居然做春梦了呢？这么难得，还这么真实有质感，一定要闭上眼睛多睡会儿，把这个梦做久一点。

然后脑子渐渐清醒……

清醒……

杉杉被惊悚到了。

颤巍巍地缩回爪子，小心翼翼地抬起脑袋，身体小幅度地挪啊挪，想离开犯罪现场，可是一只脚还没落地呢，就被人从身后一搂，拽了回去。

这下更好了，直接趴在了人家身上。

“跑什么？”男人刚刚醒来的声音低沉而沙哑。

“我、我才没跑。”为了防止他在这个问题上纠缠下去，杉杉先发制人地谴责他，“你怎么睡觉都不穿衣服！”

封腾半眯着眼，微微带笑：“怎么没穿，你没感觉到？”

说着他坚实有力的长腿微微一动，立马让杉杉陷入了更加窘迫的境地。

喂喂，她说的是睡衣，不是睡裤啊……而且你这样，到底是让人感受你的睡裤还是……

感受到他蓄势待发的灼热，杉杉两颊发烫，小声地提醒他：“你昨天答应不酒后乱……来的。”

“你倒还记得。”停在她臀上的手掌毫不客气地重重打了一下，“昨天是谁先开始的？”

“不管啊，说话要算话。”

“当然算。”

杉杉才安心呢，某人又慢条斯理地说：“不过杉杉，现在我们好像酒醒了。”

“……”杉杉无语了。经验告诉她，今天不让他得逞一下，他是不会放过她的，杉杉认命了，乖乖地将脸颊贴在他光裸结实的胸膛上。

“……那你乱吧，快一点哦T T”

其实是知道他最后不会对自己做什么，才会那样任他为所欲为吧……

与卧室相连的卫生间里，薛杉杉满脸通红地洗着脸。

Boss大人刚刚虽然也有……但是根本没有满足吧……说起来，其实Boss大人，还是很君子的呢。算一算他们在一起也有大半年了，好多次她都感觉到他濒临爆发的欲望，可是最后都没发生什么。她不知道他为什么忍耐，但是这样的他，的确让她心安无比。

杉杉冲掉脸上的泡沫，抬头看着镜子里双眸明亮的自己。

昨天考完CPA还没跟家里打电话报告呢，关键是……也是时候，跟爸爸妈妈讲下，她跟Boss大人的事情了。

虽然决定了要告诉老爸老妈，但是光琢磨怎么讲，杉杉就琢磨了一天。在封腾家里磨蹭到晚上，趁着他在楼上书房和美国那边开视频会议，杉杉拨通了家里的电话。心不在焉地向老妈报告了CPA的考试状况后，杉杉紧张地进入了正题。

“对了，妈，告诉你一个事情。”

“还有什么事啊？”

“我有男朋友了。”

话一说完，杉杉下意识地把手机挪远了一点。果然，手机里薛妈妈的声音陡然就大了起来，“什么？！！你有男朋友了？”

薛妈妈欣喜地说：“是不是你那个同事方特助啊！”

你看！躲着Boss打电话果然是明智的吧！

“不是啦！不过也算同事吧……”

薛妈妈很能接受的：“不是也好，那个方特助啊，看着挺好，就是太好了，跟你不太配，还是普通同事好，大家条件差不多，门当户对。”

“……”杉杉沉默。

薛妈妈叽叽呱呱地说了一堆，结果女儿那边却没声了，不由得奇怪：“人呢，怎么不吱声了，妈说几句你还害臊了啊？”

“没有= =，那个，妈，我想说……他职位比方特助还要高一点，是、是我们老板。”

这回轮到薛妈妈无声了，杉杉的老板……半晌，薛妈妈：“杉杉啊，你是不是碰见骗子了啊？”

“……妈，我会连自己老板都搞不清吗？”

“这就难说了，你小时候在大街上还认错过妈呢。”

杉杉黑线：“那时候我才几岁啊！我都不记得了。”

“三岁看到老！”

“真的不是骗子啊。”

说了半天，薛妈妈始终不肯信，杉杉无奈了："算了，我让他自己跟你说，你别挂啊。"

视频短会应该开完了吧。杉杉拿着手机奔到封腾书房，把手机塞给了他："我妈，拜托，快证明一下你不是骗子。"

封腾接过手机，没急着和薛妈说话，先吩咐杉杉："去楼下帮我泡杯咖啡。"

大半夜的喝什么咖啡啊，明显是想打发她出去不让她听嘛。杉杉阳奉阴违地蹲在书房外，耳朵贴门板上，可惜什么声音都听不到。

蹲了一会儿，杉杉忽然想起来，其实可以告诉老妈封腾就是以前帮爷爷转院的人啊。哎呀！怎么把这个给忘记了，她真是被老妈气糊涂了。

她连忙推开门，想提醒封腾，却见封腾正好搁下手机，貌似已经挂电话了。

杉杉饱含期待地问："怎么样，我妈相信你了吗？"

"不知道。"

"啊？"杉杉觉得Boss大人深深地辜负了她的信任。

"不过这不重要。"

"怎么会不重要啊！我妈妈觉得你是骗子啊！"

"薛杉杉，现在是几点？"

问这个干吗，杉杉看看墙壁上的钟："10点22啊。"

"晚上？"

"废话！"

封腾点点头："明白了？"

"明白什么？"杉杉蚊香圈圈眼ing。

"晚上十点多，你在我家里……所以，现在我是不是骗子已经不重要了。"封腾淡定地说，"你妈妈应该已经认识到，就算我是个骗子，该骗的也已经骗光了。"

"……"

杉杉终于明白过来了，然后反射性地扑向自己的手机："啊啊啊，我马

上回去了啊，不行，我要说清楚，我还是清白的！”

封腾伸手把暴走的某人抓过来，抱在膝上：“不用了，马上就不清白了。”

“啊？”

杉杉忽然就感觉到了危险，那环在她腰间的手此时好像格外用力，让人丝毫动弹不得，成熟男性的气息吐在耳边。

“薛杉杉，你肯告诉你妈妈，代表你终于信任我了？”

杉杉弱弱地反驳：“我哪里有不信任过你啊。”

封腾“嗯”了一声，手掌在她心口附近游移轻抚：“这里。”

虽然隔着衣服，他的手掌却炽热得像烙铁一般，弄得杉杉一阵气虚。

不要、不要趁机要流氓啊。手忙脚乱地去抓他的手，结果却是搞得衣服凌乱，扣子都散了两颗。

封腾笑了笑，停下了作恶的手：“搬过来住吧。”

“啊？”

“今天。”

“……都半夜了啊。”

“先搬人。”

最后三个字已经含糊了，热得烫人的唇开始在她的颈侧轻吸慢吮，杉杉直觉要发生什么了，却浑身酸软，无力抵抗。

其实好多次封腾做得要比现在过分得多，可是每次到最后关头，他都会及时收手，就像早上那样。但是，这次却好像……

不一样……

也许，Boss大人，他一直在等着这一天吧。

等着她终于扫除了所有顾虑，终于放心大胆地向所有人宣布，他们在一起。

他其实是个很骄傲的人呢。

“封腾……”亲密的间隙中，杉杉勉强地气喘地叫他。

“嗯？”

“明天去帮我搬家，还要退租。”

这是给他的答案吗？封腾一笑：“不用了，你的房东是我。”

什、什么？杉杉好久才反应过来，虽然处于如此亲密的境地，也忍不住义愤填膺地指责他：“果然是资本家，太坏了！发给我的工资居然还偷偷收回去三分之一！”

封腾轻笑：“现在资本家可以连人带财全部收走吗？”

杉杉静了静，顺势把脸埋进了他怀里：“不要在书房里。”

然后她轻轻地说：“可以的。”

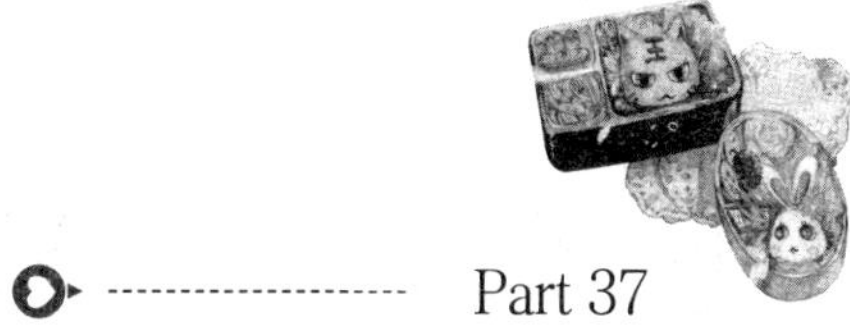

Part 37

肩膀上不时传来湿热的触感，麻麻地让人发颤，杉杉半睡半醒地任人亲了好一会儿，才睡眼惺忪地抗议："不要，会迟到。"

"今天周六，你迟到什么？"

咦，又到周六了吗？

不过某人可信度太低了，杉杉才不信他。不久之前有一次，也是一大早被某人压着吃，她觉得是周一要上班来着，结果某人硬说还是星期天，她还没睡醒脑子糊涂，就被骗了。被人从头吃到尾后一觉睡到中午，醒来才发现……

原来真的是周一啊啊啊！

他自己要搭飞机出差不用上班居然陷害她迟到啊啊啊！

她这个月的全勤奖啊！

愤怒地跟某人抗议害她的全勤奖没了，结果某人居然说："全勤奖？我直接给你，还不用扣税。

"唔，这算是合理避税吧。"

= =

杉杉觉得他太不要脸了。

早上兽性大发这种事情，居然能扯到合理避税上去。

最可恶的是某人还若有所思地说："杉杉，我们要不要拿另一种全勤奖？"

"……"

杉杉伸手在床上乱摸了一阵，摸到了他的表，拿起来看看，的确是周六来着。封腾也不着急，这时才低低地笑问："可以放行了？"

杉杉意思意思地抵抗了一下："……不要老咬我脖子。"

"唔，资本家都是吸血的。"

半晌，房间里飘来疑惑的声音，"这句话好像有点耳熟……"

早上在进行了税务局都管不到的合理避税之后，某人心满意足地去洗澡了，杉杉才不要跟他一起洗，在床上翻了两圈，起来整理东西。

她的东西已经打包搬过来好几天了，陆陆续续地整理着，现在只剩下一些衣服还没弄好。把衣服一一整理好挂进衣柜，杉杉一看，不由得囧了。

在老宅，男女主人的衣帽间是分开的，不过市区的住处并没有这么讲究。她和封腾的衣服是放在一起的。不看不知道，一看吓一跳，原来Boss大人的衣服居然有这么多这么壮观啊。相比之下她那点衣服简直是少得可怜。

杉杉手指从那一排排笔挺的西装上划过，不知道想起什么，脸忽然有点红红的。

封腾擦着头发从浴室出来，扫了眼衣柜，眉头一皱："下午叫封月陪你逛街，把这里填满。"

他可不想做一个衣服比老婆还多的男人。

又想起一件事，封腾提醒她："薛杉杉，我给你的副卡你打算什么时候才用？"

副卡很久以前就给薛杉杉了，但是很显然，他的账单上从来就没出现过属于薛杉杉的消费。他偶尔提过一次，结果当时薛杉杉同学闪着星星眼猛拍马屁："我完全用不上啊，我家老板很厉害的，又会赚钱又大方，发的薪水奖金很多的，根本用不掉！"

好吧……

封腾身为人家男朋友的心理虽然没满足，但是身为人家老板的虚荣心大大地满足了，就假装被她糊弄过去没再追究。

不过，如今薛杉杉需要添购的东西，估计她家大老板发的薪水是不够的了吧。

他突然一出声，把杉杉满脑子的绮思都吓跑了，杉杉怏怏地缩回手指，继续埋头整理衣服，一边整理一边说：“我才不要刷你的卡。”

封腾目光一沉，心中有股不悦升起。他倒没想到，薛杉杉到今天还跟他算得这么清。他沉着脸，正要开口，薛杉杉堆好衣服回过头来，气鼓鼓地说：“为什么不能是你亲自刷啊！”

杉杉对这个有意见很久了！

“每次都让我和阿月逛！你说说！我们在一起到现在，你有陪过我逛街买过东西吗！抗议！”

话音刚落，她就被人抓了过去，气鼓鼓的脸颊被不轻不重地捏了一下，封腾低笑：“帮我挑件衬衫。”

“嗯？”

“不是要我去刷卡？”

虽然挑衬衫并没有演变成又一场不可收拾的那什么，但是出发的时候，也已经是下午了。Boss大人第一次陪同逛街，杉杉很兴奋，为了表示对他的重视，路上就开始调查：“你觉得我穿什么类型的衣服好看啊？”

“都差不多。”

这叫什么回答嘛。杉杉小心求证：“都差不多好看？”

“唔，杉杉，开车的时候不要乱开玩笑。”

“……”

于是杉杉有种预感，请Boss大人出马亲自刷卡，可能会付出惨痛的代价的……

果然，才第一家店呢，Boss大人挑剔的天性就发作了。

“这件好看吗？”

“嗯……”眉头微微拢起。

杉杉默默回试衣间脱掉。

“这件呢？”

“……唔。”

……再脱掉。

“那这件？”

这回杉杉学乖了，不着急换上，先给封腾看看，结果人家打量了一下，终于说了一句完整的话：“你穿不上。”

人争一口气有木有！

杉杉立马进了试衣间，几分钟后……杉杉走出来，身上穿的还是原来的衣服。在店员殷切的目光中，杉杉咳了一下，把衣服还给店员。

“……不太适合我。”

回头看到Boss大人忍俊不禁的目光，各种恼羞成怒啊！

内牛满面地出了第一家店，杉杉诚恳地建议：“要不你去休息区休息一下吧。”

封腾表示不同意：“是谁让我陪她逛街的？”

是某个自作孽不可活的笨蛋呗。杉杉默默望天，踏入下一家店前，凶巴巴地警告某人：“待会儿你除了刷卡，什么都不准干。”

说完一回头，就看见店门口的迎宾小姐敬畏地看着她。

= =

封腾坐在一旁，看着薛杉杉活力十足地在衣服丛中穿来穿去，一会儿捧了几件去试，一件件照镜子，扭头问店员好不好看，店员小姐当然一致点头说全部都好看。

于是她就很犹豫，转头看向他的方向，好像想征求下意见，但是很快又赌气似的转回去。

封腾心中好笑不已。其实前面她穿那些衣服也都很漂亮，他故意万般挑剔地，只是喜欢看她为了让他喜欢、费心苦恼的样子。

封腾正恶趣味地回味着某人之前郁闷的样子，一抬眼，却见那个某人捧着一件风衣奔过来了。

“封腾，这件衣服你穿应该不错哎！”

她还真不记仇，赌气也不超过三分钟，封腾失笑，并没有试衣服，直接示意小姐买下来。

“你不要试试大小吗？”

“你挑的会不合身？”

他话中有话，可惜眼前的人显然没意会过来，还以为他夸她眼力好呢，得意兮兮的。

“前面那家店的衣服都不错。”封腾说。

“咦？”

“待会儿去买下来。”

“咦？”

“除了那件穿不上的。”

……杉杉放心了，Boss果然还是正常的。

Boss好像忽然不挑剔了那么一点点……杉杉赶紧抓住机会多买了几件= =，一下午下来也算大有收获，不过距离填满衣柜，估计还有遥远的距离。

离开购物中心之前，封腾显然嫌弃她没效率，顺手帮她拿了几件衣服一起刷卡。

“这些都还没试啊，不合适怎么办？”

“不合适？”封腾佯作思考了一下，说，“那就脱下来。”

“……”

杉杉这次听懂了，紧张地看了看远处的店员小姐，赶紧拉着人飞奔出店。

T T

虽然店员小姐肯定没听见，但是短时间之内她再也不要来了！

一下午逛下来，杉杉觉得自己吃大餐的力气都没了，就拉着Boss去吃了碗牛肉面。回家的时候天已经全黑了，汽车开进小区时，保安礼貌地拦住了他们。

“封先生，封太太，请等一下，有你们的快递。”

转身他捧了个四方的包裹出来，确认：“封太太是姓薛吗？”

“呃……”杉杉窘了。

封腾颔首:“是的。”

“那就对了。”保安把包裹递给杉杉，憨憨地笑着说，“快递员说打手机没人接，就放我们这儿了。”

杉杉耳朵热热的。“今天出门忘记带手机了，谢谢你。”

汽车重新行驶起来，封腾扬眉:“谁寄来的包裹？封太太。”

杉杉默默地白了他一眼。

其实杉杉也不知道是谁的包裹，寄件人姓名那儿已经模糊不清了。等回到家拆开，看见那些花花绿绿的小说封面，杉杉才想起来，原来是双宜的“教材”到了。

前几天她一不小心在QQ聊天中露出了蛛丝马迹，被雷达灵敏的双宜察觉到了那什么，于是那个不厚道的彻底兴奋了。

“终于轮到技术指导陆双宜上场了，哦哈哈哈～～～”

于是就有了今天这一堆双宜口中的“教材”。

杉杉拿起一本看了看，不得不说，双宜选的教材还是非常有针对性的，看看这书名——《残暴总裁小白兔》。

首先职业很对有木有？

精心挑选有木有？

但是，随手一翻就是各种火辣辣的H是怎么回事啊！

杉杉随便瞄了两眼，就被小说里那高深的姿势震撼到了，不由得带着崇敬的心情往下看，越看越面红耳赤但是又……有点欲罢不能……

正看得投入，忽然，手里的书被抽走了。

高大的男人站在她面前，随手一翻，然后俊眉微微一挑。

杉杉羞愧万分，垂着脑袋不说话，完了完了，Boss大人肯定觉得她是色情狂了555……

难道他们之间的色情狂要换人做了吗？

T T

杉杉心中各种泪流啊，奔腾到海不复回。

封腾一目十行地几分钟内翻完了那本小小的书，沉吟着说:“杉杉，我

不知道你心里居然喜欢这样的……”

他脸上出现了一丝严肃的自责：“是我失职了。”

杉杉有不好的预感：“我、我喜欢什么了？”

封腾沉思道：“原来你希望我更……嗯，残暴一点？”

杉杉：“……”

杉杉还没来得及弄清他的逻辑，就被人一把抱起来，拎回卧室彻夜地“残暴”了。

……

所以说，交友需谨慎，爱情小说作家之类的神马朋友最危险了！

Part 38

天气慢慢地凉了下来，杉杉后来又去买了两次衣服，不过在衣柜里，她依旧处于绝对的弱势状态。但是其实买多了也穿不到啊，她才不要每天在公司花枝招展呢。

唔，说起来，杉杉最近算是爱情事业两得意。爱情就不说了，简直得意到让人身体都吃不消了= =至于事业嘛~~~虽然全勤奖已经变成了天边的浮云，但是她已经正式加入风腾集团一年啦，也就是说，终于能加薪袅~~~~~

不知道这次加薪会加多少啊，杉杉兴奋地期待着。

不同于她的振奋，主管此事的集团高层却为此愁得头发都油了。现在风腾上上下下，谁不知道财务部薛姓小职员和总裁的关系啊，这加薪到底加多少合适呢？

财务部科长一贯正直得很，按照杉杉平时的表现，不偏不倚给了个中等偏上的加薪幅度，但是送到更高一级主管的手里批的时候，人家想得就比较多了。

只是中等偏上加薪幅度，会不会让薛小姐和总裁不高兴呢？可是吧，如果一下子就最高等，会不会拍马屁太明显？

可怜的高层内心腹诽不已：真是的，老公给老婆加薪神马的，这种家务事，还要让我们烦恼，尼玛我们也要加薪有木有！

最后高层心一横，心想反正都是你家的钱，左口袋进右口袋，多给点又有什么关系，于是大笔一挥，调到了最高等。

不过几天之后，加薪单子发到个人手里，杉杉的加薪幅度却仍然回到了财务科长给的那档。唔，敢往下压的，除了封总还会有谁。

围绕着她加薪发生的这些缠缠绕绕小插曲，薛杉杉自然是一点都不知情的，能加这么多，杉杉已经很满意了。

总算把全勤奖的缺口补回来了T T

风腾集团这几年的效益一直很好，这次加薪幅度大家普遍满意，办公室里的气氛顿时就活泼起来。杉杉正竖着耳朵听同事们讨论晚上去哪里庆祝呢，就接到了封月焦急万分的电话："杉杉，你在公司不，我在楼下，你赶紧下来。"

杉杉被她的急切吓到，来不及多想，跟科长说了一声就冲到了楼下。封小姐的车果然在楼下等着，杉杉一上车，封小姐就发动了，话都来不及说。

路上封月才交代了来龙去脉。

"我上次手术后加了个本市的稀有血型互助群，群主就是我动手术那个医院的护士。刚刚她打电话来，说高架上发生了连环车祸，有对母女都是AB型阴性血，医院的血不够了，情况很危急，号召大家去献血呢。"

"啊。"杉杉催促她，"那你开快点。"

但是S市那路况，再好的车又能快到哪里去，两人急冲冲地赶到医院，那个群主小护士已经在门口焦急地等着了。

看到她们到了，小护士风风火火地带着她们往检验处冲："快快快，咱们先去验血。"

她一边走一边说："封月你的情况我知道，你动了大手术还没满一年，不能献血的，这位小姐也是阴性血吧？"

杉杉点头："是的，我身体很好，上次献血也超过半年了。"

圆脸小护士说："行，跟我来。"

现在的人都挺热心的，除了杉杉和封月，群里一会儿又来了两个人，三个人一起做了检查。

验完血出去，却见封月正郁闷地在那儿听电话呢，看见杉杉出来，封月赶紧把手机塞给她，用嘴型提醒她："我哥。"

杉杉接过电话，封腾果然是在发火，声音很严厉："这么大的事情你们怎么不跟我说一声？"

"献血算什么大事啊。"杉杉不以为然。

"薛杉杉。"

被他低着嗓音这么连名带姓地一叫，杉杉立刻端正态度了。"我错了，下次有大事一定立刻汇报。"

听到电话那边好像有人提醒他开会的声音，杉杉连忙说："好啦好啦，你去开会吧，别管我们了，对了，晚上我可能和封月一起在外面吃了。"

"不准出去。"封腾哼了一声，挂电话之前搁下了有力的威胁，"晚上回来吃猪肝。"

猪肝……

Orz

杉杉想起这东西久违的滋味，苦着脸挂了电话。

为了逃避晚上的猪肝，杉杉本来打定主意要跟封月在外面吃完回去的，结果验血报告还没出来呢，封月那边就有了急事要回去一趟。

"你一个人在这儿没问题吧？"

"没问题啦，你回去吧。"

封月走了没多久，小护士就带着报告出来了，先安排另外两个人去抽血，然后转过来，带着轻微的责备对杉杉说："薛小姐，你怎么怀孕了还来献血，这不是给我们添乱吗？"

杉杉呆了一会儿，才反应过来她在说什么，但是语言系统显然还跟不上，呆呆地说："怀孕？我？"

圆脸护士把手里的化验单塞给她："你看看你的HCG多高，这不是怀孕是什么。"说着她又笑起来，"哈哈，不管怎么样总归是好事嘛，恭喜你啦！"

圆脸小护士走后，杉杉在原地傻站了足足有一刻钟，思维才重回地球。她机械地掏出手机，机械地拨电话。

没人接。

哦，大概手机没带到会议室去。杉杉又机械地输入了几个字发过去。

“发生了一个大事……”

半小时后，封腾的电话打过来了，夹杂着身边几位主管说话的声音。

“杉杉，什么事？”

杉杉坐在医院前庭的长椅上，默默地说：“也没什么……那个，我好像怀孕了。”

封腾直接把一干主管撇下了，二十分钟后，他迈着急切的步伐，出现在了医院的门口。

杉杉傻乎乎地坐在长椅上不知道在想啥，封腾远远地看着她，心中忽然就涌起一股难以言喻的奇妙情绪。

杉杉、孩子……

步伐不曾慢下来，走近她，握住她有点凉的手，没有过渡地，封腾说出了来的路上已经反复思考了好多遍的话。

“杉杉，我们结婚吧。”

杉杉抬起头，看了看眼前高大的身影：“啊？哦。”

封腾皱了一下眉：“我向你求婚你就这种反应？”

杉杉默默地瞅了他一眼：“孩子都有了，结婚有什么好稀罕的……”

封腾：“……”

杉杉勉强振作精神：“我晚上能不吃猪肝吗？”

封腾忍不住笑了，把她拉入怀中：“别怕，有我在。”

被看出来了啊，她真的已经慌了，完全不知道怎么办才好，这一切都来得太突然了。明明，明明他们一直有做预防啊。

“我们先做个详细的检查。”封腾就着抱着她的姿势，抬手看了下表，“今天太匆忙了，明天我带你去，一切等结果出来再想，现在先去吃饭。”

听着他低沉的嗓音有条不紊地做好安排，杉杉渐渐定下神来，在他怀里闷闷地说：“那我就全部交给你了哦。”

封腾抚了下她的脑袋，好笑：“不然你能交给谁？”

开车回去的时候封腾打电话给封月，又毫不留情地把她训了一顿，还是为了她拉着杉杉来献血却没跟他说一声的事。封腾想想都有些后怕，万一那个护士没那么仔细，杉杉怀着孩子献了血，那后果真是不堪设想。

训得差不多了，封腾才说：“我打算最近结婚，晚上七点你和言清一起过来到海棠苑吃饭。”

说完就挂了电话，杉杉不由得有点同情封月，她现在肯定傻掉了……

过了一个红灯，封腾说：“婚礼交给封月安排，或者你有什么想法？”

“嗯？没啊。”杉杉对自己是很有数的，她绝对搞不来他们家那种婚礼。

封腾点点头，忽然说：“孩子的事情先别和别人说。”

杉杉有点多想了，闷闷地问：“为什么？”

“你想让别人觉得我们是有孩子才结婚的？”

杉杉下意识地摇头。

“那就什么都别说。”

杉杉心里不由得一暖。这个世界对男女天生地不公平，奉子成婚对男方往往没什么，女方就有可能被说闲话，尤其是他们这种差距这么大的。

Boss大人，是在保护她吧。她一时没想到的事情，他都帮她想到了呢。杉杉扯着他的袖子摇晃了一下，表示感谢^_^

晚上吃饭的时候封腾果然半点口风都不漏，对封月兴奋地追问三下两下就转了话题。说起婚礼怎么筹办，衣服哪里订，封月那个劲头真是三天三夜都说不完，很快就不管他们怎么忽然要结婚了。

隔天一大早，封腾带着杉杉去了预约好的医院。

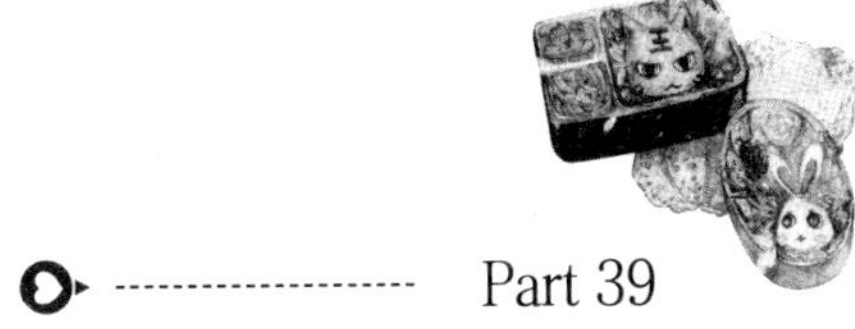

Part 39

收费高昂的私立医院最大的好处就是人少不用排队，导医小姐一对一服务，做检查出结果什么的都很快。

于是很快地，医生就语气肯定地向他们宣布：“薛小姐并没有怀孕。”

杉杉一呆：“可是我前天去献血，验血的护士说我怀孕了，HCG很高什么的。”

“化验单带了吗？”

“带了。”杉杉出门的时候顺便放在了包里，拿出来给他看。

医生看了一下说：“HCG高不一定是怀孕的缘故，你今天的化验单上HCG就正常了。当时也许是体内激素过高，薛小姐有在服用激素吗？”

杉杉摇头。

医生思索了一下说：“现在食品市场很不规范，薛小姐你想想，那天化验之前，你吃过什么？”

杉杉努力回想，有点茫然地说：“没吃什么啊，就吃了几个同事给的蛋黄派，啊，好像包装蛮粗糙的。”

医生点头：“估计就是这个导致的，现在的食品啊！”

杉杉还是不太敢相信：“真的没怀孕吗？可是我最近老感觉蛮累的。”

医生瞄了他们俩一眼，推推眼镜，咳嗽一下说：“有时候要适度一点，节制一点。”

杉杉离开医院的时候，颇有点落荒而逃的感觉，而任何大场面都一贯镇定自若的封腾，脚步也好像比平时略快了一些。

坐上车，封总裁总结发言："下次你怀孕，我们不来这家了。"

杉杉连连点头："绝对不来了！"

吃错东西以为怀孕……还能不能更乌龙啊？！杉杉不由得庆幸地拍拍胸："幸好没有告诉别人。"

不然就不只在医生面前丢脸这样了，还要一个个去解释为啥又不怀孕了，想象力丰富的搞不好还以为她流产了呢。

封腾也赞同："嗯，不然我会很辛苦。"

"……你辛苦啥？"难道你要去一一灭口咩？杉杉心里吐槽。

"当然是辛苦要弄假成真，努力让你怀孕，这难道不辛苦？"

杉杉："……"

好吧，以总裁大人的个性，如果广而告之结果却发现没怀孕，他的确干得出让她赶紧生一个这种事……

这么一想，杉杉更觉得幸运了。

可是，当侥幸的心情过去，很快又隐然有点失落起来。虽然肚子里的宝宝其实根本没存在过，可是这短短的时间里，好像也对这个虚幻的小生命投入了感情呢。

到了晚上躺在床上，静谧的氛围中，那点点失落愈加放大了起来。杉杉有点小纠结了，怎么Boss都没一点失落啊，没有孩子他就这么轻松吗？

"你不喜欢孩子吗？"

"为什么这么问？"

"你好像根本不在意……"

"别乱想。"把她抱坐在他身上，封腾说，"有孩子我很高兴，没孩子我也很高兴。"

"我不想因为孩子结婚，而且……"封腾顿了顿，脸上有些尴尬，"你还太小了，这么早让你当妈妈，我会不忍心。"

前一条她懂啦，但是后一条……杉杉黑线了："我大学毕业就二十二了，现在已经二十三了好不好！"

"太小了。"封腾摸摸她脑袋，"想让你多玩几年。"

"= =其实是你自己想玩吧！"

哼，还推她头上。杉杉觉得自己看穿他了。

封腾失笑："是啊，我也想玩，不过……"他的语调变得悠长，带上了暧昧的气息，"我玩什么呢？"

"喂！"

杉杉如今反应已经够快了，但是日防夜防，防不住家贼兴之所至突如其来啊，于是只好泪汪汪地被抓住啃啊啃……

后来，封腾想起来问杉杉："上次让你退票的同事是哪个？"

"呃，阿佳。"

"这次给你吃蛋黄派的？"

"……也是阿佳。"

封腾点点头，杉杉着急了："你不会做什么吧，阿佳人挺不错的，工作也很认真。"

封腾面无表情地说："没什么，她该升职了。"

"……啊？"

果然，没几天上面就下命令，童世佳同仁在职期间表现优异，兢兢业业，职升一级，加薪若干，调任分公司做财务部小头目。很巧的是，那个分公司离阿佳家比总公司近多了。

升官加薪离家近，阿佳各种欢天喜地啊有木有，被大家恭喜了一圈后，阿佳偷偷找到杉杉，肯定地说："杉杉，一定是你在总裁面前帮我说了好话对吧？！"

杉杉艰难地说："……是……吧？"

阿佳感动地抱住她："好人会有好报的，杉杉你和总裁一定会有情人终成眷属的！"

承你吉言……

其实被阿佳祝福了一下，杉杉反而挺担心的=_=|||

不过终成眷属什么的，倒让杉杉想起一个问题——他们之前要结婚是因为有了孩子，结果发现孩子不存在，那这个婚还结不结啊？

封腾好像忘了这个事情似的，提都没提，封小姐也不见了踪影，杉杉纠结了两天，决定不去考虑这个问题了，顺其自然吧。

谁知又过了两天，封腾却在吃饭的时候忽然提起：“杉杉，明天下午到我办公室一趟。”

“做什么？”

封腾看着她说：“签一份婚前协议。”

Part 40

第二天下午，杉杉准时推开了封腾办公室的门。

“杉杉，过来。”封腾招手，向她介绍坐在沙发里的老头，“这是张伯，本市最有名的大律师。张伯，这就是杉杉。”

杉杉乖乖地问候：“张伯伯好。”

“小姑娘好啊，不错不错。”老头笑眯眯地打量了她一会儿，脸上流露出几分感慨，“一眨眼，我都给你们家做了几十年律师喽，你也终于成家了，可惜你爷爷没法子看见。”

封腾说：“过几天爷爷祭日，我会带她去看爷爷。”

张伯点点头，又笑起来：“总是大喜事，我老头子扫兴了，来来，小姑娘，咱们说正事。”

说着他把身前桌子上的文件往杉杉面前推了推。

杉杉这才注意到这堆小山似的文件。呃，这不会全都是婚前协议吧？杉杉以为几张纸就好了，怎么会这么多？

等张伯开始解说，杉杉才知道，这里面大部分竟是赠予协议。哪里哪里的房产商铺，哪些珠宝首饰，还有股票股权基金等等等等，很长一段时间，张伯才说完。

“小姑娘啊，这些就是你和咱们小封先生结婚后暂时能得到的所有。”

封腾对张伯这种说法有些不满，轻轻咳了一下。

从小看他长大的律师先生看了他一眼，笑呵呵地接下去：“哦，是你能得到的所有不动产，当然还有我们的动产封先生。”

“呃，那个，张伯伯，我记得好像股票和基金算是动产吧？”杉杉以微弱的声音质疑。实在是这位律师先生看上去太权威太专业了，杉杉对自己专业上的东西都开始怀疑起来。

老头很淡定地解释：“股票和基金传统意义上的确属于动产，不过目前是特殊情况，这些动产和小封先生比起来，就显得像不动产了。”

杉杉蚊香圈圈眼：“为什么？”

“因为某种意义上咱们封先生是股票基金股份的集合，生来带有货币符号，当然流动性更大些。”张伯开着玩笑，别有深意地说，“小姑娘好好经营啊。”

张伯一语双关的幽默让杉杉忍俊不禁，封腾也微微弯起嘴角。

张伯接着说：“这些呢，我也是说个大概，还是要你自己慢慢看，有什么问题可以问我。”

这么厚一堆，的确需要慢慢看才行。杉杉拿起最上面的主协议，低头看起来。其实主协议的内容昨天封腾已经大致和她说过，主要就是将她和集团运营利益分离。但是赠予协议，他昨天却提都没提……

刚刚律师讲的时候，她也听得比较迷糊，并不太了解封腾究竟给了她哪些东西，直到现在看见白纸黑字的文件，才真正明白。

于是有点被吓到了。

潦草地翻过一遍合同，杉杉从下面的赠予合同里抽出了几份，看向封腾：“协议书我没意见的，赠予的我就签这些可以吗？”

张伯有些惊讶，封腾看着薛杉杉，沉默，片刻转向律师先生：“张伯，我想和杉杉再沟通一下。”

老律师站起来，笑呵呵地：“小两口好好商量，老头子烟瘾犯了，出去抽会儿烟。”

封腾坐在沙发上，翻看着她选出来的几份协议。“过来点。”

杉杉连忙挪近一点。

“我让你签这个，生气了？”

怎么会！这个误会大发了。杉杉连忙摇头，保证：“绝对没有。”

“那为什么不签？”

杉杉讷讷地说：“我觉得，有点多。你昨天只有说主协议，其他都没有讲。”

封腾将手中的文件扔在桌子上：“主协议是爷爷在封月结婚时一起拟定的，目的是保障集团在任何情况下都不受影响。这些赠予，是我的个人资产。”

杉杉表态：“主协议我没意见的。”

“杉杉，任何事情需要用到协议解决，那差不多已经到了最坏的状况。婚前协议的作用就在于此。既然主协议保障了集团利益，我就要保障你的利益，这些赠予，就是让你在最坏的情况下，也至少能获得这些。”

他这是把他自己也算计进去，防着他自己吗？杉杉听懂了，于是有点难受：“你准备这些东西的时候，是把你自己放在了我的对立位置？你怕将来的你会亏待我吗？”

“不是的。”封腾叹气，“我敢保证这些文件基本就是废纸，但是杉杉，岁月太长，我希望你起码有这些东西，在任何情况下都能少一分畏惧。”

杉杉眼眶忽然有点热，可是想了一会儿，还是坚持说：“我不是全部不要，只是想少拿一点。”

封腾不语。薛杉杉被他的目光看得有点不安，她是不是太固执了？可是，这些东西的价值真的太出乎她的意料。

昨晚Boss大人说过以后，她已经有了心理准备，也许会签署一个苛刻的婚前协议。

她并没有觉得难以接受。

她从来不觉得封腾是个苛刻吝啬的人，也不觉得封腾会对她苛刻吝啬，而是，她已经有点点了解封腾，他大概会从理性上出发，做出最好的安排。

就算彼此相爱，也不代表对方的东西就属于你，凭什么人家家族辛苦几代所得的东西要平白给她享受呢。她知道这样的想法很傻，也许会被很多人嘲笑天真，但是这样做，她反而能松口气呢。

作为一个马上要结婚的人，她其实这阵子也有认真地思考人生==

然后就觉得，做夫妻大概也和朋友一样，最重要的是要平等，这种平等不是说地位啊收入啊什么的，而是说，彼此的付出。

她给他的，和他给她的，必须是一样的，这样才能长长久久。一个人付出的远远超过另一个的话，久了会心理失衡的吧。

然后，如果一个人给了另一个人很多很多钱，会不会就觉得他付出的已经够多了，爱就少付出一些呢？

这样的话，还不如反过来呢。

当然这也不是乱清高啦，说句有些矛盾的话，和Boss结婚了，她又不缺钱，那还要那么多钱干什么。

唔，以上都是她胡思乱想==

封腾还在等着她的解释，杉杉靠过去，把脑袋靠在他肩上。“其实我想问你一个事。”

“什么？”

“如果不是误会我有了孩子，你还会向我求婚吗？”

“……薛杉杉。”

“嗯？”

“最近我们都没有回老宅住，为什么？”

“因为三楼在装修啊。”

“为什么装修？”

“呃……”

一瞬间，杉杉觉得心里从来没有像此刻这么填满过，就连上次他说我们结婚吧的时候都没有。那次慌慌张张的，更像个应急措施，反而是现在他这样毫不浪漫的反问，倒更像求婚呢。

依旧靠在他身上，杉杉说：“你看，你什么都帮我想到了啊，有你的话就什么都有了啊，没你的话，那些也用不上。”

办公室里静悄悄的。

“算了。”

封腾蓦地伸手，将桌上那堆拟好的文件全部扔进了废纸篓。

这是怎么了？

杉杉正奇怪，就听封腾说：“我忽然觉得，如果和你这样的……结婚都需要婚前协议，是对我智商的侮辱。”

“……”

杉杉无语，总裁大人你现在是在侮辱我的智商吗？

“杉杉，不签这些东西，将来你可能什么都得不到。”

“……”杉杉，“= =我好像有点后悔了。”

封腾笑了：“来不及了，你只有我了。”

杉杉转过头，大胆地在他嘴唇上亲了一下。封腾一笑，反手抱紧了她，深深地吻了回去。

一分钟后，杉杉从深吻中蓦然惊醒，推开他：“等等，你刚刚说我什么都得不到是什么意思？！我抽出来的那几样东西我还是要的啊！！！你不能全部收回去！！！”

Part 41

周末，封腾载杉杉去老宅看新房的装修进度，顺便杉杉同学也要检阅下她的新财产——就是最后她虎口夺食的那几样东西。

薛杉杉同学充分发挥了女性爱美的天性，选的东西都是亮闪闪的首饰= =其实她纯粹是被赠予协议里附带的那几张照片给闪花了眼。

摸了摸那几件首饰，杉杉心满意足地还给了封腾："还是你帮我保管吧！"

封腾扫了那些首饰一眼，随手拿了个镯子套在她手上，然后下了结论："眼光有待加强。"

于是随口就教了她一下。他家学渊源，这些自然是信口拈来，可怜杉杉听得云山雾罩的，还要捧场地假装很感兴趣，不由得比较痛苦。

幸好王伯很快来报告说封小姐带着言清来了，杉杉连忙率先跑下去。

"砰"的一声，杉杉一下来，厚厚的一叠资料就砸在她面前，封小姐豪气万千地说："这些就是婚礼的初步计划书！"

杉杉不由得震撼了。这厚度，简直比Boss大人之前给的婚前协议书也不遑多让啊。他们两个果然是兄妹来着……

随手拿起一本花花绿绿的像是服装目录的册子看，封小姐阻止她："啊，这个不用看了，这个是婚礼上我要穿的衣服。"

"……"

"这个也不用了，是我的鞋子。"

杉杉：“……”

封腾从楼上下来，没好气地说：“这是你要结婚？”

一旁的言清一脸担心：“老婆你再婚对象还是我吧？”

封月瞪了言清一眼，悻悻然地说：“我也没办法啊，巧妇难为无米之炊，你们日子都没定，我怎么订酒店，酒店没订，怎么知道是什么环境，环境不知道，怎么确定现场怎么布置……”

“好了。”封腾头痛地打断她，“你先别折腾了，等我和杉杉父母商量过再说。王伯东西都准备得差不多了，下周我去G省？”

后面这句话是问杉杉的。

杉杉张大了嘴巴：“那个，我忽然想起一件事……我好像还没跟我爸妈讲结婚的事哎。”

大家都沉默了……

“手机拿来。”

封腾黑着脸拿过杉杉的手机，翻找电话簿，然后按了拨号键。电话很快就通了，封腾沉稳有礼地开口，“伯母您好，我是封腾。”

杉杉后来当然少不了被薛妈妈骂一顿，任何一个妈妈在婚礼前一个月才知道女儿要结婚，那都是会抓狂的。可是杉杉觉得自己也很无辜，谁知道会搞出怀孕乌龙然后这么突然地结婚啊，她也是才知道的好不好！

不过女儿出嫁，薛妈妈到底是高兴的，隔天就兴致勃勃地打电话来，“杉杉啊，妈妈以前存了块好料子，你告诉我，你男朋友多高，我让你爸爸给他做套西服。”

“啊？”杉杉愣了愣，直接就拒绝了，“不要啦，他衣服穿都穿不完好不好，而且都定制的，爸爸做的不太合适吧。”

杉杉自觉已经很婉转了，但是听到丈夫的手艺被自家女儿嫌弃，薛妈妈还是生气了：“你懂什么。你爸爸手艺好着呢，商场那些贵得要死的西装哪里有你爸爸做得扎实，你妈我会跟你爸，就是因为你爸爸做了条裙子送给我……”

薛妈妈起劲了，说到后面穿薛爸爸的西服简直成了薛家女婿的必要条件。老妈都这样上纲上线了，杉杉也没办法，只好答应了，心里想着，反正老爸做了也是放老家，到时候老爸一看Boss大人的穿着就明白了吧……难道还能逼着他换上不成，先应付过去再说啦。

不过如果老妈要求Boss大人婚礼上也穿爸爸做的衣服……

哼——

就算是亲爹亲娘那也是要反抗滴！

“明天把你男朋友的衣服尺寸告诉我啊，你爸爸要早点动手的。”

“知道了。”

于是晚上，封腾出了浴室，迎接他的就是一根皮尺。

“来来来，给我量下你的尺寸。”

封腾蹙眉：“做什么？”

杉杉严肃地说：“当然是为了更了解你！”

封腾眯眼：“哦？还要了解什么？我的尺寸你不知道？”

……这话怎么听着有点不对，是她不纯洁了吗？杉杉正怀疑，就被人一把扯了过去，很快，皮尺就被扔到了床下，又过了一会儿，房间里隐隐响起反抗声：“喂……不是量那里……”

第二天清晨，杉杉抱着被子坐在床上，内牛满面地看着床下的尺子。数据是有了没错，可是手量的又有什么用啊！！！

难道今天还要再量一次？

杉杉心里呻吟了一声，直直地倒在床上，拉起被子就把自己埋了进去。

杉杉如何艰苦卓绝地搞到尺寸暂且不去管，总之最后，她顺利地完成了老妈交代的任务，把Boss尺寸报给了老妈。

之后杉杉就没把这件事放在心上了，谁知道，没过多久，她居然收到了从家里寄来的快递，附带的还有薛妈妈的电话——

“杉杉，衣服收到了吧，我们本来想你们来了再给的，后来想想要是女婿穿着你爸做的衣服来多好啊，哈哈，哎呀，快递费真贵啊，居然一件衣服收了我们三十块钱，真黑……”

杉杉捧着手上的西装欲哭无泪了，老妈，你才黑呢，她本来都不想告诉Boss的啊！

杉杉不得不找了个气氛良好的时机，跟Boss聊聊天气谈谈心：“那个，我有没有跟你说过，我老爸以前是裁缝啊？”

封腾怀疑地看了她一眼：“好像没。”

“你现在知道了吧。”杉杉讪讪地笑了下，怯怯地捧出一叠衣服，“我爸爸给你做了一套西服……”

封腾默然地看着她手上的东西，杉杉鼓起勇气说完：“所以，请你穿着我爸做的衣服去我家吧……”

这次去杉杉老家，封月也是一起跟去的，还带上了老公孩子，理由很充分：“杉杉爸妈看的不仅仅是你，还有你的家庭，作为小姑子的我当然是要出席的啦！然后你看我跟言清家庭多和美，我家宝宝多可爱，多好的榜样啊，说不定他们一高兴就立刻把杉杉送给你了。”

封腾当时非常傲慢地哼了一声：“还用得着他们送吗？”

不过尽管如此，他显然也觉得封月说的有道理，所以去杉杉家那天的一大早，封月就出现在了封腾家里，然后看着封腾身上的西装毫不留情地进行了人身攻击。

“哥，你会不会选衣服啊，太没品位了！这套西装样子和做工也太一般了吧，哪家成衣店做的？”

杉杉只能在一旁捂脸不说话。

封腾面无表情地说：“泰山定制。”

泰山定制？

熟知各种时尚的封小姐有点茫然：“没听说过啊，新开的吗？肯定很快会倒闭的！”

可不是已经倒闭很多年了嘛！杉杉继续捂脸。

倒是言清在旁边看出点门道来，想了一想，又看看旁边杉杉捂着脸一副当我不存在的表情，若有所思地笑道：“泰山，就是岳父的意思吧？”

杉杉弱弱地举起手：“对的，就是我爹T T”

直到上了飞机，封月还一直打趣个不停："哎哟，我怎么就没一个会做衣服的婆婆呢，好遗憾呀。"

杉杉把脸埋封腾怀里了。封腾拍拍她，虽然自己穿着这衣服也浑身不自在，但是不代表妹妹就可以拿这个来打趣他们。

"言清，听到没有？阿月在抱怨。"

言清说："听到听到，唉，我们家阿月要是肯穿我妈做的衣服，那就好养活多了。"

"不用这么麻烦啦。"杉杉从封腾怀里抬起头来，很有义气地说，"阿月我让我爸给你做。"

"你们这些人！"封月气死了。

飞机到达G省省会后，依旧是分公司的人来接。这回来的可不是行政了，分公司总经理已经在机场恭候多时。不过封腾并没有让他们送，自己开车过去了。到达杉杉家已经是下午，楼下薛爸爸薛妈妈早就等着了。

看着车缓缓驶近，薛爸爸薛妈妈不由得伸长了脖子。车子缓缓地停住了，高大耀眼的年轻人姿态从容地从车上迈下，身上穿着他们眼熟的西服，却散发着那件西服本身绝不具有的逼人气势。

薛爸爸和薛妈妈齐齐被闪到了。

客厅里，薛爸招待着封腾他们喝茶，薛妈妈把杉杉拉到厨房洗水果。

"杉杉，你看你爸爸手艺还没退步吧，小封穿上那衣服多挺拔啊。"

即使是老妈，杉杉也不得不为Boss伸张正义："妈，那是他长得好看人又高，把衣服带起来了好不好。"

薛妈妈一反常态地没有为女儿的不捧场生气，心事重重地洗着水果说："唉，这也太好看了点。"

这么出色的年轻人，女儿能把握得住吗？

薛妈妈担心地看了眼杉杉，却忽然发现女儿似乎跟记忆中不一样了。薛妈妈想起刚刚杉杉从车上下来，走在那么有气势的年轻人身边，好像也并没有不相配的感觉。

看看她身上穿的，手上戴的，薛妈妈忽然产生了一种，女儿已经不是

他们能养得起了的感觉……

然后，这种感觉在回到客厅，看见聘礼的时候，得到了升华。原来，这女儿不仅养不起，简直也嫁不起了。

薛妈妈不是不知道未来的女婿身家雄厚，甚至也想过聘礼可能会很高，但是万万没有想到，竟然是如此的出人意料。

薛妈妈也知道，女儿将来所处的圈子和他们是完全不同的，聘礼的多寡说不定关乎她将来的面子。但是即使如此，薛妈妈还是觉得心里不安。

和薛爸爸对看了一眼，薛妈妈说："这……是不是……"

杉杉看出了老妈的为难，大力安慰之："妈，没事啦，反正这些你还是给我嘛。"

封腾沉下声音："薛杉杉。"

被警告了啊……杉杉朝他眨眼，拜托啊，在老爸老妈面前给点面子好嘛。

"那嫁妆……"薛妈妈要晕了。她是给杉杉准备了三十万陪嫁的，以前偶尔和街坊邻居说起来，谁不说这陪嫁丰厚啊，可是现在和这聘金一比，简直完全不成比例啊，这怎么拿得出手。

"嫁妆不用担心，他会弄的。"杉杉一点都不担心。

"薛杉杉！"这回是薛妈妈在吼了。

……

最后，薛杉杉被赶出了婚礼讨论现场。

杉杉坐在门外的楼梯上，听着屋子里传来的说话声，双手捧着下巴，不由自主地想微笑。

"姐姐为什么一个人笑？"奶声奶气的声音忽然响起，楼上邻居家的孩子小尾巴抱着皮球站在楼梯口，好奇地盯着她。

杉杉不好意思地摸摸脸，正要说话，却听到身后一个带着低笑的男声说："因为这个姐姐要嫁人了。"

门不知道什么时候开了，杉杉扭过头，便看见封腾靠在门上看着她，身上穿着不太考究的西装，可是丝毫掩饰不了本身的风姿挺拔。

杉杉忍不住又微笑起来。

是啊，因为要嫁人了。

因为，马上就要更幸福了。

小尾巴奇怪地看着不说话的大人们，抱着皮球忽闪着大眼睛跑开了。杉杉朝封腾招招手，封腾扬眉，挑剔地看了下地面，走到她身边坐下。

“封腾。”杉杉叫他的名字，“我有没有说，你穿上这件衣服的时候，是你最帅的时候。”

“是吗？”封腾佯作思考，“那我婚礼上也穿这个？”

“不行！”杉杉立刻跳了起来，“你还可以更帅的！”

尾声

杉杉和封腾的婚礼，在封腾全权交给封月筹办后，极其成功地……把杉杉累残了。然后还没来得及休整呢，就被带去度蜜月了。于是杉杉又因为另一种方式，“残”了一个月。

回来就快过年了，新嫁娘第一年，那就是各种崩溃忙碌啊！

杉杉就纳闷了，明明去年在Boss家过年的时候很冷清的啊，怎么今年忽然就冒出这么多亲戚呢？还有各种大宴小宴，人情往来，杉杉不由得就深深觉得，做总裁大人的老婆，得再拿一份工资才对。

等终于闲下来一点，已经是年初五了，财神爷生日啊，杉杉不由得想起一件大事。于是跑到某人面前，伸手。“我的红包呢！”

“唔，新年快乐。”封腾随口答。

杉杉静候下文，结果等啊等的，发现，没有下文。

“就这样？”杉杉愤怒了，“你也太敷衍了吧！”

这才结婚没多久啊……

“起码给个红包意思意思啊T__T”

明明全家上上下下都给发红包，为什么就她没有？杉杉觉得自己好委屈来着。

封腾放下手中的杂志：“薛杉杉，我去年给你红包没有？”

“没有！”所以你这恶行不是一天两天了。

“新年礼物呢？”

“也没有！”唯一给她的手机还说是借给她的，而且是他用过的旧的。

封腾笑了笑：“所以去年过年的时候，我什么东西都没给你，但是你记得不记得，你在机场的时候，我跟你说新年快乐？”

好像有吧，但是这有什么问题吗？

封腾看着她：“这才是我想给你的。杉杉，这句话不是祝福，是承诺。”

杉杉眨眨眼睛，然后又眨了下眼睛……封腾咳了一声，站起来，一副打算走开的样子。

这不会是，不好意思了吧。杉杉终于反应过来了，贼兮兮地追出去：“今年也是承诺吗？”

“嗯。”

“明年也承诺吗？”

“……明年再说。”

怎么办，好像有点感动了呀。杉杉从后面抱住他的腰，把脑袋靠在他背上。“你也新年快乐。”

温馨静谧的气息漫溢，过了一会儿——

杉杉：“哦，对了，快给我红包^_^”

封腾：“……”

杉杉：“你说要让我新的一年一直都快乐的啊，目前我有了红包才快乐^_^”

（全文完）

婚后生活撷趣

01. 手机铃

婚后某一天，封腾忽然发现自己在杉杉的手机中，铃声居然和其他男人一模一样！

顿时怒了，命令杉杉立刻改成与众不同的手机音乐。

杉杉在他的怒火下战战兢兢地说：“我的手机就两种铃声，男的一种，女的一种，Boss你要做第三种人吗？”

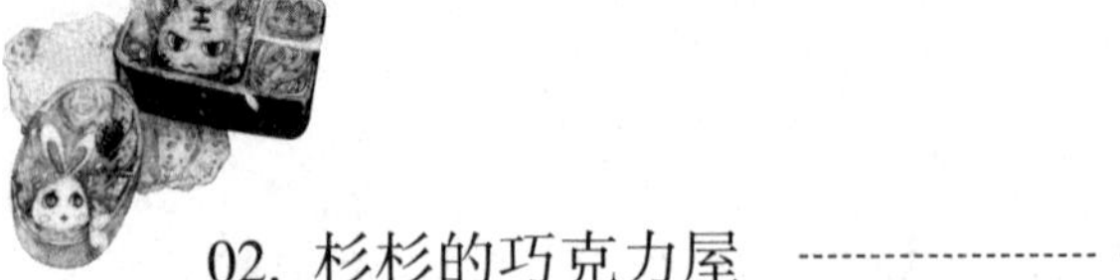

02. 杉杉的巧克力屋

杉杉小时候对房子的梦想是一栋巧克力屋。

巧克力的烟囱巧克力的墙，巧克力的窗户巧克力的床，最好连被子都是巧克力做的，半夜饿醒了就抱着被子啃啃，等到第二天醒过来，被啃掉的巧克力又自己长回来了。

稍大点念中学了，杉杉开始看偶像剧，与时俱进地调整了梦想。房子要大，很大很大，房子要远，要离学校十万八千里，最好门前有一条弯弯曲曲走半小时都走不出去的林荫大道。这样，早读课迟到就有了借口。

念大学后开始寄宿，每回学校检查卫生，杉杉都打扫得筋疲力尽腰酸背痛，那可只是小小的鸽子笼似的宿舍啊！如果再大点……

杉杉无情地掐灭了关于大房子的梦想。

= =

原谅她吧！

无产阶级杉杉的脑子里显然从没出现过“佣人”这个名词。

毕业后去S市上班，S市寸土寸金，杉杉租了个破房子还觉得贵，经常怨念地想：我就不能只租个床吗！

……

有次偶尔在同事那儿看到杂志，杉杉被杂志上介绍的酒店式公寓耀花了眼，明亮的落地窗，温暖的地毯，可爱的床和抱枕……关键是二十四小时热水供应都不用自己动手，下班回家直接躺下当尸体就行。

要是更高级一点，按个铃就有免费美食送上门……

杉杉科幻式地联想了一下，幻想完毕低头看了看价格——每平方五位数……

默了。

谁知道有一天，这些梦想居然都一一实现了。

唯一美中不足的是，每个房子里都有一只黑魔王大Boss。

那些大房子小房子当然是Boss的“嫁妆”，巧克力屋却是封小姐帮忙实现的。

封小姐有次无意中得知大嫂童年居然有如此梦想，大呼浪漫，杉杉生日那天，她纤手一挥，招来了大酒店的巧克力师傅，在封家客厅现场做了个一米高的巧克力屋。

封小姐让人做的巧克力屋当然精致异常，绝对和超市卖的那种不同。这个巧克力屋不仅有烟囱有篱笆有床有被子，还有白巧克力的杉杉，和黑巧克力Boss。

虽然屋子小了点肯定住不了人，但是心意是到了，杉杉感动不已，封小姐也因此惹来了哥哥的暗怒——知情不报就算了，居然还敢抢他风头。

Boss不爽的后果就是，封小姐夫妇一吃完饭就被赶了回去，剩下的时间，杉杉根本没空去摸她的巧克力房子。

生日过后杉杉才开始吃巧克力屋。

先吃掉多余的Boss大人。

然后啃掉了被子。

接着把篱笆拆了。

第N天……

掰烟囱的时候用力过猛，房子塌了……最后封家大厨把屋子融掉，做成了各种各样的点心。

于是，巧克力的屋子和巧克力的Boss被杉杉一起吃进了肚子，成为了她的一部分，永远不会消失了。

03. 杨梅记

杉杉最喜欢吃的水果，都在春夏之交出，三四月是草莓，接着就是杨梅。草莓是真的喜欢吃，红艳艳的一个，又香又甜又水。杨梅却是因为偏执症。

那时候杉杉还是高中生，有一年杨梅早早上市，杉杉从学校骑车回家，看见路边小摊的杨梅，有点口水泛滥，回家就让老妈买，老妈答曰："刚刚上市，太贵，过阵子买。"

杉杉向来乖，知道自己家里家境一般，十几块钱一斤的杨梅相对是奢侈了点，也不强求，乖乖等着降价再买。

高中学习任务重，杉杉也没把这事放在心上，过了一阵子忽然想起问老妈："杨梅呢？什么时候买？"

老妈答曰："现在哪里还有杨梅，早过市了。"

从此，杉杉对杨梅偏执了。

明明并不是最爱杨梅，却看见了就想买。念大学的时候就算生活费不多，杨梅一上市，十几块一斤也买回来吃。嫁给Boss后，更是惊喜地发现，Boss家的后园居然有一棵杨梅树。

这棵杨梅树大概有些年月了，据管家讲，每年都会产几百斤杨梅，个个又大又甜，封家根本吃不掉，于是有的做成青梅酒，有的装盒送人。

杉杉从杨梅刚熟一直吃到六月底，没一天落下，她吃着没感觉，封腾看着却觉得牙酸了。晚上亲她，都觉得她嘴里有股清甜的杨梅味。

"你牙齿不会酸？"

“不会啊。”趴在他身边，杉杉把自己的偏执症讲给他听，说完自己总结，“果然得不到的就是最好的，我会不会太好说话就嫁给你了？”

封腾本来微闭的眼睛睁开，斜了她一眼：“从小到大，我得到的都是最好的。”

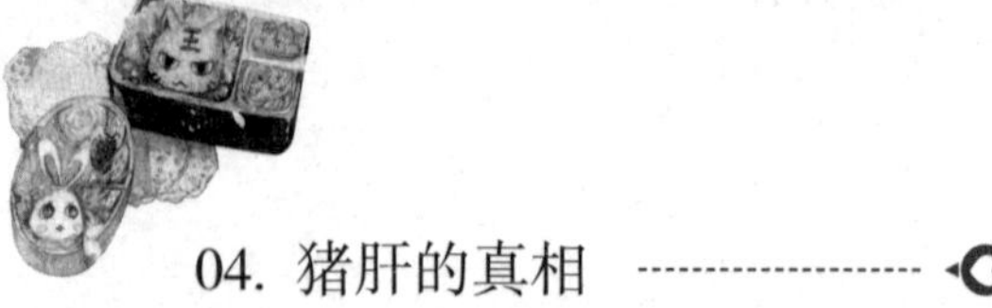

04. 猪肝的真相

婚后某日，杉杉和封月聊天，回忆起往事，深深觉得如今这样“水深火热”的生活完全是大小姐的猪肝惹的祸，郁闷地说：“你送的那一个月的猪肝，真是害人不浅。”

封月惊异：“我什么时候送过一个月猪肝啦？只几天而已。”

杉杉：“……”

半晌杉杉回味过来了，怒气冲冲地说：“太过分了，我今天一定要让他睡书房。”

封小姐用怀疑的目光看着杉杉。她是最了解自己的哥哥的，这个哥哥从小就阴险狡猾，从小到大，她就没占过一次便宜。杉杉能行吗？

已经自燃的杉杉在封小姐怀疑的目光中，无比坚定愤慨地点头。

第二天一大早，封小姐就致电杉杉：“怎么样怎么样？我哥哥昨天睡书房了？”原谅她的八卦吧，家庭主妇是世界上最无聊的工作。

“啊……”杉杉在电话里吞吞吐吐了半天才模糊地回答，“……是啊。”

“那你的声音怎么这么没力气？”

“呃……我要去开会了，挂了啊。”

电话里立刻传来了忙音，封小姐愣了一会儿，按捺不住好奇心，壮着胆子又打电话给自己的哥哥：“大哥，你昨天，那个，杉杉好像很生气呢，没吵架吧？”

"没有。"封先生的声音很和风霁月。

"哈哈。"封小姐干笑，"我就说，杉杉还说要让你睡书房呢，怎么可能，哈哈。"

"我昨天的确睡在书房。"

"啊？"封小姐惊呼。

电话那边封先生似乎在轻笑："偶尔换个地方也很有意思。"

封小姐迷惘，睡书房很有意思？而且大哥这笑声未免太古怪了。她还待再问，就听自己大哥说："你一大早就打电话来说这个？是不是太闲了？我去开会了，挂了。"

电话中再度传来忙音。

又开会？封小姐扔下话筒郁闷，不过大哥上班时间会跟她说这么多闲话已属难得。照料了一下孩子，总是不甘心，再去问杉杉，杉杉仍然支支吾吾地，飞快地挂了电话。

电话那头，杉杉趴在办公桌上默默哀号，唉~~昨天怎么那么想不开呢，竟然去单挑Boss，结果，结果……

结果昨晚Boss大人的确睡书房了，可是……她也睡那儿了……

杉杉想起昨晚的事，脸正热得不行，忽然手机铃提示有短信，杉杉拿起一看，短信是来自号称今天有许多会议的Boss大人的——

"杉杉，今晚要不要把我关在厨房？"

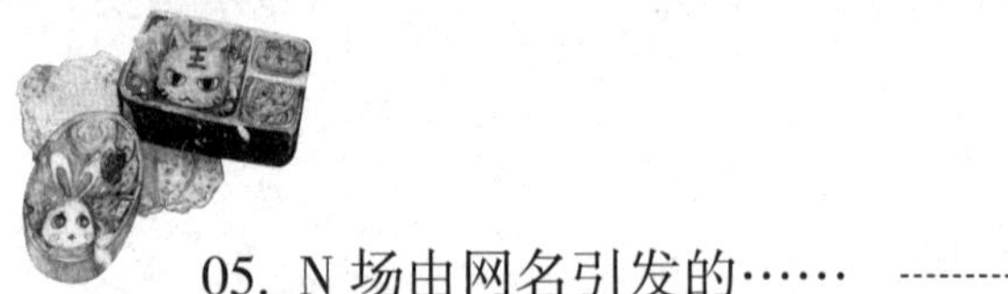

05. N场由网名引发的……

话说，很久很久以前杉杉的网名叫什么已经不可考，但是自从加入风腾，杉杉的QQ名、网游ID、网站注册名等等等等，统一改成了威风凛凛的——打完Boss好睡觉。

这个名字本身没什么问题，甚至在某段时期，为杉杉的身心健康做出了巨大的贡献，然而结婚后，杉杉居然还是一点也没危机意识地忘记把名字改回来。

于是……

蜜月归来的第一天晚上，杉杉洗完澡，捧着笔电在床上和双宜聊QQ。

宜家宜室宜调戏："多传点照片过来啦，要纯风景没人的，这样比较好YY，我要当素材材材～～"

打完Boss好睡觉："哦，大部分还没整理出来，先传几张给你。"

宜家宜室宜调戏："好，对了，照片不要你拍的，你摄影技术太烂。"

打完Boss好睡觉："～～～可是你不是要没人的吗？"

宜家宜室宜调戏："嗯，纯景色的。"

打完Boss好睡觉："他拍的都有我= ="

……

打完Boss好睡觉："人呢？走了？"

宜家宜室宜调戏："还在……刚刚我忽然全身发麻，手指抽筋，没法打字。”

打完Boss好睡觉：“……没谈过恋爱就是抵抗力差。”

宜家宜室宜调戏：“你你你，你跟你家Boss负距离接触后，果然变黑了。”

杉杉被双宜“负距离”三个字雷到了，脑中不免浮起一些深入浅出的画面，恰在此时，浴室的门打开了，氤氲迷离的水汽中，Boss大人只着寸缕地步出，手中拿着白色的浴巾边擦头发边向她走来，劲瘦精壮的躯干上犹有几颗水珠，又有一滴水珠顺着发梢滴落，极暧昧极缓慢地滑过喉结、胸膛、腹部，最终没入那个不着寸缕的地方。

杉杉只瞥了一眼，便心跳与血压齐飙，脸与落霞共一色。虽然Boss大人不穿衣服的样子也已经参观过几回，但是但是……

杉杉连忙收回视线，更加认真地跟双宜聊天ing。

才不知所云地敲了几个字，另一边的床铺就塌陷了下去，下一刻她便被搂了过去。被强劲有力的手圈着，脸颊贴着坚硬的胸膛，杉杉只觉得浑身霎时一烫，好像身体里有一个点忽然被点燃了一样，脑子顿时有点眩晕起来。

“帮我吹头发？”

低低的仿佛带着水汽的声音，有着惑人神志的功能，然而杉杉一听，却绮思全消，立刻从他怀里挣扎出来，严肃地声明：“我不要帮你吹头发！！！”

封腾扬眉。

杉杉红着脸重复：“反正不要！”

杉杉对吹头发一事如此反应过度，纯粹是度蜜月时吃了一堑，如今长了一智。

蜜月里杉杉曾一时兴起主动要求帮Boss吹头发，电视里都是这么演的嘛，男主角or女主角站在对方身后，满怀爱意地吹啊吹，衬着酒店窗外的蓝天碧海，那画面看着多浪漫多有爱啊。

然而真正自己也来做一遍，才会发现，在这个河蟹的时代，电视剧是多么的纯洁不可靠==

电视里的男主不会趁着女主帮他吹头发解她扣子啃她肩膀，也不会最终演变成那种姿势——她面对面地被抱坐在他的腿上。

“你这样我不方便帮你吹啊，手举得老高，很累的。”

杉杉自觉是抗议，哪里知道听到男人耳里却形同撒娇，封腾低笑说：“那我低点。”

他低下头，原本揉弄着底下的手顺势托住将她抬高，他含上了仿佛送到他嘴边似的美食，最后还不忘体贴地问：“这样方便了吗？”

……

……

……

神啊！

杉杉觉得，搞不好这辈子她看到Boss潮湿的头发，都会想到那一幕了。想到这里，杉杉忽然想起自己和双宜正说到“负距离”，呃，万一被Boss看到……

杉杉连忙匆匆地跟双宜说了声88，心虚地把电脑合上，接着说声“我睡了”便迅速地钻入了被窝中睡觉ing～～～

反正她头发干了可以睡觉了，至于没干的某人怎么睡，她才不管呢。

话说，Boss大人应该没看到吧，不然他不会一点反应都没啊，杉杉自我催眠着，渐渐进入了梦乡。迷糊间好像听到纸张翻动的声音，嗯，Boss应该在看文件，回来了他就要开始忙啦……

不自觉地去注意纸张翻动的声音，一页，两页……

“睡了？”

咦？杉杉紧紧地闭着眼睛平稳呼吸假装熟睡。

又翻过一页。

“刚刚我看到了。”

啊啊啊，他果然还是看到负距离那三个字了吗？杉杉破功了，翻身正对着他：“那不是我说的。”

所以她脑子里没想着那些事，所以他不要误会她想干吗干吗。

“是吗？”封腾轻飘飘地反问，然后用极其柔和的语调念，“打完Boss好睡觉，这个不是你？”

糟了，她怎么忘了还有这个问题，杉杉急忙坦白从宽，讷讷地说：“是我、我取着玩的，你不会介意吧。”

“当然不介意。”封腾目光从文件中抬起，极其无害地落在她身上，然后动作优雅地把手里的文件合上放在一边，正正经经地发问：“只是杉杉今天还没打，怎么就睡觉了？”

啊？杉杉还没理解他话中的含义，便被他侧身猛地抱起，下一秒她已经坐在了他的身上，呆呆地看着他捉住她的手指放入口中舔咬，望着她的眸中暗光流转：“杉杉打算用什么打我？这个？”

——我是上夜班的分割线——

——我是被资本家压迫整个晚上都上夜班的分割线——

一夜打了好几次架，而且被迫当了主打手，第二天，杉杉含羞带愤地改了网名——Boss大人耍流氓！可不幸的是，几天后，这个网名又一次被Boss大人看到了。

Boss大人不愧是统帅众多高精人才的BT级Boss，迅速理解了这个网名后面“深藏的含义”，恍然微笑说：“原来杉杉喜欢我主动。”

喜欢他主动？

他他他究竟是怎么得出这个结论的啊！

耍流氓……主动……

耍流氓……主动……

接下来的时间，杉杉不停地在这两者之间寻找逻辑关系，同时、顺便，深深地被主动了。

杉杉只好继续改网名，为了表达自己的愤怒，这次的网名改成了——Boss大人不是人！

因为有前一个网名“Boss大人耍流氓”的基础，新网名一出现，双宜就联想很丰富地惊叹了："哇塞，是小说里那种一夜七次郎的不是人吗？"

杉杉宽面条泪了，双宜都想得这么变态，Boss大人只会更变态，说不定真会拉着她挑战"非人"极限。还是改掉吧，她不要再来一次"日以继夜，坚忍不拔"了啊。

要改要改一定要改，可是改什么呢？

杉杉思前想后，觉得还是安全第一，于是彻底消灭了Boss大人在她网名中的存在。新网名叫"33得6"，简单好记又特别，杉杉心想，这次Boss大人总抓不住什么来做文章了吧。

改名当晚，杉杉特意当着Boss的面和双宜聊起来，Boss大人看到了，果然没什么反应，杉杉还不怎么放心，追问："我的新网名不错吧？"

Boss大人漫不经心地说："没我了？"

杉杉连忙点头："这次Boss你没在了！"

封腾"嗯"了一声，就埋首在自己的事情中了。杉杉彻底松了一口气，过关了过关了，哈哈哈。

然而事实证明，在与资本家的斗争中，杉杉还是经验不足。

夜还没过，何谈过关。

又是入睡前，Boss大人一句"我们研究下存在问题"，让杉杉花了一整晚的时间，筋疲力尽地体会到了什么叫——

"存在"。

杉杉痛定思痛，认输投降。不是早就知道了嘛，跟Boss斗那是其傻无比的，狗腿拍马才是王道。

于是终极网名新鲜出炉，"Boss大人真伟大"，既存在又伟大，这次总行了吧。晚上呈Boss大人御览，Boss大人果然很满意。杉杉对Boss的满意也很满意，只是对之后发生的情节有点接受不能……

Boss大人居然问："那么，杉杉觉得是哪里伟大？"

好吧，如此问话也算正常，只要他不抓住她的手，强迫地带向某个地方啊啊啊！！！

于是……

不免又是一场□□过后。

杉杉气若游丝地说:“我再也不改网名了。”

封腾扬眉:“真的不改了?”

语气颇为惋惜。

“不改了!”杉杉趴在他身上,气若游丝但斩钉截铁。她已经深深地认识到,对Boss来说,改网名就是改某位啊……

“也好。”手指状似随意地抚过刚刚承受过他的地方,封腾悠悠然说,“你一改,我就条件反射,你改来改去,我也很辛苦。”

杉杉快哭了:“……你可以不辛苦的。”

吃饱餍足的某人笑了,轻轻在她快要泪光闪闪的眼睛上印了一个吻。“我心甘情愿。”

咦?杉杉愣愣地看着他。自从结婚以来,Boss大人每个吻都充满了强烈的情欲气息,刚刚这个却好像不是,那么轻盈表面,却比之前任何一个都深刻震动……好像带着他从不轻泄的某种情绪……

看到她傻乎乎望着他的样子,封腾又是一笑:“杉杉,以后帮我吹头发,不要拒绝。”

06. 杉杉是怎么奢侈起来的……

虽然说由俭入奢易，由奢入俭难，但是对薛杉杉这种学生时代生活费五百，工作后生活费一两千（房租不算）的人来说，一下子奢侈起来也不是一件简单的事情。所以，虽然她已经成为封太太好几个星期了，虽然包包里已经塞了什么卡什么卡N张了，虽然围观过Boss眼睛都不眨一下地签单很多回了，杉杉自己花钱却仍然有点束手束脚的。跟封月逛街，看着封月辣手血拼，仍然会有心惊肉跳的感觉。

这个星期天，封腾一大早出去打球，杉杉刚刚被他折腾了一番，又不想做球童，赖在床上怎么也不肯起来。封腾一般吃饱餍足后都是很好说话的，没有勉强她，吩咐佣人不要打扰她后，神清气爽地独自出门了。

杉杉正待好好补眠一口气睡到中午，封大小姐却打电话来邀她逛街。杉杉听到逛街两个字就想把头埋在枕头里装死，封小姐逛街实在太恐怖了……可是又找不到理由拒绝，总不能一大早说自己太累了吧，那不被封月笑死。无奈之下只好起来，让司机把她送去时尚名店荟萃的××大楼与封月会合。

杉杉跟封月逛过好几次街了，每次都遭受着身心的双重折磨，身是脚酸手累，心是心头滴血，虽然那哗啦啦流出去的钱不是她的，但是但是……

值吗？为什么一个看上去很傻的包包要N万？为什么一双穿上去不怎么样的鞋子也要N万？为什么为什么……她们都要用万做单位？

……

小财务出身的杉杉同学每次看到这些天价，总是忍不住想到“成本”，然后就会抱着不让洋鬼子赚钱的爱国情怀，坚定地把那些东西放回去。

今天也毫不例外，封小姐一路刷过去，杉杉一路看过去，逛了一会儿两人在顶楼茶座休息，封月看着自己买的一堆东西，看着杉杉两手空空，忽然心生感慨："杉杉啊，我是不是有点浪费？"

封小姐想到家里一堆连标签都没有剪的衣服，第一次有点心虚。

杉杉边喝茶，边挺诚恳地摇头："没有没有。"大小姐你不是一点浪费，是十分浪费啊，说自己"有点浪费"那真是太谦虚了==

封月叹气："哎，幸好大哥能赚钱，不然我的日子哪有这么舒服。"

诚如她所言，她的丈夫言清虽然任职高管，但出身一般，哪里经得起她这般花销，她现在这般花钱如流水多是倚仗每年风腾集团给她的分红。

杉杉"呵呵"一笑，望着窗外的景色，脑中竟莫名其妙地想起早上两人在床上的一番对话。那时杉杉怒他吵醒她太过分，封腾却说："第一次见面的时候，在医院外面，你骂我是资本家是不是？"

杉杉惊了："你……你怎么知道？"

封腾哼了一声，手指不客气地钻入衣裳内，同时俯身在她颈侧不轻不重地咬了一下："资本家最擅长干什么？榨干你最后一滴血汗。"

然后……

她虽然没被榨干，可是也差不多了……

囧！

她大白天想这个干什么？杉杉感觉自己脸颊在烧，急忙拿起杯子来掩饰。封月却已经发现了，稀奇道："杉杉你忽然脸红什么？"

杉杉被她一追问，更加窘迫起来，封月看她的样子已经猜到七八分，正要打趣她，却听到有人招呼。

"哎，这不是封小姐封太太吗？"

杉杉和封月一起抬眼看去，四五个贵妇样的女人向她们走来，大概与封月熟识，不待招呼便在她们身边坐下。封月挪到杉杉旁边，趁人不注意在杉杉耳边悄悄地说："你看那个穿Chloe新款的，是×××的小姨子，以前一直对我哥暗送秋波。人倒漂亮，只是家世不行，我哥哪里会看得上眼。"

……大小姐，家世更不行的在这里！杉杉一边黑线着，一边扫描着情敌。看了她们一圈，杉杉也趁人不注意悄悄对封小姐附耳："哪件是Chloe

新款？”

封小姐：“……”

坐了一会儿一群人便说不如一起逛店，杉杉也没什么意见。只是与这么多人一起到底和封月单独逛街不同，杉杉怎么也不好意思一件不试，光看不买。随手试了一件裙子，居然效果不错，然后一看标签，一千八～～

杉杉热泪盈眶。

才一千八啊～～～

原谅她用这个“才”字吧，以前她买八百的裙子都舍不得，但是这个价格在今天看到的衣服中，真的很低很低很低了～～

所以，就买这件吧，也算有个交代了，毕竟她也算嫁入豪门了，太小气的话，说不定Boss大人都会被人嘲笑。

于是杉杉很豪爽地让店员把裙子包起来。妆容精致的店员微笑着说：“小姐您运气真好，这件衣服是我们店主刚刚从英国带回来的，只此一件呢。”然后按了下计算器说，“原价是一千八百英镑，打折去零后人民币两万元。”

杉杉怀疑自己听错了——一千八百……

英镑？！！！

人民币两万？！

杉杉的脸僵住了。

周围的人都听得真切，那个Chloe新款袅袅地走近来，看着店员手中的裙子说：“哎，这件裙子真不错呢，可惜薛小姐运气好，我刚才怎么没见……”

这时候不买估计会把Boss的脸丢到太平洋吧，杉杉只僵硬了0.1秒，随即心头滴血、面带微笑地递出卡，看似漫不经心、实则痛不欲生地说：“是啊，我运气好。”

杉杉回到家就萎靡不振了，主动对着墙壁思考人生。

两万啊两万！她居然花了两万买了件小破衣服……

那是她好几个月的薪水啊，那是她爹一年的收入啊，那是……

杉杉陷入了无限的郁闷中，同时也开始后悔，还是不应该买的，虽然后来封小姐说她真怕她当时不买，但是但是……

两万啊……

这种萎靡的情绪一直持续到睡觉，Boss大人本来想做点什么，可是看着杉杉那张万念俱灰、痛不欲生的脸……难得地开始检讨，最近是不是太频繁了？虽然是新婚……

封腾叹气："有这么难过吗？"

"难过死了。"

封腾脸黑了，难道他技巧还不够好？

"两万块啊！"

杉杉的声音痛不欲生，本来挺恼怒的Boss大人终于发现某人的思绪似乎和他不在一个星球，皱起眉问："什么两万块？"

"唉……"急需找人倾诉的杉杉也顾不得倾诉的对象合不合适了，原原本本地把事情说了一遍。"今天封月找我去××大楼……一个小店……看错标签了……"

封腾真不知道是气好还是笑好，为了这种事情影响×生活品质……为了避免以后发生类似事件，封腾思索了两秒，说："××大楼？"

杉杉点头。

"那栋楼是我名下的产业。"

"啊？"

"那些店每年要交给我不菲的租金。"

"啊！"

"所以买裙子的那两万，有部分利润是给我的。"

杉杉呆呆的："多少给你？"

"嗯，估计五千吧。"封总不负责任地忽悠，"所以你以后买东西可以直接算成七折的价格，比如你今天买的裙子，实际只花了一万五，省下了五千。"

"是吗？"

"是的。"Boss大人继续睁眼说瞎话，"所以你以后买得越多，折扣就越多，省的钱就越多。”

“是、是吗？”好像有哪里不对，肯定有哪里不对！但是总裁大人你别越靠越近好不好，没法思考了啦！

“当然。”Boss洗脑完毕，微笑着说，“那么，我们可以开始做别的了吗？”

07. 金橘树

王伯走进西厅的时候，杉杉正坐在封家老宅的壁炉前，捧着笔记本玩游戏。屏幕上风景优美逼真，人物华丽细腻，正是《梦游江湖2》。

《梦游江湖2》运营已有两年多，可至今热潮仍未退，在线人数不断刷新，各大游戏排行榜上始终居高不下，作为投资方的Boss夫人，杉杉当然也是忠实的支持者之一。

坐在厚厚的地毯上，背靠着软软的抱枕，左手边放着点心盒子，右手边放着热腾腾的柚子茶，暖洋洋地偎着壁炉，打打Boss喝喝茶，在这下雪的冬天，真是太惬意啦。

王伯脚步轻轻地走近禀告说："夫人，大小姐和姑爷过来了。"

杉杉每次听到王伯喊"夫人"两个字就很囧，当然被称为姑爷的言清比她还囧，不过王伯是封家爷爷辈的老人了，大家也只好尊重他的习惯。

"这么早就来了？"

现在才中午呢，往年都要四五点才过来。杉杉放下电脑，开心地起身迎接，走到西厅门口，便看到小姑子笑吟吟地走来，手里抱着儿子言豫，身边跟着言清，言清手里抱着一盆长得很茂盛的金橘。

"拜年拜年，金玉满堂。"

"哇，这盆金橘好漂亮。"

杉杉喜滋滋地接过言清递过来的盆栽。的确是一棵很漂亮的金橘树，绿绿的枝叶间挂满了金色的果实，个个圆润可爱，十分喜庆的样子。

封月笑道："我们又来蹭饭啦。"

每年的年夜饭封月都是和哥哥一起吃，隔天才飞去言清的家里，几年下来都成惯例了。

白白嫩嫩的言豫看到杉杉，在妈妈怀里不安分地乱动着，奶生奶气地喊："杉杉兜妈。"

边喊边张开手要抱抱。

杉杉立刻两眼冒心心，放下金橘，把粉嫩的小宝宝从封月手中接过来，在他嫩嫩的脸颊上亲两口，抱着去找好吃的东西给他。

封月和言清随意地坐下，封月四处张望了一下说："我哥人呢？"

"刚刚上去休息了。"杉杉边喂宝宝点心边说，"等等我去喊他下来。"

"不用了。"封月连忙阻止她，"我们又不是外人。"

杉杉想想也是，便没坚持。Boss大人也很可怜的，每年年底都特别忙碌，除了公司的事情，还有复杂的人情交际应酬，都不能好好地休息，直到今天才闲下来。

言清看到杉杉笔记本上的游戏，不由得好奇地多看了两眼："这是《梦游江湖2》？"

"是啊。"

"这个游戏反响很好啊，绝对地日进斗金，只是给开发方的分成多了几个点。"

言清似有遗憾地摇头。在他看来，最早的《梦游江湖》就很赚钱了，若要出新游戏，只需在原有基础上改动一下，风腾科技原本的研发能力足够了，何必和人家合作让别人来分这块蛋糕。

封月受不了道："大过年的你能不能把你的生意经收起来。"

言清"嘿嘿"笑了一下，杉杉看他一副跃跃欲试的样子，便说："你要不要玩？帮我升级吧，我玩了几个小时都累了。"

言清不负责网游这块，没接触过这个游戏，心里也想见识见识所谓天才开发的游戏有什么不同，闻言便不客气地玩起来。

封月瞪了他几眼，和杉杉聊起天。这时候聊的话题自然离不开过年，封小姐从衣服珠宝聊起，一直聊到年夜饭什么菜色，杉杉说到自家父母寄来的几样特产，惹得封小姐好奇，杉杉便抱着言豫带她去厨房看。

厨房里的人正在忙，封月看了看特产，又看了看今晚的菜色，看到好几道自己喜欢的菜，心里满意。

两人拿了点新鲜点心折回，走在路上，封月忽然说："杉杉啊，你知不知道我们送你金橘的意思？"

咦，杉杉奇怪，不就是金玉满堂吗？难道还有什么其他的含义？

看样子就知道她不懂，封月说："果实累累，子孙累累啦。"

哎～～杉杉明白了。

封月捏捏儿子的小脸说："你看宝宝多可爱，你怎么就不想要孩子？"

哪是她不想要啊！杉杉苦恼地说："我现在也想要啊，可是……"

她和封腾结婚都三年多了，可是到现在还没生宝宝，头两年因为结婚前的乌龙事件，她没动过生孩子的念头，可是看着小言豫越来越可爱，最近也动了心思，可是Boss大人分明不想要啊，她一个人怎么生得出来。

封月自然明白她苦恼什么，前阵子她出席董事会，会议结束后她便问过自家大哥这个问题了，结果得到的答案却是——杉杉还小，不着急。

真是的，杉杉哪里小了，都二十五六了，再不生就生不动了好不好。

唉！

她是喜欢这个嫂子的，所以分外帮她着急，没有孩子，亲戚里闲言碎语的可多了，不过慑于封腾的地位，没人敢当着杉杉的面说而已。大哥到底是怎么想的啊，就算要过二人世界，三年也足够了吧！

封月回过神来说："可是，可是什么！他想不想要有什么关系，生孩子是女人的事，杉杉啊，我知道你平时听哥的，难道你床上也听他的？"

已为人妇的封大小姐说话相当没有顾忌，当然这是她哥哥不在场的时候，在场的时候她可不敢这么说的。

不过同是已婚妇女，杉杉就被封小姐直白的言辞弄得面红耳赤。

"怎么、怎么没有关系……他、他，那个，措施，总之……"

封小姐了解地说："你说他做措施？"

杉杉连忙点头。Boss大人的脑子像精密仪器，什么时候需要做防护措施，什么时候不需要做，从来就没有出错过。

封月真是怒其不争啊。"杉杉啊，你就不会勾引他，让他脑子发晕忘记那回事吗？"

“勾、勾引？”杉杉脸红红，“可是……我、我一向被他勾引哎。”

“……”

封小姐被打败了。

两人刚回到西厅坐下，封腾就从楼上下来了。穿着灰色毛衣、刚刚睡醒的封腾散发着居家男人的气息，封月这些年看多了他精明的样子，此刻看到这副模样，总有一种违和的感觉。

小言豫一看到他，立刻挣扎着从杉杉怀里蹭下来，小腿“噔噔”地跑过去，用胖乎乎的小手抱住封腾的腿。

“兜兜兜兜。”

封小姐深感丢脸啊，自家的儿子怎么一见哥哥就这么一副谄媚样子呢。杉杉则好佩服，小言豫真是无师自通，狗腿功力比她当年要强多了。

封腾弯腰抱起小宝宝，对封月说：“什么时候过来的？”

封月说：“刚刚，天气预报说晚上有大雪，我们就早点出发了。”

封腾抱着宝宝在杉杉身边坐下，杉杉顺手递给他一杯热茶，封腾就着她的手喝了一口，嫌弃：“这什么茶？”

这个问题问倒杉杉了：“……不知道。”

封腾的表情立刻明明白白地写上“不知道你也给我喝”，杉杉囧囧地把茶杯放远一点。

封月看着这一幕暗暗地翻白眼，自从哥哥和杉杉结婚后，挑食的毛病是越来越严重了，现在居然连茶都挑剔了。在外面怎么没见他这样！

说到底就是喜欢欺负杉杉，人家是拿肉麻当情趣，他是把欺负当情趣。不过也仅限于他自己了，她要是敢支使杉杉做什么事，大哥的眼神肯定立刻杀过来。

言清看大舅子下楼了，也放下游戏坐了过来，喝着茶说：“《梦游江湖2》的确和以前我玩过的游戏不同，看来多给肖奈的那几个点不冤枉。”

封月说：“你什么时候见大哥做过亏本生意了。”

封腾笑了笑说：“怎么没有，谁能一桩亏本生意都不做。”

杉杉拉着封腾怀里的小宝宝的手玩了一会儿，忽然想起来：“我买了一大叠窗纸还没贴呢，封月你要不要来。”

“好啊。”

两人起身去贴窗纸，杉杉是很积极的啦，春节嘛，就要做这些事情才幸福啊，封月就比较提不起劲了，不过……

看看厅内的那两个男人……总比听他们聊天好。

其实，也感觉很幸福啊，封月对玻璃窗上映出的自己微微笑。

生在这样的家庭，见多了为了名利明争暗斗亲人反目的事，也曾担心有个“厉害”的嫂子进门，让她和哥哥产生隔阂。

幸好是杉杉。

杉杉嫁进封家后，自己和大哥反而感觉走得更近了呢。以前的大哥可没这么亲切，不对，现在也不算亲切，就比以前好一点点啦。

封月想着，回头看了看客厅，小言豫正在折腾两个大男人呢，从这个身上爬到那个身上，封月不觉笑了出来，心里充满了平和的幸福感。

不过……封月看着跑到外面去贴窗纸的杉杉，又忧心起来。

自家大哥在婚后是越来越内敛迷人了，这种男人对女人的杀伤力可是很大的，杉杉怎么就一点危机意识都没有呢！虽然大哥人品肯定没问题，但是有个孩子总归更保险点啊。她虽然很少去风腾大厦，可是公司里的八卦她可是很清楚的，想取而代之的人大有人在啊！

自诩最佳小姑子的封月转转眼珠，有了主意。

于是……

晚上的年夜饭，封月一个劲地给杉杉劝酒，封腾扫了她好几眼，封月就当没看到。

嘿嘿嘿，当年听杉杉讲她和大哥的恋爱史的时候封月就发现了，杉杉不仅没酒量，而且醉了以后胆子特别大，据说当年喝醉了还敢拒绝大哥滴求爱呢！（杉杉：……你怎么听的，他那叫求爱吗……）

可见，清醒着不敢做的事情，醉了可就不一定了哦～～～

十点钟，本来要留宿的封月看着两颊晕红眼神蒙眬的杉杉，在她耳边留下一句话后，得意地功成身退了。

一起守岁虽然很美好，可是总有事情比守岁更重要嘛。

呵呵，当电灯泡不好啦。

————我是大家要纯洁的分隔线————

————我是天亮了的分隔线————

初一早上十点，大年夜赶稿赶到半夜的双宜兴冲冲地拨了杉杉的手机，想问问她几号回老家。拨了半天没人接，改拨她家里的号，还是没人接，双宜想起来了，杉杉过年似乎是去封家什么老房子里过的。

唉～有钱人就是麻烦！

双宜在手机里翻了半天，找到了号码，拨过去，这次果然有人接了，是个很客气的老头，然后电话又被转了一次，这次接电话的是杉杉家的Boss。

“新年好新年好，恭喜发财。”双宜一通祝福后问，“杉杉在吗？”

只听那边回答：“她还在睡觉。”

睡觉？！！！

双宜觉得自己有点被雷了，现在都十点了啊，杉杉难道是猪吗，现在还睡觉。而且年初一怎么能睡懒觉嘛，以前她还抱怨过年初一很多人上门的什么的……

咦～～～

对哦，如果很多人上门的话肯定很忙，昨天搞不好还有什么宴会之类的……双宜向来富有想象力的脑子中立刻勾画出一副衣香鬓影觥筹交错的豪门夜宴图。

嗯，明白了，昨晚杉杉肯定是太累太累了，所以到现在都没爬起来。

哎，所以说嫁入豪门一点都不好嘛，还是宁宁好！

^_^

十点半，杉杉慢慢地睁开了眼睛，脸颊上立刻被轻轻咬了一口，低沉的带着笑的男人声音在她耳边响起：“睡饱了？”

杉杉迟钝地转转眼珠，显然还没完全醒，半晌，看向站在床边的男人，杉杉从被子里伸出手：“红包！”

封腾微微笑出了声：“今年没有了。”

奸商！杉杉气愤地说：“去年还有的！”

这红包可是她好不容易争取到的呢，结果才给了三年就没了？

封腾看她一脸气愤的样子，心中好笑，故意叹气作为难状：“不是不想给，只是昨晚我透支了。”

“透支”两个字他说得又低哑又暧昧，杉杉想装不明白都不行，脸“噌”地红了起来！

昨晚……

她她她真、真的……

“封太太这么热情，我很高兴，不过酒后纵欲有伤身体，以后还是不要这样了。”

见过得了便宜还卖乖的吗？

见过吃饱喝足再来道貌岸然的吗？

这就是啦！

杉杉不搭理他，眼睛开始搜寻，昨天晕乎乎的都不知道他有没有做安全措施啊……

封腾当然晓得她在找什么，也不点破，只是问：“杉杉，记得不记得昨天是几号？”

“二十五号啊，这还要问。”大年夜哎！

封腾微笑不语地看着她，杉杉给他看得发毛，每次Boss大人这么笑都没好事，难道这个日子很特殊吗？

二十五号？二十五号……

啊啊啊，杉杉忽然想起来了！昨天、昨天是她最安全的日子啊，虽然别人的安全期未必准，可是她的安全期很准很准啦！

也就是说……她白做功了！

杉杉欲哭无泪了，小姑子啊小姑子！

酒能壮胆没错！

可是，酒更能误事啊！

08. 准岳母杉杉的烦恼

风腾集团旗下风腾科技的合作伙伴、北京致一科技的负责人肖氏夫妇路过S市，特地拜访了封腾。

杉杉自从知道《梦游江湖2》的主创要来自己家后便十分期待，好奇地跟封腾打听："你见过那个肖先生吧，据说很帅唉。"

封腾横了她一眼："见过，没印象。他夫人倒是很漂亮。"

显然指望杉杉有点正常反应是不太可能的，"哦哦"了两声，杉杉眼睛更亮了："真的吗？郎才女貌啊！"

说着心急地探头望了下外面："他们怎么还不来啊。"

下午一点钟，肖先生和肖太太准时到达了，肖先生果然清俊风雅，丰姿无双，肖太太果然明艳动人，耀目生辉，两个人站在一起，有一种互为日月的感觉，格外地光芒四射。

但是！

这些完全不是重点！

重点是肖先生和肖太太一人带着一只的小宝宝啊！

啊啊啊，世界上怎么会有这么可爱的两只小生物！杉杉眼睛都直了，肖先生肖太太再出色也不能让她移开视线。

大点的一只奶声奶气地主动跟她打招呼："阿姨好，我是琮琮。"

杉杉受宠若惊了啊，蹲下来："琮琮好。"

琮琮点点头，然后严肃着小脸指着被肖先生抱着的小宝宝："这是月亮弟弟。”

月亮弟弟被肖先生抱在怀里，漂亮的小脸上没啥表情，懒懒地看了杉杉一眼，然后傲娇地一扭身，给人看他嫩嫩的小屁屁。

明艳动人的肖太太不好意思地说：“玥玥有点害羞。”

这不叫害羞吧，明明就是傲娇啊，不过这又有什么关系！肉嘟嘟的小屁屁也很可爱有木有！

“没事没事。”杉杉连连摆手。

寒暄过后，两位先生去谈他们男人的事去了，杉杉在花园招待肖太太喝茶赏景，当然，重点是招待两只宝宝。

厨房里送上了各种各样小孩爱吃的点心，王伯不知道从哪里摸出了一大堆小孩的玩具，杉杉手里抱着软乎乎的月亮弟弟，眼睛里看着白嫩嫩的琮琮哥哥，顿时觉得人生圆满了。

然而这个圆满毕竟不能长久，两个多小时后，肖先生和肖太太就告辞了。杉杉依依不舍地送到门口：“下次一定要带琮琮和玥玥来玩啊。”

直到他们的车影子都看不见了，杉杉才不得不收回了目光，站在原地发了一会儿呆，杉杉兴奋地跑进屋里。

“封腾封腾，如果我们将来有女儿的话，就嫁给琮琮或者玥玥吧……不过到底嫁哪个好呢？”

杉杉感觉很难选择。琮琮天才又可爱，玥玥虽然傲娇，可是实在太漂亮了，也舍不得啊，矮油，杉杉女儿还没生，已经苦恼上了。

不料封腾却是一口拒绝：“不行。”

杉杉恼了：“为什么不行？”

封腾哼了一声：“我的女儿不是用来嫁的，让他们入赘。”

飞机上，一向身体健康的肖太太忽然打了个喷嚏，疑惑地说：“难道有人在念我？”

拿着报纸的肖先生漫不经心说：“着凉了？昨晚在阳台上……”

话未说完，就被肖太太恼羞成怒地塞了一块饼干。

封家。

杉杉张大嘴，然后合上，奸商思维就是不一样啊。“……好吧，入赘也不错，不过让谁入赘呢。”

“生两个女儿不就好了。”封腾随意道。

“这个有点技术难度吧……”杉杉顺口说，然后忽然回过神来，等等，Boss大人说什么？！

杉杉跳起来，激动极了：“你终于打算生了啊！”

封腾黑了脸：“你生。”

当然是她生！

杉杉激动地开始做怀孕准备。

首先，把家里的那啥都扔干净！起码一年用不到啦！不扔不知道，一扔吓一跳，咋这么多= =

然后，计算排卵期。

再然后，食物是不是也要注意呢？

最后杉杉收集了一大叠资料，顺便还给封腾复印了一份。结果，封总看都没看就扔在了一边。

杉杉抗议：“你也看看啊，里面也有准爸爸要注意的事情。”

“不用这么麻烦，多努力几次就好。”

……

于是努力了几次后，杉杉筋疲力尽地说：“我怎么觉得你最近……”

封腾淡定道：“你不是要生双胞胎吗？当然要双倍的努力……”

杉杉内牛满面。

杉杉很快就怀孕了，这是肯定的。Boss大人的能力和勤奋不容小视。

然而——

三个月后第一次做B超检查，竟然真的是双胞胎！封家上下普天同庆啊有木有！杉杉对Boss各种崇拜啊有木有！又过两个月，因为封腾在美最重要的合作伙伴临时飞来拜访，杉杉在封小姐的陪同下去产检，居然发现是龙凤胎！

封小姐高兴极了，立刻拿出手机给杉杉：“快，告诉哥哥。”

会所内，封腾收起了手机，对方察言观色，笑问：“看样子是有大好事？”

封腾一笑：“嗯，最近有一项投资获得了双倍多样化的收益。”

对方立刻恭喜赞美之，封腾谦虚道：“哪里哪里，也付出了不少精力，并非不劳而获。”

遥想前阵子封总的努力，可不是付出了不少精力嘛……

这边，封总和合作伙伴仍旧在谈着神秘的投资，当然出于“商业机密”的原因，具体什么投资那是不可说不可说滴。

而医院那边，欢喜过后，孕妇杉杉又忧愁了。

龙凤胎的话，还是只有一个女儿啊，琮琮和玥玥，究竟嫁，哦不对，究竟让哪个入赘比较好呢?

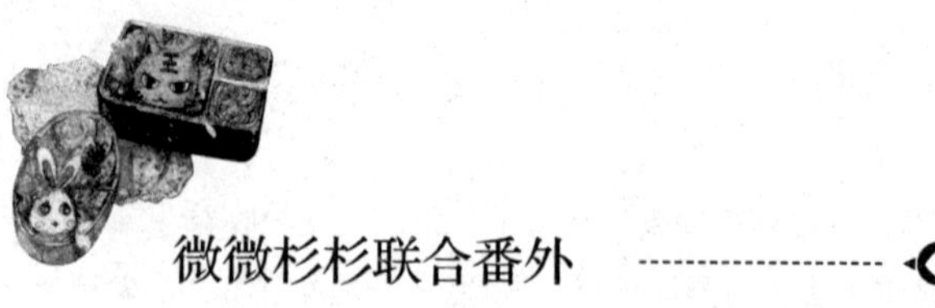

微微杉杉联合番外

一

薛杉杉在游戏里是只菜鸟。

有多菜呢？菜得……她只敢自己做任务升级，都不敢和人组队下副本，生怕自己一个富有想象力的走位，一个神鬼莫测的大招，队友就死了一窝……

所以虽然她都混成了风腾科技的Boss夫人，走后门搞到了时下最拉风的装备，却只敢站在高级副本门口，寂寞地拉风着，不加入任何队伍。

但是她身上的装备还是很招人的，玩的角色的站姿又那么的寂寞萧索，一副高手在装13的样子，所以不断地有人拉她，杉杉点拒绝点得手软，不得不给自己起了一个绰号挂在头顶上。

六个字——猪一样的队友。

世界立刻清净了。

直到她和贝微微熟悉了起来！

简直是神一样的存在啊有木有！

“微微，你真的肯带我吗？！”

“真的啊。”

“我很笨的，团灭哦！”

“没事，你站着不要动就好。”

“微微，你太好了5555555，我怎么不早点认识你呢！”

杉杉其实是重拾网游了，怀孕那段时间她彻底戒了网络。现在孩子都断奶了，Boss还不松口让她去上班，杉杉难免有些无聊，宝宝不需要她带的时候，她就溜达上网络玩一会儿。

不得不说，有人带真是太幸福了！薛杉杉以前从没领略过这等滋味啊。只要走走路看看风景，经验金币就“哗啦啦”往上涨，要是走路都不高兴，那就来个跟随，只要盯着电脑发呆有木有。

某天，正好两个人都有时间，微微又带着她刷副本，忽然，屏幕上微微的号不动了。

『队伍』频道：

芦苇微微：“33不好意思，我有点事情走开一下。”

Boss大人带孩子：“好，7878”

一定是微微家老公回来了啦，杉杉很有经验的，估计过一会儿微微就会过来说今天先下啊什么的了。

杉杉看了看电脑上的时间。讨厌，都这么晚了，微微老公都下班了，为啥自己家的还在开会。

要不要去送点夜宵什么的呢？

杉杉正思索着，屏幕上微微忽然动了。

Boss大人带孩子：“来了啊？今天还继续打吗？”

芦苇微微：“hao”

杉杉立刻把开会的Boss抛在了脑后，欢乐地跟着微微蹭经验。

杉杉正跟在后面捡得欢快无比，队友频道里忽然出现一行字——“阿姨，不要在后面捡东西，马上我要打Boss了，离开太远就没经验了。”

阿姨？！

杉杉呆了呆，半晌，一个可怕的猜测在脑海浮现：“难道……你……琮琮？”

“嗯！”

“……你妈妈呢？”

“爸爸回来了，妈妈和爸爸玩，琮琮和弟弟玩，弟弟睡觉，琮琮和电脑玩。”

杉杉艰难地打字赞美：“……琮琮真乖……真聪明……小爪子会打好多字……”

“嗯！奶奶说，琮琮和弟弟和爸爸一样聪明，外婆说，琮琮和弟弟比妈妈聪明！”

杉杉：……微微你在家里的地位真的没问题吗？！

『队伍』频道：

芦苇微微：“阿姨！打好了。”

杉杉默默地看着倒下的Boss，默默地走过去，麻木地摸走了Boss爆的装备……

人和人真是差距太大了……

人家儿子都能带自己游戏了……

二

封腾走进房间的时候，杉杉正亮闪着眼睛盯着电脑。

“又在玩游戏？”封腾脱下外套，走过去。

“快来快来，太帅了！！”杉杉头也不回地盯着电脑，等他走近，一把拉过他，指着屏幕上纵腾挪移的潇洒身影，“看！微微老公在跟人PK，动作太帅了啊！”

封腾只看了一眼，然后默默地把目光从电脑屏幕上移到自家老婆的脸上……

然后……

事情怎么会变成这样呢？

杉杉蹲在桌子旁，下巴搁在桌面上，苦巴巴地看着自己的笔记本电脑，现在已经落到Boss手里去了。

Boss大人也堕落了……他居然抢她的游戏玩……

而且，一上来就挑战高难度！他居然第一次玩游戏就找肖奈PK？

他才弄明白怎么走路，都有哪些招式好不好！

这样都敢冲上去！

果然……死得好快。

杉杉不忍地扭过了脑袋。

封腾瞥了她一眼，冷哼一声，目光专注地看着技能栏，又熟悉了一遍技能，然后第二次点了一笑奈何PK。

……这次多打了三分钟。

第三次……

居然坚持了更久了一点！

第四次……

居然打了这么久了还没输？！

杉杉紧张地盯着屏幕，过了一会儿震惊地睁大了眼睛，激动地喊：“啊啊啊，他没蓝了！你要赢了！！！”

“我也没了。”

封腾冷静的话音一落，满屏飘逸纵横的两条身影倏地分开，各自在一旁打坐恢复。

“所以你们平手了啊！”杉杉激动万分，“跟一笑奈何平手哎！！！”

一笑奈何是何等神奇的存在啊，Boss这么快就能跟他打平手！杉杉觉得Boss简直太厉害了，她正好蹲在封腾的腿边，顺手就抱住了他的大腿，崇拜地说：“你好强！”

虽然老婆的星星眼终于回到了自己身上，但是连输三局才勉强平手这种事，对封总这种一贯的人生赢家来说简直是耻辱。

于是他……淡定地打了一行字——“刚刚是我老婆在玩。”

杉杉在一旁：“……”

这边肖奈也淡定地打字回去：“刚刚是我儿子在玩。”

微微在一旁：“……”

微微悟了，怪不得他们能成事业伙伴呢，无耻到一块儿去了有木有！

微微：“你这样好吗……封总不是我们公司最大的投资人么……”

肖奈淡定道：“没事，风腾投过来的资金已经全部用完了。”

微微：“……”

另一边。

杉杉埋怨说：“你输了吧，谁叫你不肯早点要孩子，不然我们也可以说是宝宝在玩了。”

封腾表情很深沉，随口应道：“嗯。”

杉杉：“……你在想啥？”

封腾：“我忽然想起，很久没有关心致一的项目了，打算找个时间关心一下。”

杉杉：你是想怎么找一下麻烦公报私仇吧……

微微杉杉联合番外

三

风腾科技的总经理最近感到了空前压力。

从来只关心运营状况的封总，忽然对旗下网游的细节都关心起来了，是怎么回事？甚至具体到，某个职业太强大了必须削弱一下搞搞平衡……

总经理迅速召集属下召开了部门会议。

“大家有没有觉得琴师这个职业太强大了，要削弱一下？”

属下们面面相觑，“这个职业以前是很强大没错，但是几次调整后，技能已经被削弱很多了，现在已经怨气沸腾，如果再削弱，恐怕直接就废了。”

总经理也感到十分苦恼：“这是封总下达的指示，封总一向不过问网游这块具体的细节，怎么忽然……”

属下之一忽然说：“如果我没记错的话，致一的肖总是玩琴师的吧……难道，封总和他PK了？”

居然有人真相了！

同事们面面相觑，都越想越觉得可能。首先，封总居然知道有这些角色了——那他肯定玩过。如果玩的话，跟肖总一起玩可能性很大——然后他肯定输了。

总经理果断地说：“这件事走出会议室大家就忘记！”

我们的Boss输给了合作方这件事绝对不能让外人知道！

属下们纷纷点头，然后提问："那还要削弱琴师吗？"

总经理："不用了，削弱了封总也赢不了。就别白费事了。"

属下们：(⊙o⊙)……总经理你这么直接好么？

总经理："……这句话走出会议室大家也忘记。"

几天之后，风腾科技的总经理在集团会议后，脚步蹒跚地回到自己的部门，向亲近的属下含泪倾诉："小韩啊，我可能干不久了。"

小韩惊恐："刚刚会议上发生什么事情了？"

总经理："不是在会议上，是会议后，封总单独留我下来，又问我削弱琴师职业的事情。"

小韩："这……您怎么回答的？"

总经理："我说削弱也没用啊，要不封总我给你开个挂？"

小韩："……"

您怎么能把心里话说出来呢，总经理你自从被调到科技公司，跟技术宅男们混久了以前奸诈的技能都没有了吗！

总经理忧伤地说："小韩你看我还干得长吗？"

"……"小韩坚决地说，"总经理，我一定跟着你走！"

另一边，B城。

愚公溜溜达达地跑进了肖奈的办公室。"怎么回事怎么回事？风腾科技那边怎么忽然龟毛起来，细节上意见贼多。"

肖奈目光离开电脑，几秒钟后又回去。"没什么，最近我和他们封总在游戏里PK比较多。"

愚公："……所以你把我们的投资方砍成了十七八段？"

肖奈轻描淡写："那倒也没有，我经常让他平手，不过，前几天，他战后问我，他PK水平怎么样。"

愚公："……你怎么回答的？我忽然有点绝望是怎么回事？你没说什么不可挽回的话吧？"

肖奈随意地说："放心，我说话一向委婉。"

愚公感觉越来越绝望了："你到底说什么了？"

"我说，应该和尊夫人水平差不多。"

"……"

愚公扶着墙走了。

微微杉杉联合番外

四

封腾自从被老婆勾搭进了网游，明显对自己旗下的游戏关心了起来，具体表现为：一、喜欢对角色间的平衡提出不是很有建设性的意见，导致风腾科技的总经理急切希望封总早日AFK；二、每逢新资料片上线，他总要拖家带口地身先士卒一番。

最近《梦游江湖2》新出了资料片《大战玄武殿》，封总第一时间带着老婆亲临战场，同一团队的当然还有肖总、肖夫人，以及若干常驻队友。

第一次，二十一分钟的时候，杉杉躺倒了。封总表示不满意，代表投资方提出意见：不行，这个新副本难度太低了。

第二次测试，十分钟的时候，杉杉躺倒了。投资方代表封腾：嗯，还是略低了点。

于是第三次再玩，杉杉一进去就躺倒了。大老板终于满意了：现在差不多了。

杉杉觉得简直太令人悲愤了，这样的老公，还有没有人性啊啊啊！如果她和封腾像微微肖奈那样是在游戏里认识的话，是绝对不可能谈恋爱的！

唯一的温暖就是琮琮了。

『队伍』频道：

床前明月光："阿姨，要我拉你起来吗？"

打完Boss好睡觉："琮琮，等阿姨吃完汤圆再拉！"

床前明月光："哦，阿姨，'每次老婆都躺尸'是谁啊？"

打完Boss好睡觉："你封叔叔……"

琮琮："(⊙o⊙)哦……可是封叔叔昨天好像不是叫这个。"

打完Boss好睡觉："他就仗着他改名字不要钱！！！"

封总随手打个电话就让风腾科技的总经理去改名字什么的不要太简单……于是现在人家科技公司内部都知道封总的老婆是躺尸专家了好吗？

偶尔在公司里遇见，杉杉总觉得人家看她的眼神是在看一具尸体……

内心正吐槽着，就见屏幕上床前明月光放了个大招，杉杉立刻表扬。

打完Boss好睡觉："琮琮，你越来越厉害了啊，一边跟阿姨说话一边还打这么好。"

床前明月光："阿姨，我自己做了个小玩具，能一边打架一边聊天，还能喂弟弟哦！"

一笑奈何："……"

芦苇微微："。。。。。。。。。。。。。。"

打完Boss好睡觉："(⊙o⊙)，难道是传说中的外挂？"

床前明月光："不能挂起来呀，是美人师叔教我的O(∩_∩)O"

被摘的猩猩："…………我绝壁是无辜的，看我纯真的双眼。@_@"

床前明月光："打错了，是师公～"

手可摘星辰："嗯，我教的。"

床前明月光已经被一笑奈何请出了队伍。

『世界』［床前明月光］：(⊙o⊙)

『世界』［床前明月光］：被爸爸踢了……

『世界』［花吹花雨］：爸爸？

『世界』［阿泥］：艾玛，现在网游已经上阵父子兵了么，弟弟你

几岁？

然而『世界』上，床前明月光却再没有出声了。

杉杉担心地在『队伍』频道里追问。

打完Boss好睡觉：“琮琮呢？”

一笑奈何：“喂弟弟喝奶去了。”

打完Boss好睡觉：“……”

芦苇微微：“^_^”

十分钟后，床前明月光重新被他爸爸加入了队伍，惊奇地发现爸爸妈妈还有叔叔阿姨们已经飞速地把副本都打完了。

床前明月光：“为什么每次爸爸和妈妈在客厅里和我一起打，就很快打完，每次爸爸妈妈在书房里关着门打，就很慢，有时候还会团灭呢？”

每次老婆都躺尸：“咳”

手可摘星辰：“……”

被摘的猩猩：“捶地”

打完Boss好睡觉：“(⊙o⊙)”

打完Boss好睡觉：“琮琮你完蛋了，你发现这么大的秘密会被你爸爸打屁股的。”

床前明月光：“什么秘密？”

几秒后。

一笑奈何：“大家休息一下。我处理点家务事。”

另一边，S城的封家老宅里，封腾果断地关了电脑。

“早点睡吧。”

坐在床上的杉杉抬起眼，“不玩了吗？难得今天宝宝们都乖呢。”

“他们应该不会上来了。”封腾摸着下巴沉吟，然后愉快地下结论，“肖总那边，大概在家暴吧。”

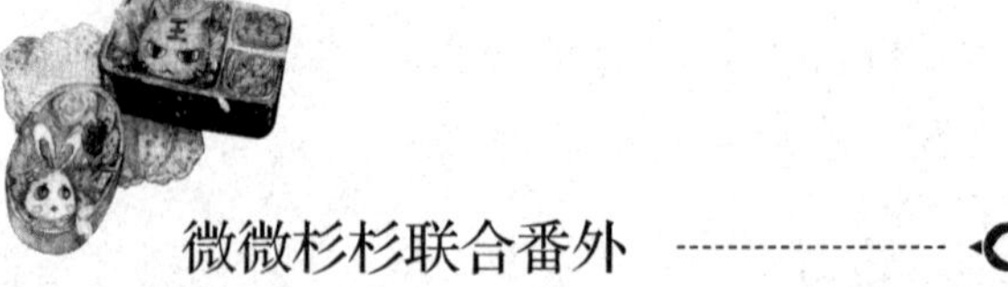

微微杉杉联合番外

五

琮琮被禁网了。

游戏里见不到琮琮可爱的小身影，杉杉倍感寂寞——现在她死一地都没人拉她了啊，微微是战斗种族没有拉人的能力，肖奈是懒得拉她这种猪一样的队友的，封腾……哦，那是她死了之后就会露出笑容的人类，是会顺便说“又死了？那先去床上暖被窝吧”的无耻之徒……

总之！没有琮琮在，玩游戏还有什么意思！

不过网游里见不到，还可以见真人啊！于是杉杉热烈地对琮琮一家发出了邀请。

正好肖奈的公司即将和风腾科技展开一项新的合作，双方掌门人互访也是应有之义，于是肖奈欣然应邀，带着夫人和孩子再次来到S市。

薛杉杉十分激动地为微微一家的到来做着准备。

首先，吃什么。

“川菜。”封腾坐在沙发上，翻着财经杂志，头也不抬地一言而决。

杉杉停下转圈子：“他们喜欢吃辣？”

“嗯。”封腾淡定地说，“以我对合作伙伴的了解，肖总，尤其喜欢。”

“哦哦哦，那好，先来三天川菜，重辣！”杉杉豪迈地拍板。

其次，安排什么活动。

“这个我来安排。”封腾眯着眼睛把自己擅长的运动项目排了一遍，游泳、网球、桌球……

网游里打不过，难道真人PK他还会输？

封总内心冷笑一声，磨刀霍霍。

最后，也是最关键的。杉杉苦恼地盯着在封腾脚边地毯上爬来爬去的两只娃，随手抓起一只戴蝴蝶结的。

“我们家从星见琮琮的时候，穿什么衣服呢？”

封家的龙凤胎兄妹，大名分别是封从略和封从星，目前尚处于爬行动物阶段。

对于琮琮，杉杉从来贼心不死。第一次相亲……哦不，见面，太重要了有木有。虽然女儿还不会直立行走，但是……这不重要……

就算现在还是爬行动物，也得让琮琮印象深刻记上十年！

于是接人的那一天，杉杉一大早就起来开始摆弄女儿。

兔子装？会不会卖萌得太明显？

老虎装？不行，好像在说以后会变母老虎似的。

那乌龟装？

好像略超凡脱俗啊……

最后还是封腾看不下去，夺过被摆弄得很可怜的宝贝女儿，随便给她套了个小裙子，拎出了家门。

为了表示对合作伙伴的重视，封腾这次是亲自开车去机场接人的。结果飞机居然非常不给面子地晚点了，封腾不得不带着老婆孩子坐在咖啡馆等着。

杉杉捧着奶茶，怀念地看着这个咖啡馆。

“我想起来，有一次我在这里等你，结果睡着了，一醒过来，你就在对面喝咖啡。”

封腾现在就在对面喝咖啡，姿态间仍然是那么俊逸优雅，比起前几年，不说话的时候他显得威严更甚——如果腿上没坐着一只吃手指的胖娃娃的话……

“嗯。”封腾放下咖啡杯，略抬了下手，白色的衬衫袖口上，黑宝石袖扣若隐若现。“你的袖扣，今天正好用了这对。”

杉杉朝他做了个鬼脸。

封腾顺势看了下手表，正要说什么，忽然脸色一变，一低头，宝贝儿子正咬着手指无辜地看着他。

两个小时后，肖奈一家终于姗姗来迟。

“封总。”肖奈不改清俊，单手抱着一只娃，伸出了友情之手。

“肖总。”封腾脸色青黑，单手提着一只娃，礼貌地回握。

另一边，杉杉早就向琮琮扑过去了：“琮琮。”

“杉杉阿姨。”琮琮礼貌地喊人。

“琮琮还记得阿姨啊？”虽然老是一起打网游，但是已经很久没在现实里见面了。

“记得。”小脸可严肃地点头。

杉杉瞬间被萌化：“来来来，跟阿姨回家。”

杉杉果断把自己的女儿塞给了微微，牵过琮琮的小爪。

回家的路上，封总开车，肖奈坐前面副座。微微和杉杉坐后面。

微微悄悄问杉杉：“你们家Boss怎么了？脸色好像一直不太对？”

杉杉贼贼地笑：“略略的尿片没有弄好，他去洗手间给儿子换一个，结果略略尿了他一身……”

微微“噗”的一声笑了。

前面的封司机立刻咳了一声。

杉杉马上收起幸灾乐祸的笑容，挺身为自己老公挽尊，摆出鄙视微微的样子：“这有啥好笑的，难道你们家大神没被孩子尿过吗？”

微微非常遗憾地说：“没有。”

杉杉很震惊：“啊，他怎么办到的！”

这崇拜的语气是怎么回事？要不是在开车，封腾简直想把自己老婆抓过来好好教育一顿。肖奈坐他边上，看了他一眼，略带笑意地对后面说：

“微微，适可而止。”

“哦！”微微立刻从善如流。

车厢里静了一会儿，封腾慢悠悠地开口：“肖总果然是做技术的，换尿布都很擅长。”

“过奖。”肖奈淡淡地说，“我虽然比封总年轻，却早为人父几年，总是经验多一点。”

封腾：“……”

微微：你不是说适可而止吗……

微微家的大神说话为啥总是那么的让人噎住呢……

杉杉同情地转移话题，愉快地跟微微交流起他们的安排。

“封腾说你们喜欢吃辣，所以我特别请了个擅长川菜的师父，这几天都吃川菜好了，保证辣得不重样！”

微微：“……啊？”

……可是大神根本不会吃辣啊。

肖奈咳了一下：“封总？”

封总淡定地回答：“肖总不必客气，地主之谊总要尽的。饭后你们休息一下，然后我们下个棋如何？有空还可以打打球，或者我家的泳池还不错。”

肖奈顿时明白了，笑了一下：“封总有这个兴致，我当然奉陪。”

听得懂两人机锋的微微很无语，听不懂的杉杉很发愁：“你们下午打球的话得去球场啊，那孩子怎么办，看来还得找人带着。”

“这倒也是。”微微接口，“我们家两个已经会自己料理自己了，你们家这两个……”

“不用这么麻烦。”肖奈扬声，“琮琮。”

坐在妈妈和杉杉阿姨中间，正抓着弟弟奶瓶的琮琮闻言抬起脑袋，看向他爸爸。

他爸爸轻描淡写地吩咐：“这几天带好叔叔家的小弟弟和小妹妹。”

薛杉杉觉得自己的三观都碎了。

“这样真的行吗？”

球场，杉杉拿着网球拍，看着草地上铺好的漂亮餐布，她家两个娃被妥当地放在餐布上，旁边放着各种婴儿用品。

奶瓶啊奶粉啊尿布啊等等等等……

“我们真的去自己玩，然后把这些都交给琮琮？”

“他六岁了。”说话的理所当然是大神。然后他就拿着球拍走了。

微微摸了下琮琮的脑袋：“妈妈一会儿回来。”

琮琮点点脑袋。

封腾看了看琮琮，忽然也放心了，走向球场：“杉杉，走了。”

啊？他们真的就这么干了啊！

杉杉看着头也不回的三个，微微你也这样跟着你家大神走了真的好吗？

“琮琮你真的可以吗？”

琮琮看了看餐布上大大小小的三个娃，那两只长得差不多的圆滚滚的娃娃正扑闪扑闪着大眼睛看着他，再看看旁边捧着奶瓶不高兴的月亮弟弟，忽然有点烦恼——要一下子管三只了啊……

他苦恼地朝杉杉挥动小手：“阿姨再见。”

“……再见。”

杉杉艰难地拖着球拍走了。

五天之后，经过数轮PK，封腾和肖奈战况如下。

网球单打，Boss赢了。带老婆双打，Boss惨败。

游泳……战前对话如下：

肖奈：“封总，这场如果我赢了，我们明天不妨换个菜系？”

封腾：“很遗憾，估计肖总换不了。”

几分钟后，肖奈从游泳池里出来，拿过毛巾擦着身上的水珠，淡然地说：“粤菜吧。”

篮球，大神赢了。

高尔夫，Boss赢了。

围棋，胜负各半。

忽略了带着老婆网球就输很惨的事实，封腾觉得总的来说好像还是自己多赢一点。于是第六天，完全没顾得上谈公事的封总半是满意半是不甘地把肖奈一家送上了飞机。

看着他们一家四口走入安检口的背影，封腾忽然开口。

“你的主意不错。”

杉杉莫名其妙地看着他：“什么主意？”

“让他们入赘的事，我看就肖明琮吧。”封腾无比满意地拍板定论。

作者小语：

Boss大人虽然看上了大神家的琮琮做女婿，但是作者已经想好，假设20年后写下一代的故事，应该会叫《明月从星》吧→_→

图书在版编目（CIP）数据

杉杉来吃 / 顾漫著. -- 南京 : 江苏凤凰文艺出版社,
2017.4
ISBN 978-7-5594-0181-6

Ⅰ. ①杉… Ⅱ. ①顾… Ⅲ. ①长篇小说 - 中国 - 当代
Ⅳ. ①I247.5

中国版本图书馆CIP 数据核字(2017) 第076442号

杉杉来吃

顾 漫 著

责任编辑	丁小卉
特约编辑	周汝琦 高一君
装帧设计	读客文化 021-33608320
责任印制	刘 巍
出版发行	江苏凤凰文艺出版社
	南京市中央路165号，邮编：210009
网 址	http://www.jswenyi.com
印 刷	天津联城印刷有限公司
开 本	880 × 1230 毫米 1/32
印 张	8.5
字 数	246 千字
版 次	2017 年 5 月第 1 版 2020 年 1 月第 10 次印刷
书 号	ISBN 978-7-5594-0181-6
定 价	29.80 元